A MULHER MARCADA

Håkan Nesser

A MULHER MARCADA

Tradução do sueco
Anna Nyström

© 1996 by Håkan Nesser

Publicado originalmente por Albert Bonniers Forlag AB, Estocolmo, Suécia. Todos os direitos reservados.
Publicado mediante acordo com Linda Michaels Limited, International Literary Agents.

Todos os direitos desta edição reservados à
EDITORA OBJETIVA LTDA. Rua Cosme Velho, 103
Rio de Janeiro – RJ – CEP: 22241-090
Tel.: (21) 2199-7824 – Fax: (21) 2199-7825
www.objetiva.com.br

Título original
Kvinna Med Födelsemärke

Capa
Mariana Newlands

Imagens de capa
Jon Hicks / Corbis / LatinStock
Tim McConville / zefa / Corbis / LatinStock

Preparação de originais
Alberto Gonzales

Revisão
Rita Godoy
Manuela Colamarco
Catharina Epprecht

Editoração eletrônica
Abreu's System Ltda.

CIP-BRASIL. CATALOGAÇÃO-NA-FONTE
SINDICATO NACIONAL DOS EDITORES DE LIVROS, RJ

N379m Nesser, Håkan
    A mulher marcada / Håkan Nesser ; tradução Anna Nyström. - Rio de Janeiro : Objetiva, 2007.

    284p.   ISBN 978-85-60280-21-6
    Tradução de: *Kvinna med födelsemärke*

    1. Romance sueco. I. Nyström, Anna. II. Título.

07-4604
                                        CDD: 839.73
                                        CDU: 821.113.6-3

Para Sanna e Johannes

Carregamos determinadas ações que jamais conseguiremos deixar para trás, das quais nunca poderemos nos libertar. Quem sabe, nem mesmo seja possível pedir perdão por elas.

W. Klimke, terapeuta

I

23 de dezembro a 14 de janeiro

1

Ela sentia frio.
 O dia prometia apenas uma neve branda. Mas, perto da hora do almoço, os intensos ventos marítimos transformaram a garoa em uma torturante chuva inclinada da pior espécie. O vento atravessava a medula e os ossos e fez com que os donos dos bares do cais do porto fechassem as portas uma hora mais cedo do que o habitual. O bar dos Zimmermann tinha servido três vezes mais chocolate quente do que o normal em um dia típico de dezembro.

Para piorar, o cemitério ficava na região sudoeste, em um terreno cheio de elevações e buracos, sujeito a todo tipo de intempérie. Quando o pequeno grupo finalmente chegou à cova recém-cavada e enlameada, alguns pensamentos vieram-lhe à mente.

Lá embaixo, pelo menos, estaria abrigada do vento. Dentro da cova não era preciso suportar esse vento e essa maldita chuva. Há um lado bom em tudo.

O padre fungava enquanto seu ajudante — ou seja lá como devia ser chamado — lutava com o guarda-chuva. Ele tentava fazer com que cobrisse o padre e a si próprio, mas os ventos eram irregulares e o ângulo certo mudava a cada segundo. Os carregadores firmaram os saltos de seus sapatos na lama molhada para descer o caixão. A coroa de flores na tampa já estava destroçada, como legumes cozidos demais ou algo parecido. Um dos homens escorregou, mas conseguiu se equilibrar. O padre limpou o nariz e iniciou a cerimônia. O ajudante se atrapalhou com a pá. A chuva aumentava.

Era uma história desgraçadamente típica. Não podia deixar de pensar nisso enquanto cerrava os punhos nos bolsos do casaco e batia os pés tentando se aquecer.

Uma história típica. Uma cerimônia tão pobre e indigna quanto tinha sido a vida inteira dela. Nem um enterro decente ela pôde ter. Antevéspera do Natal. Um pouco de céu azul e que a neve tivesse durado um pouco mais... ia custar tanto assim? Era pedir demais?

Claro que era. A vida da mãe dela tinha sido cheia de derrotas e desgraças. Pensando bem, tudo isso era adequado e previsível. De repente ela percebeu que precisava morder os lábios para não chorar.

Enfim, um final totalmente coerente e lógico. Todo o tempo o mesmo tom. E não chorar. Pelo menos ainda não.

Por algum maldito e inexplicável motivo ela tinha exigido justamente isso. Não chore! Seja lá o que fizer, não chore no meu enterro. Lágrimas nunca ajudaram em nada, acredite em mim. Chorei rios na minha vida. É melhor agir, minha filha! Faça algo grandioso para que eu possa aplaudir lá de cima.

Ela tinha dito isso enquanto suas mãos ásperas e fracas apertavam as da filha. Quando fixou seus olhos opacos nos da filha, a jovem percebeu que pela primeira vez era sério. Pela primeira vez, sua mãe tinha lhe pedido algo. Um pedido mal formulado e de última hora, mas não havia dúvida do que se tratava. Ou havia?

Meia hora depois, a mãe estava morta.

Faça algo, minha filha! É melhor agir!

O padre se calou e encarou-a sob o guarda-chuva que pingava. Ela entendeu que ele também esperava alguma coisa. Mas o quê? Não era fácil saber. Era a segunda vez na vida que participava de um enterro. Na outra vez, ela tinha 8 ou 9 anos e fora obrigada a ir pela sua mãe. Ela se aproximou com cuidado, mas parou a uma distância bastante segura para não cometer a gafe de também escorregar dentro da cova. Abaixou a cabeça, fechou os olhos e cruzou as mãos.

Que merda, agora acham que estou rezando, observou. Pelo menos estão fingindo achar. Tchau, mãezinha. Pode confiar em mim. Sei o que preciso fazer. As palmas das suas mãos vão ficar quentes de tanto aplaudir lá de cima com os anjos.

E então tinha acabado. O padre e o ajudante estenderam-lhe suas mãos frias e molhadas. Dez minutos depois ela estava embaixo do teto furado do abrigo do ponto de ônibus sonhando com um banho quente e uma taça grande de vinho tinto.

Ou conhaque. Ou ambos.

Uma pessoa. No enterro da minha mãe, todas as pessoas de luto se resumiam a uma só: eu. Essa era a verdade.

Mas a minha esperança era que mais pessoas ficassem de luto.

Até que era uma boa idéia. Enquanto ela lutava contra o frio, a chuva e o choro reprimido, era como se essas palavras tivessem acendido uma pequena chama dentro dela. Finalmente tinha conseguido acender algo inflamável, algo que lentamente aquecia todo aquele lixo velho, frio e endurecido de sua alma.

Um fogo que certamente iria arder, se alastrar e fazer com que outros se queimassem e fossem consumidos pelas suas chamas. Muita gente ainda seria atingida por esse mar de ódio que no tempo certo iria cercar e destruir todos!

Esta idéia também a fez sorrir. Lembrava algo que ela tinha lido, ou algo que um de seus primeiros amantes tinha dito. Ela tinha um dom, um talento especial que misturava poesia e objetividade.

Em nome da verdade e da paixão. Ou talvez em nome do sofrimento; sem dúvida, o que parecia fazer mais sentido. Apesar de não ter sofrido tanto quanto a sua mãe, ela tinha sofrido o bastante. Mais até do que o normal.

"Estou com frio", pensou. "Por que esse maldito ônibus não chega logo?"

Mas o ônibus demorou. Tudo parecia demorar e de repente ela percebeu, enquanto batia os pés para se esquentar e a escuridão aumentava, que aquele abrigo precário era bem parecido com a sua vida. No final das contas, era como se fosse um símbolo de tudo.

Esperar por algo que nunca chega. Um ônibus. Um homem bom. Um emprego decente.

Uma chance. A única e maldita chance de fazer algo de bom da sua vida.

Esperava na escuridão, na ventania e na chuva. E agora era tarde demais.

Ela tinha 29 anos e agora era tarde demais.

Eu e minha mãe, ela pensou. Apenas uma pessoa de luto à beira da sepultura. Podíamos muito bem ter trocado de lugar ou ter deitado uma ao lado da outra. Ninguém iria se opor. A menos que...

E de novo ela sentiu a chama de sua decisão se acender. De repente tudo crescia dentro dela e a enchia de calor. Um calor forte, quase sensual, que fez com que ela sorrisse no meio da desgraça e cerrasse os punhos com força nos bolsos do casaco.

Ela olhou pela última vez para a curva onde não era mais possível avistar nenhuma luz de farol. Então virou as costas para tudo e começou a andar em direção à cidade.

2

O Natal chegou e passou.

E também o Ano-Novo. Era uma tempestade atrás da outra e os dias cinzas como chumbo passavam com uma indiferença monótona. Sua licença médica venceu e a Previdência assumiu. A diferença era irrisória. Licença médica por quê? Desempregada de que área?

O telefone foi cortado. Quando recebeu o comunicado em outubro, ela deixou de pagar a conta propositadamente e agora estava sendo cobrada. Toda ação gera uma reação.

Foi bom. Além de não precisar encontrar as pessoas, agora também não precisava ouvi-las. Ainda que, em verdade, não houvesse tanta gente assim que ela tivesse de aturar. Sem dúvida esse número foi diminuindo ao longo do tempo. Durante os 14 dias que se passaram após o enterro, ela tinha conversado unicamente (*summa summarum*) com dois conhecidos: Heinzi e Gergils. Encontrou-os por acaso na praça e, assim que a encontraram, a primeira coisa que fizeram foi pedir mercadoria. Heroína ou maconha, ou pelo menos um vinho — cacete, alguma coisa ela devia ter, pelos velhos tempos. Ou quem sabe uma sacanagem no chuveiro e uma trepada?

Ela só tinha ido tão longe com Gergils e por um instante pensou em dar uma rapidinha com ele. Só pelo prazer e, talvez, pela possibilidade de arrastá-lo junto com ela.

Mas não havia nenhuma garantia de que assim pegaria, pelo contrário. As chances eram remotas. Apesar de tudo que ouvimos falar e da opinião dos próprios médicos, essa era uma história difícil de acreditar. Porém, pelo menos dessa vez, ela tinha conseguido vencer. Certamente, muita gente com comportamento muito mais arriscado que o dela tinha conseguido se salvar.

Comportamento de risco? Que merda de palavra. Toda a sua vida não tinha sido um maldito risco? Talvez Lennie tivesse razão quando constatou, há alguns anos, que quem nasce no meio da merda corre o risco de cair lá dentro de vez em quando. Isso é o normal. O problema era sair dela.

E muitas vezes não conseguíamos sair. Até que conseguíamos nos levantar. Ficávamos no meio da merda e o resto era apenas uma questão de tempo.

Mas agora isso não significava mais nada. Já tinha sido algo sofrido, reprisado e deixado para trás. Outubro tinha mudado uma parte disso e a morte da sua mãe o resto.

Mais especificamente a história da mãe. O que tinha saído dela como se fosse um aborto espontâneo de 30 anos, uma semana antes do dia marcado. Bom, se o comunicado de outubro fez com que ela procurasse a solidão, então a história da mãe havia feito o resto. Tudo isso havia lhe dado força e determinação. De repente alguma coisa tinha ficado mais leve. Mais distinto e claro pela primeira vez na sua vida sombria. A vontade e a energia cresceram, e a dependência das drogas foi diminuindo como em uma morte natural e patética, sem nenhum grande esforço por parte dela. Era o fim das drogas pesadas. Um pouco de haxixe e vinho de vez em quando, mas principalmente não mais aquela convivência desesperada com outros que nasceram no meio da merda. Foi mais fácil livrar-se deles do que ela poderia imaginar. Tão fácil quanto tinha sido com as drogas, e logicamente uma coisa levou à outra. Talvez tenha sido exatamente isso que todos os médicos e terapeutas cansaram de repetir todos esses anos: tudo dependia de sua própria força de vontade. Disso e mais nada.

Conseqüentemente, coragem e determinação.

E a missão — ela acrescentou.

A missão? Ela não tinha consciência disso desde o início, já que foi algo que veio chegando aos poucos. Difícil definir o seu caráter exato e ainda mais difícil determinar a sua origem. Afinal, foi uma decisão dela ou de sua mãe? Não que tivesse qualquer importância, mas seria interessante pensar nisso.

Sobre origem, responsabilidade e essas coisas. Sobre vingança e sobre a importância de corrigir as coisas. O fato de sua mãe ter 10 mil florins escondidos tinha sido logicamente uma ótima surpresa e uma grande ajuda. Era uma soma considerável que sem dúvida seria bem empregada.

Aliás, já tinha sido. No dia 12 de janeiro ela gastou 2 mil, mas não foi dinheiro jogado fora. Na mesa-de-cabeceira ela tinha uma lista com nomes, endereços e algumas informações. Tinha uma arma e um quarto mobiliado à sua espera em Maardam. O que mais ela poderia desejar?

Ter coragem? Determinação? Um pouco de sorte?

Na noite antes de viajar ela rezou a um deus indefinido e pediu que ele a ajudasse a conquistar essas qualidades. Quando desligou o abajur da cama, tinha um sentimento forte de que não haveria praticamente nada nesse mundo que colocaria obstáculos em seu caminho.

Provavelmente nada. Nessa noite ela adormeceu sorrindo, em uma posição fetal e protegida. Sabia que nunca tinha se sentido menos vulnerável em toda sua vida.

3

Ela nunca se preocupara muito com a questão da moradia. Apenas respondera a um anúncio do *Neuwe Blatt*, mas quando viu o resultado, percebeu que não poderia ter desejado coisa melhor.

A senhora Klausner ficou viúva cedo — no auge da meia-idade e no início dos anos 80 —, mas em vez de vender a antiga e charmosa casa de dois andares no bairro de Deijkstraa, onde morava há tanto tempo, decidiu adaptá-la para se ajustar às novas condições que lhe foram impostas depois do infarto inesperado e repentino do major. Ela ficou morando no andar de baixo, com um jardim, dois gatos e 4 mil livros. O andar de cima, onde ficavam os quartos das crianças e dos hóspedes, foi transformado em cômodos para aluguel. Eram no total quatro quartos, cada um com água encanada e instalações para cozinhar alguma coisa. Além disso, havia um banheiro com ducha no corredor para uso coletivo. Foi construída uma entrada separada para a escada que dava para o andar de cima, a uma distância confortável do quarto da senhora Klausner. Apesar de ter ficado um pouco apreensiva no começo, logo pôde constatar com satisfação que tinha sido uma ótima solução. Ela só alugava para mulheres solteiras e nunca por mais de seis meses. A maioria eram estudantes que estavam cursando o último período das faculdades de direito ou medicina e precisavam de paz e sossego para estudar. Ou enfermeiras que faziam algum curso complementar no Instituto

Gemejnte por alguns meses. Geralmente no verão dois ou mais quartos ficavam vazios, mas ainda assim a renda conseguida durante os meses do inverno era suficiente para cobrir as suas despesas. Ela sabia que o major Klausner não se oporia a esta nova situação e, às vezes, quando estava na fila do banco para depositar os aluguéis na sua poupança, ela podia jurar que o via, lá do alto do seu derradeiro campo de batalha, acenando com a cabeça em tom de aprovação.

Como tinha sido combinado, a nova inquilina chegou no domingo, 14 de janeiro, na véspera do início do curso de especialização em economia do Instituto Elizabeth, com duração de três meses. Ela pagou seis semanas adiantado e depois de ouvir as recomendações necessárias (explicadas gentilmente e em menos de um minuto), ocupou o quarto vermelho. A senhora Klausner sabia da importância de se respeitar a privacidade das inquilinas. Enquanto elas pudessem ler e dormir tranqüilamente, sem que uma pulasse no pescoço da outra, ela nunca teria qualquer motivo para se meter em assuntos alheios. Tudo se baseava em uma lei natural de respeito mútuo, e até hoje — mais de 13 anos no ramo — ela nunca tinha tido nenhum tipo de decepção ou problema mais sério.

As pessoas são boas por natureza, ela costumava pensar. Seremos tratados da mesma forma que tratarmos os nossos semelhantes.

Acima da pequena pia, no cantinho da cozinha, havia um espelho. Enquanto desfazia as malas, ela parou por alguns instantes para admirar o seu novo visual.

Eram poucas mudanças, no entanto, o resultado era surpreendente. De cabelos curtos e tingidos de castanho, sem maquiagem e óculos de armação redonda de metal, de repente ela poderia se passar por uma bibliotecária ou por uma professora de costura entediada. Ninguém a reconheceria e, por um instante — enquanto fazia caretas e experimentava novos ângulos —, imaginou que realmente fosse outra pessoa.

Um novo visual e um novo nome. Uma nova cidade e uma missão que seria considerada uma loucura ou uma piada de mau gosto há seis meses.

Mas agora ela estava aqui. E mais uma vez (a última?) ela tentava sentir se ainda existia algum tipo de dúvida ou incerteza, mas por mais que olhasse bem dentro de sua alma, sempre encontrava uma rocha firme. Uma base firme e implacável, e ela entendeu que estava na hora de agir.

Agir de verdade. Sua lista estava completa em todos os aspectos e ainda que três meses pudessem parecer um prazo bem longo, não havia nenhuma razão para perder tempo logo no começo. Pelo contrário, como cada nome exigia um planejamento minucioso, um tratamento especial próprio, era melhor aproveitar os dias em vez de ficar estressada no final. Depois que ela desse início a tudo e quando percebessem do que se tratava, ela teria que se preparar para as dificuldades. Todas as atenções se voltariam para ela — da opinião pública, da polícia, dos adversários.

Não poderia ser de outra forma. Estas eram as condições.

Mas ela já tinha entendido que isso não causaria problemas. Pelo menos nenhum problema insuperável. E, deitada na cama naquela primeira noite enquanto estudava sua arma, ela também percebeu que o próximo desafio provavelmente faria apenas com que o seu desejo se tornasse ainda mais forte.

Ainda mais excitante e ainda mais prazeroso.

Sou louca, pensava. Total e irreparavelmente louca.

Mas era uma loucura audaciosa e irresistível. E quem poderia criticá-la?

Ela fitava os nomes. Estudou-os um a um. Ela já tinha decidido quem seria o primeiro, mas mesmo assim fingia reconsiderar tudo mais uma vez.

Ela soltou um suspiro de satisfação e marcou o nome dele com dois círculos vermelhos. Acendeu um cigarro e começou a rever a situação.

II

18 e 19 de janeiro

4

Não era bem do feitio de Ryszard Malik tomar duas doses grandes de uísque antes do jantar, mas nesse dia ele tinha um bom motivo.

Não só um, mas dois. Apesar de duas horas de intensas negociações pelo telefone durante à tarde, o contrato com a Winklers tinha sido definitivamente descartado e, quando ele finalmente conseguiu sair do escritório, uma queda de temperatura súbita fez com que as ruas molhadas pela chuva congelassem e ficassem escorregadias. Se tudo dependesse apenas dele, certamente não teria sido um problema — não era à toa que ele tinha trinta anos de carteira sem multas, além de ter muita experiência com ruas escorregadias —, mas agora ele não estava sozinho na rua. O trânsito congestionado do centro em direção aos bairros residenciais nos arredores ainda estava intenso. Foi aí que aconteceu, pouco antes da rotatória na Hagmaar Allé. Um Mercedes branco com placa da Suíça e em alta velocidade entrou na traseira do seu Renault. Ele murmurou um palavrão, soltou o cinto de segurança e saiu do carro para ver o que de fato tinha acontecido e negociar os danos. Lanterna traseira direita quebrada, o pára-choque bastante amassado e dois arranhões na lataria. Algumas desculpas secas, algumas gentilezas mornas, a troca de cartões de visita e das companhias de seguro; tudo levou um certo tempo e só depois de quarenta minutos, ele pôde enfim retomar o caminho de casa interrompido.

Malik não gostava de chegar tarde em casa. É verdade que sua mulher não costumava servir o jantar antes das sete, mas ele não gostava de abrir mão de ter uma hora, de preferência uma hora e meia no seu escritório para ler o jornal e beber um uísque.

Há muitos anos isso tinha se tornado não apenas uma rotina, mas algo indispensável. Uma espécie de ponte entre o trabalho e a mulher, que a cada dia se tornava mais importante.

Neste dia ele não teve mais que 15 minutos para si. E para compensar um pouco as perdas — dos minutos desejados e da lanterna traseira —, ele deixou o jornal de lado e dedicou toda atenção ao uísque.

Na verdade, nem toda a atenção. Tinha também a questão dos telefonemas. Que merda era essa? *The Rise and Fall of Flingel Bunt*. Que merda era aquela de ligar e tocar uma música dos anos 60 no telefone? Várias vezes sem parar.

Ou pelo menos uma vez por dia. Ilse tinha atendido em duas ocasiões, ele mesmo uma vez. Tinha começado anteontem. Ele não tinha contado que haviam ligado ontem à noite também... Não, não havia necessidade de preocupá-la. Também não era necessário dizer que ele reconhecia a música.

Bem no início dos anos 60, se não lhe falhava a memória. *The Shadows*. Provavelmente 64 ou 65. Não tinha a menor importância. O problema era naturalmente o que isso significava, se é que significava alguma coisa. E quem estava por trás. Talvez fosse apenas um maluco, um louco desempregado que não tinha nada melhor para fazer do que ligar para pessoas de bem e encher o saco.

Provavelmente era só isso. Claro que tinha pensado em ligar para a polícia se continuassem ou tomar alguma atitude, mas até então era apenas um motivo de irritação. O que era mais do que suficiente em um dia como esse.

A pain in the ass, como diria Wolff. Um arranhão na lataria ou uma lanterna traseira quebrada.

Ela o chamou. Evidentemente, a comida estava na mesa. Ele suspirou. Tomou o uísque e saiu do escritório.

* * *

— Não precisa ficar nervosa por causa disso.

— Não estou nervosa.

— Ótimo.

— Você sempre acha que estou nervosa. É a sua visão das mulheres.

— *All right*. Vamos mudar de assunto. Esse molho não está nada mal. Ele leva o quê?

— Um pouco de vinho madeira. Você já comeu pelo menos umas cinqüenta vezes. Hoje eu fiquei escutando por mais tempo.

— E aí?

— Com certeza durante pelo menos um minuto. Não aconteceu mais nada.

— E o que seria isso?

— O que seria isso? Uma voz é claro. A maioria das pessoas que usa o telefone costuma ter alguma coisa a dizer.

— Deve haver uma explicação natural.

— E qual seria ela, por exemplo? Por que ligar e ficar só tocando uma música?

Malik tomou um gole grande de vinho enquanto refletia.

— Bem — disse ele. — Talvez uma nova estação de rádio ou coisa parecida.

— Essa foi a coisa mais estúpida que já ouvi.

Ele suspirou.

— Você tem certeza de que era a mesma música todas as vezes?

Ela hesitou. Passou o dedo indicador sobre as têmporas, como costumava fazer quando sentia que ia ter uma enxaqueca.

— Eu acho que sim. Na primeira vez eu desliguei logo depois de alguns segundos. Já expliquei isso.

— Não se preocupe. Com certeza deve ser apenas um mal-entendido.

— Mal-entendido? Como poderia ser apenas um mal-entendido?

Cale a boca, ele pensou. Pare de encher o saco se não eu jogo esta taça na sua cara!

— Eu não sei de nada — ele respondeu. Não vamos mais falar sobre isso. Eu sofri um pequeno acidente hoje.

— Um acidente?

— Nada sério. Bateram na traseira do meu carro. Só isso.

— Meu Deus, por que você não me contou?

— Não foi nada demais. Não tinha nada para falar.

— Não tinha nada para falar? É o que você sempre diz. Afinal, do que vamos falar então, quer me dizer? Estamos recebendo ligações misteriosas e devemos só ignorá-las. Você bate com o carro e acha que não vale a pena contar para a sua mulher... é tão típico... Você deve achar que devemos ficar calados a noite toda. É isso que você deve querer. Paz e silêncio. Eu já não sirvo mais nem para conversar.

— Não diga bobagem. Não seja ridícula.

— Aliás, talvez tenha uma relação.

— Relação? O que diabos você quer dizer com isso ?

— Entre os telefonemas e a batida, é claro. Você anotou o número da placa?

Meu Deus, pensou Malik, e tomou o resto do vinho. Ela não bate bem da cabeça. É pura paranóia. Não é de se espantar que quisessem se livrar dela no hotel.

— Você tem notícias do Jacob? — tentou, mas imediatamente percebeu que o tiro saíra pela culatra.

— Nenhuma notícia há duas semanas. Ele é muito parecido com você. Nunca se lembraria de dar um telefonema. A menos que precise de dinheiro, é claro.

É o que você acha, pensou Malik, na esperança de que os seus sentimentos e a sua impaciência não ficassem estampados na sua cara. Ele tinha falado com o filho uma ou duas vezes nos últimos dias sem precisar gastar um único centavo. E ainda que nunca fosse admitir, interpretava aquele afastamento passivo da mãe como um sinal de sanidade mental e um processo bastante natural.

— Sei, sei — disse e limpou os lábios com o guardanapo. — Os jovens são assim mesmo. Você sabe se tem alguma coisa na televisão hoje à noite?

Quando ligaram pela quarta vez, ficou no mínimo aliviado por ele mesmo ter atendido o telefone. Ilse estava sentada na frente da TV assistindo ao filme húngaro do canal 4 e, de dentro do quarto, ele teve a oportunidade de mandar o incômodo desconhecido para o inferno sem rodeios e sem o risco de que ela escutasse ou soubesse do que se tratava. Primeiro ele constatou que realmente se tratava de *The Rise and Fall of Flingel Bunt*, depois ficou escutando durante meio minuto antes de fazer ameaças que não deixassem dúvidas e bateu o telefone.

Não dava para saber se realmente tinha alguém do outro lado da linha.

Talvez houvesse alguém do outro lado. Talvez não.

E aquela música?, ficou pensando depois. Mas era apenas uma vaga idéia e nenhuma lembrança concreta lhe vinha à cabeça, já bastante quente.

— Quem era? — perguntou a mulher assim que ele se afundou no canto do sofá da sala de televisão.

— Jacob — mentiu. — Ele mandou lembranças e não queria nenhum centavo emprestado.

5

NA SEXTA-FEIRA ELE passou na oficina do Willie para tentar resolver o problema da batida. Depois de confirmar que o carro ficaria pronto antes do anoitecer, deixou-o lá e foi a pé até o escritório. Chegou 15 minutos atrasado e foi informado de que Wolff já tinha saído para negociar um contrato com uma nova rede de lanchonetes. Ele sentou-se na sua mesa e começou a separar a correspondência que a Srta. de Wijs tinha acabado de entregar. Como de costume, eram reclamações disso ou daquilo, confirmações de acordos e pedidos já fechados por telefone ou fax. Depois de dez minutos, ele se deu conta de que estava cantarolando aquela maldita canção.

Irritado, ele se interrompeu. Em vez disso, foi buscar um café com a Srta. de Wijs e começou uma conversa sobre o tempo que logo mudou de foco para os amigos quadrúpedes. Gatos em geral, particularmente a gata siamesa Melisande de la Croix da Srta. de Wijs. Apesar do uso regular de pílulas anticoncepcionais e do fato de a frágil fêmea quase nunca ter coragem de colocar o focinho para fora da casa, há uma semana ela mostrava sinais de gravidez cada vez mais evidentes.

No quarteirão em que a Srta. de Wijs morava, havia apenas mais um gato — um gato velho e magro de cor cinzenta que, até onde ela sabia, vivia com uma família de imigrantes curdos, apesar de passar tanto as horas do dia como da noite acordado e vagando pelas ruas. Pelo menos quando o tempo estava bom. Como ele tinha conseguido descobrir a reservada Melisande de la Croix era, no mínimo, um mistério.

Um mistério e algo inacreditável. Embora a Srta. de Wijs ainda não tivesse ido ao veterinário para obter uma confirmação. Mas todos os sinais indicavam uma única direção. Era um fato, infelizmente.

Malik gostava de gatos. Eles tinham até tido dois há tempos atrás, mas Ilse nunca os tolerou de verdade, especialmente a gata. E quando descobriram que Jacob era alérgico a pêlos de animais, livraram-se deles com a ajuda de duas injeções eficazes e garantidamente indolores.

Ele também gostava da Srta. de Wijs. Ela tinha um temperamento doce e fleumático, a que ao longo dos anos ele aprendeu a dar grande valor. A única coisa que lhe causava espanto até hoje era o fato de os homens terem deixado ela continuar solteira e virgem. Pelo menos não havia nada que indicasse que a situação fosse outra e, ao que parecia, continuaria assim. O seu aniversário de 40 anos era agora em maio, e Malik e Wolff já tinham começado a pensar em como comemorá-lo. Naturalmente era uma data que não podia passar em branco. A Srta. de Wijs estava com eles há mais de dez anos, e Malik e Wolff sabiam que ela provavelmente significava mais para a sobrevivência da firma do que eles mesmos.

— O que você vai fazer se isso for comprovado? — ele perguntou.

A Srta. de Wijs encolheu os ombros de maneira que os peitos pesados pularam por baixo da blusa.

— Fazer? — ela perguntou. — Não há nada a fazer além de deixar a natureza seguir seu caminho natural. E esperar que não sejam muitos. Além disso, é fácil encontrar pessoas que querem gatos siameses, mesmo sendo meio siamês.

Malik concordou e terminou o seu café. Colocou as mãos atrás da cabeça e ficou pensando por alguns instantes no resto das tarefas do dia.

— Eu vou à Schaaltze — decidiu. — Avise o Wolff que estarei de volta depois do almoço.

Só quando já estava descendo no elevador é que lembrou que estava sem carro. Murmurou alguns palavrões pela sua distração e por alguns segundos pensou se deveria subir novamente. Foi então que se deu conta de que também poderia ir de ônibus. Não era comum hoje em dia ele usar o transporte coletivo, mas ele sabia que Nielsen e Vermeer às vezes vinham no ônibus 23, de Schaaltze. Se era possível ir em uma direção, certamente seria possível fazer o caminho contrário.

A PARADA DE ÔNIBUS ficava perto do centro comercial e da agência do correio. Quando já estava quase na metade do caminho, ele teve a sensação de que estava sendo seguido.

Ou pelo menos de que estava sendo observado. Ele parou de repente e olhou à sua volta. Não havia exatamente uma multidão de gente na calçada, mas ainda assim gente demais para que ele pudesse discernir ou identificar alguém que estivesse se comportando de maneira esquisita. Ficou pensando por alguns segundos e continuou a caminhar em direção à parada. Talvez fosse só imaginação, mas de qualquer maneira talvez fosse melhor não demonstrar tão claramente que ele suspeitava de algo. Convenceu-se rapidamente disso, enquanto diminuía os passos e tentava prestar mais atenção.

Ao mesmo tempo, surpreendeu-se com a sua capacidade de aceitar com tanta rapidez e naturalidade aquelas sensações e suspeitas. Como se aquilo fosse, de alguma maneira, algo banal.

E por que diabos alguém o seguiria? Ryszard Malik! Quem poderia ter algum interesse em uma pessoa tão banal e insignificante?

Ele sacudiu a cabeça e enfiou as mãos nos bolsos do paletó.

Que imaginação mais absurda era aquela? Ilse com certeza tinha conseguido contaminá-lo com as suas bobagens.

Mas ainda assim havia um fundo de verdade ali. Ou pelo menos a sensação. Tinha alguém atrás dele. Bem perto. Alguém que vigiava seus passos. Talvez fosse uma pessoa com a qual ele já havia cruzado e logo depois dera meia-volta e agora estava seguindo-o a uma distância de algumas dezenas de metros. Uma manobra desse tipo certamente daria para perceber de alguma maneira vaga e intuitiva... ou será que já havia alguém na portaria antes de ele sair à rua? Alguém que o esperava? Que merda, tinha alguma coisa.

Ele chegou ao ponto de ônibus e parou. Evidentemente um ônibus acabara de partir, já que não havia ninguém no ponto. Ele entrou no pequeno abrigo e começou a observar furtivamente os transeuntes que passavam. Alguns caminhavam decididos e com pressa, outros mais devagar. Às vezes alguns paravam e ficavam ao lado dele dentro daquele abrigo relativamente protegido contra o vento para esperar o ônibus. Ficavam em pé com aquela postura meio amigável, meio antipática que estranhos com um objetivo em comum costumam adotar. Um jovem com um cachecol listrado amarelo e preto, quase arrastando no chão. Duas senhoras idosas com sobretudos surrados, carregando sacolas de compras. Uma mulher mais jovem com uma boina azul e uma pasta de couro fina. Um pré-adolescente com um tique nervoso no rosto e que ficava o tempo todo coçando a virilha sem tirar as mãos dos bolsos.

Nenhum candidato especialmente aceitável, tinha que confessar; nenhum deles. Quando o ônibus chegou, todos embarcaram menos uma das senhoras idosas. Ele deixou os outros entrarem primeiro, pagou com dedos inábeis e conseguiu se enfiar em um dos assentos bem ao fundo.

Para evitar ter alguém atrás dele, justificou-se.

Durante o trajeto, que levou praticamente vinte minutos — quase o mesmo que levaria de carro, ele constatou surpreso —, seus pensamentos travaram uma batalha desigual entre emoções confusas e persistentes.

Que merda que estou fazendo? — pensava de forma racional. Uma total insensatez! Loucura!

Tem alguma coisa, dizia sua intuição. Não tente imaginar outra coisa.

Estou ficando louco, constatava seu lado racional. Minha vida é tão monótona que aceito qualquer coisa para ter um pouco de emoção.

Você está em perigo, contestava sua intuição. Você sabe disso, mas não tem coragem de admitir.

Ele olhou através da janela embaçada. Estava justamente passando pelo Estádio Richter, com seu pomposo campanário.

Por que os pensamentos dizem "eu" e os sentimentos "você"?, ele se perguntou confuso. Com certeza tem a ver com a minha síndrome de macho, ao menos é o que Ilse diria...

E de repente se deu conta de que estava cantarolando aquela música de novo.

The Rise and Fall of Flingel Bunt. Tinha algo a ver com ela. Algo muito especial; recordações de algo que lhe acontecera e que agora pairava sob uma nuvem negra do poço do esquecimento, sem que ele conseguisse saber o que era.

Pelo menos não antes de saltar do ônibus e atravessar a rua em direção à fábrica. E de repente ele percebeu e na mesma hora também entendeu que não seria inteligente descartar pressentimentos e suspeitas com tanta facilidade em um futuro próximo.

Porém, a fantasia e a capacidade de imaginação de Ryszard Malik não iam muito além disso, e como o seu filho constataria mais tarde, provavelmente quanto menos ele soubesse e suspeitasse, melhor.

E o que aconteceria com a provável gravidez de Melisande de la Croix e o aniversário de 40 anos da Srta. de Wijs também seriam questões que, para Ryszard Malik, logo se perderiam em um futuro vazio e obscuro.

6

Apesar de já ter se passado um ano e meio desde que Ilse Malik se demitira do seu emprego no Kongers Palatz, ela ainda não tinha conseguido se dedicar a uma vida social mais intensa. Jogava tênis com uma velha amiga uma vez por semana, nas tardes de terça-feira. Visitava sua irmã em Linzhuisen — quando o marido viajava a negócios, o que acontecia pelo menos uma vez por mês. Era membro da associação *Salve as Florestas* e a cada semestre ela começava um curso, que sempre abandonava depois da primeira aula.

Não havia mais nada além disso, a não ser um programa de assinaturas para ir ao teatro que o pessoal do hotel tinha e que ela ainda usava, apesar de não ter mais direito, se fosse para entrar em detalhes.

Mas ninguém se preocupava com isso e naquela sexta-feira (eles sempre iam na sexta-feira depois da estréia) era a vez de *Casa de Bonecas*. Ela perdeu a conta de quantas vezes já tinha visto essa peça, mas era uma de suas favoritas e seria preciso um bom motivo para que desistisse de ir.

Talvez depois desse tempo para uma taça de vinho com queijo, e um bate-papo com Bernadette, a única de suas ex-colegas de trabalho com quem tivera e ainda tinha algum tipo de contato mais íntimo.

* * *

E ACABOU SENDO até mais de uma taça de vinho. A Nora daquela noite tinha sido interpretada por uma jovem e talentosa atriz, emprestada pelo Teatro Burg, de Aarlach, e no hotel um novo gerente geral tinha assumido o cargo há menos de um mês. Tinham muita coisa sobre o que falar. Quando Ilse Malik, poucos minutos antes das 23h30, pegou um táxi em frente ao Kraus (Bernadette morava perto e preferiu caminhar um pouco para aproveitar a brisa da noite), ela estava sentindo-se particularmente satisfeita com a noite e com a vida em geral, e logo começou uma conversa com o motorista sobre cinema e teatro. Infelizmente, a conversa murchou depois de poucos minutos, ao ficar evidente que ele não pisava em um teatro desde a Escola Profissionalizante, quando fora obrigado a ir por um professor de sueco enérgico demais, há mais de 35 anos. E de todos os filmes a que ele tinha assistido nos últimos anos, na sua opinião, nada se comparava a *O Monstro da Lagoa Negra*.

De qualquer forma, pouco depois de 23h40 ele parou em frente à casa dos Malik, em Leufwens Allé — a temperatura tinha subido novamente para agradáveis cinco graus positivos, e o estado da rua estava excelente. Ilse pagou, arredondando generosamente para 15 florins, apesar da falta de cultura do motorista, e desceu do carro.

A casa estava totalmente às escuras, o que a deixou um pouco surpresa. Malik raramente ia dormir antes de meia-noite, em especial numa noite de sexta-feira, quando tinha a casa toda para si. Nem a luz do escritório estava acesa, mas também poderia estar sentado no escuro, na sala de televisão que dava para o jardim.

Mas ele ter apagado a luz do corredor de entrada sabendo que ela chegaria em casa, foi sem dúvida uma idiotice. Ela registrou aquilo para lembrar de chamar sua atenção, enquanto procurava as chaves na bolsa. Geralmente o marido não costumava trancar a porta principal quando ela não estava em casa, mas alguma coisa lhe dizia que justo naquela noite ele tinha feito isso.

Pelo menos foi dessa forma que ela acreditou ter raciocinado. Mais tarde.

Depois. Quando ela tentou reconstruir os fatos, e tudo parecia apenas um caos e um buraco negro.

Ela enfiou a chave na fechadura. Girou-a e constatou surpresa que, apesar de tudo, não estava trancada. Abriu. Esticou a mão e acendeu a luz do corredor de entrada.

Ele estava caído bem perto da porta. De costas e com os pés quase em cima do capacho. Grande parte da frente da camisa branca estava vermelho-escura, assim como o assoalho de pinho (geralmente claro) embaixo dele. A boca estava escancarada e os olhos pareciam fixos em um determinado ponto do teto. O antebraço esquerdo estava apoiado na pequena cômoda abaulada de mogno que guardava luvas e cachecóis, como se tivesse levantado a mão para responder a uma pergunta na escola. Uma perna da sua calça de gabardine cinza — a direita — tinha levantado quase até o joelho, deixando à vista aquele feio sinal de nascença parecido com um pequeno jacaré que tanto a atraíra na época em que eram noivos. Bem perto da mão direita semicerrada, ao lado da estante de sapatos, estava o *Telegraaf* aberto nas palavras cruzadas, feitas até a metade. Uma mosca estava zumbindo perto da cabeça dele, evidentemente sem saber que estávamos em janeiro e que na verdade deveria estar em algum lugar escuro, dormindo por pelo menos mais três meses.

Ela tinha registrado tudo isso enquanto permanecia imóvel, com as chaves penduradas entre o polegar e o dedo indicador. Depois fechou a porta. De repente sentiu uma tontura forte e automaticamente abriu a boca para conseguir mais oxigênio, mas não foi o suficiente. Era tarde demais. Sem emitir qualquer som, ela caiu para a frente, diagonalmente sobre o marido, e bateu com o supercílio na quinta pontiaguda da estante de sapatos. O seu próprio sangue claro e quente começou a escorrer lentamente e se misturar com o sangue frio e coagulado dele.

Um tempo depois ela voltou a si. Tentou em vão sacudir o marido para reanimá-lo, arrastou-se 5 metros dentro da casa, sujando o chão, os tapetes e as paredes de sangue, e ligou para a ambulância.

Só depois que a ambulância chegou e constatou o que tinha acontecido é que a polícia foi avisada. Era 1h06 minutos e o trabalho da polícia propriamente dito começou pouco mais de meia hora depois, quando o investigador criminal Reinhart e o assistente Jung chegaram ao local do crime acompanhados da equipe de peritos e do médico-legista. Naquele momento Ilse Malik tinha perdido a consciência de novo, desta vez por conta de uma injeção aplicada com relativa força pelo enfermeiro mais velho e experiente da ambulância.

Quanto a Ryszard Malik, àquela altura ele já estava morto havia cinco horas. Quando o investigador Reinhart, um pouco irritado, desabafou: "meus caros, com certeza não vamos resolver essa merda antes do sol nascer", ninguém nem levantou as sobrancelhas em protesto.

III

20 a 29 de janeiro

II

7

ELE PODIA JURAR que tinha desligado o telefone antes de se deitar, mas o que adiantava jurar? O telefone — esse instrumento do diabo — estava no seu lugar na mesinha-de-cabeceira, arranhando o seu cérebro com as suas malditas ondas sonoras.

Ou seja lá o que fosse.

Ele abriu um dos olhos remelentos e olhou o aparelho em uma tentativa inútil de silenciá-lo. Ele continuava insistentemente. Toque após toque, atravessando o quarto acinzentado pelo amanhecer.

Ele abriu mais um olho. O relógio na mesma mesinha-de-cabeceira mostrava 7h55. Quem era o desgraçado que tinha a coragem e a petulância de acordá-lo antes das oito em um sábado de folga?, pensou. Quem?

Em janeiro.

Se tinha um mês que ele odiava, era janeiro — demorava uma eternidade após eternidade para acabar, com chuvas dia e noite e meia hora de luz do sol por dia.

Só havia uma coisa a fazer nesta época lúgubre. Dormir. Mais nada.

Ele esticou a mão esquerda e pegou o aparelho.

— Van Veeteren.

— Bom-dia, senhor comissário.

Era Reinhart.

— Por que diabos você está me acordando às cinco e meia de um sábado de manhã? Está maluco?

Mas Reinhart parecia tão impassível quanto um policial que multa por estacionamento proibido.

— São oito horas. Se alguém não quer atender os telefonemas e se recusa a providenciar uma secretária eletrônica, deve desligar o telefone. Se o senhor comissário me escutar, posso explicar como...

— Cale a boca, senhor intendente! Vá direto ao assunto!

— Com prazer — disse Reinhart. — Um cadáver em Leufwens Allé. Um homicídio para não deixar dúvidas. Um tal de Ryszard Malik. Reunião às três horas.

— Às três?

— Sim, às três. Por quê?

— Posso chegar na delegacia em vinte minutos. Você podia ter me ligado meio-dia.

Reinhart bocejou no telefone.

— Pretendia dormir um pouco. Acabei de chegar de lá. Estou trabalhando desde uma e meia... Achei que talvez você quisesse ir até o local dar uma olhada.

Van Veeteren apoiou-se nos cotovelos, até ficar quase sentado. Tentou olhar pela janela.

— Como está o tempo?

— Chuvoso, com ventos de mais ou menos 54km/h.

— Ótimo. Vou ficar em casa. Devo chegar às três, se o meu horóscopo não tiver nada contra... Quem está cuidando do caso agora?

— Heinemann e Jung. Mas como Jung não dorme há duas noites, ele provavelmente vai precisar descansar algumas horas.

— Alguma pista?

— Não.

— Como aconteceu?

— Tiro. Mas a reunião será às três, não agora. Acho que é um caso bastante delicado, por isso liguei. Se mudar de idéia, o endereço é Leufwens Allé 14.

— Acho difícil — respondeu Van Veeteren e desligou.

* * *

É CLARO QUE depois foi impossível dormir de novo. Às 8h45 ele desistiu e foi se deitar na banheira. Deitado na espuma, ficou pensando na noite de ontem, que tinha passado na companhia de Renate e Erich, no restaurante Mefisto.

A ex-mulher e o filho pródigo (que ainda não tinha voltado e nem parecia ter a mínima intenção de fazê-lo). Era mais uma das inúmeras tentativas de Renate em resgatar o seu sentimento de culpa e uma família que nunca existiu, e o resultado foi tão desastroso quanto os motivos que já indicavam esse final. A conversa aconteceu como no meio de um gelo fino sobre águas turvas. Erich foi embora no meio da sobremesa, dando como desculpa um encontro importante com uma mulher. Depois então permaneceram ali, ex-marido e ex-mulher, diante de uma tábua de queijos de aparência duvidosa e angustiados, esforçando-se para não magoar um ao outro mais do que o necessário. Ele a colocou em um táxi pouco depois de meia-noite e foi a pé para casa com a esperança de que o vento cortante ajudasse a livrar a sua mente de todos os pensamentos negativos.

De nada adiantou. Quando chegou em casa, afundou-se na poltrona, ouviu Monteverdi durante uma hora, tomou três cervejas e só foi conseguir dormir à uma e meia.

Em outras palavras, uma noite bem mal aproveitada. Mas típica, sem dúvida. Muito típica. Apesar de ser janeiro, como já tinha sido dito. O que mais se poderia esperar?

Ele saiu da banheira. Sem muita disposição, fez alguns exercícios para as costas na frente do espelho do quarto. Vestiu-se e preparou o café-da-manhã.

Sentou na mesa da cozinha com o jornal da manhã aberto na sua frente. Não tinha uma linha sobre o assassinato. Claro que não. Deve ter acontecido quando as prensas já estavam rodando... Se é que usavam prensas hoje em dia. Como era mesmo o nome do homem? Malik?

O que Reinhart tinha dito? Leufwens Allé? Ele tinha muita vontade de ligar para o intendente e fazer algumas perguntas, mas as reminiscências do seu lado bom, ou seja lá qual fosse o motivo, prevaleceram e ele desistiu da idéia. Saberia tudo que precisava saber no tempo certo. Não havia razão para tanta pressa... provavelmente, era melhor aproveitar estas horas antes que tudo começasse. Não havia um assassinato desde o início de dezembro, apesar de todos os feriados, e se fosse como Reinhart tinha dito, um caso delicado, teriam muito o que fazer daqui para frente. Reinhart costumava saber do que estava falando. Mais do que a maioria.

Ele serviu mais uma xícara de café e começou a estudar o desafio de xadrez da semana. Um xeque-mate em três lances, que provavelmente também tinha uma ou outra dificuldade.

— *ALL RIGHT* — disse Reinhart e deixou o cachimbo de lado. — Os fatos do caso. À 1h06 desta madrugada, o motorista de ambulância, Felix Hald, avisou que havia um cadáver em Leufwens Allé 14. Chegaram lá depois que a dona da casa, Ilse Malik, chamou a ambulância. Ela estava muito desorientada e tinha evitado ligar para a polícia, apesar de o marido estar mais morto do que uma estátua... morto com quatro tiros, dois no peito e dois na genitália.

— Na genitália? — perguntou o inspetor Rooth, com a boca cheia de sanduíche.

— Na genitália — disse Reinhart. — No pau, se preferir. — Ela tinha chegado do teatro mais ou menos à meia-noite ou um pouco antes, evidentemente, e encontrou-o morto, caído no corredor de entrada. Bem perto da porta. A arma parece ser uma Berenger 765. Todas as balas foram recolhidas. Há motivos para se acreditar que também havia um silenciador, já que ninguém ouviu nada. A vítima, Ryszard Malik, tem 52 anos. Sócio de uma firma que fabrica e vende utensílios para cozinhas industriais e de restaurantes ou coisa parecida. Não tem antecedentes criminais, não é nosso conhecido e, até onde se saiba, nunca fez negócios escusos. Nem uma merdinha sequer. Bom, de uma forma geral, isso é tudo. Heinemann?

O intendente Heinemann tirou os óculos e começou a limpá-los com a gravata.

— Ninguém percebeu nada — ele respondeu. — Falamos com os vizinhos, mas a casa é bem protegida. Cercas vivas e terrenos grandes... então, ao que tudo indica, alguém simplesmente foi até a porta, tocou a campainha e atirou quando ele abriu. Não há indícios de violência ou coisa parecida. Malik estava sozinho em casa fazendo palavras cruzadas e tomando o seu uísque enquanto a mulher estava no teatro... É, depois o assassino deve ter fechado a porta e ido embora, muito provavelmente. Bem simples, se a gente quiser ver deste ângulo.

— Belo plano — disse Rooth.

— Sem dúvida — disse Van Veeteren. — O que disse a viúva?

Heinemann suspirou. Acenou com a cabeça para Jung que, a julgar pelas aparências, tinha dificuldade em permanecer acordado.

— Nem um pouco comunicativa — respondeu. — Quase impossível de fazer qualquer contato. Um dos homens da ambulância aplicou-lhe uma injeção, foi melhor assim. Ela acordou por alguns momentos de manhã. Falou de Ibsen, acho que é um escritor. Ela tinha ido ao teatro, conseguimos a confirmação disso com uma amiga que estava com ela... Bernadette Kooning. De qualquer maneira, não parece entender que o marido está morto.

— Você também não parece muito acessível — disse Van Veeteren. Há quanto tempo está acordado?

Jung contou nos dedos.

— Umas 48 horas — eu acho.

— Vá para casa dormir — ordenou Reinhart.

Jung se levantou.

— Posso pegar um táxi? Já não lembro muito bem o que é direita e o que é esquerda.

— Claro — disse Reinhart. — Pegue dois se precisar. Ou peça a alguém do plantão para te levar.

— Dois? — disse Jung e saiu cambaleando. — Não precisa, basta um...

Todos ficaram em silêncio por alguns instantes. Heinemann tentava desamarrotar sua gravata. Reinhart apreciava o seu cachimbo. Van Veeteren tinha enfiado um palito entre os dentes do maxilar inferior e olhava para o teto.

— É isso — ele falou finalmente. — É muita coisa, não há como negar. O Hiller foi avisado?

— Ele está na praia — disse Reinhart.

— Em janeiro?

— Não acho que ele tenha ido para nadar. Deixei um recado, por via das dúvidas. Haverá uma coletiva de imprensa às cinco horas e acho melhor o comissário ficar à frente disso.

— Obrigado — disse Van Veeteren. — Acho que só preciso de meio minuto.

Ele olhou em volta.

— Acho que por enquanto não adianta colocar mais gente — ele constatou. — Quando a mulher deve acordar de novo? Aliás, onde ela está internada?

— Nova Rumford — respondeu Heinemann. — Ela deve poder falar agora de tarde. Moreno está lá esperando.

— Ótimo — disse Van Veeteren. — E a família e os amigos?

— Um filho que estuda em Munique — respondeu Reinhart. — Ele está a caminho. É praticamente tudo. Malik não tem irmãos e os pais já faleceram. Ilse Malik tem uma irmã. Também está em Rumford esperando.

— Na verdade, esperando o quê? — comentou Rooth.

— Sem dúvida — disse Van Veeteren. — Posso fazer uma pergunta aos senhores?

— Por favor — respondeu Reinhart.

— Por quê? — disse Van Veeteren e tirou o palito.

— Também tenho pensado nisso — disse Reinhart. — Peço que aguardem a minha resposta até eu chegar a alguma conclusão.

— Sempre podemos esperar que alguém se entregue de livre e espontânea vontade — comentou Rooth.

— Sempre podemos ter esperança — disse Reinhart.

Van Veeteren bocejou. Eram 15h16 de sábado, 20 de janeiro. A primeira reunião sobre o caso Ryszard Malik tinha terminado.

MÜNSTER ESTACIONOU EM frente ao hospital Nova Rumford e teve quase que correr debaixo de chuva até a entrada. Uma recepcionista que fazia crochê encaminhou-o para o quarto andar, setor 42. E depois de ter explicado o motivo de sua visita e mostrado a sua identidade, ele foi levado até uma pequena sala de espera de cor mostarda, com móveis de plástico duro e cartazes de agências de viagem chamativos pendurados nas paredes. Era evidente que queriam tentar dar às pessoas a possibilidade de sonhar com outro lugar. Não era uma má idéia, pensou Münster.

Duas mulheres estavam sentadas na sala. A mais jovem e definitivamente a mais bonita, de cabelos castanhos volumosos e um livro no colo, era a primeira assistente criminal Ewa Moreno. Com uma atitude positiva, ela acenou a cabeça para cumprimentá-lo. A outra, uma figura magra e meio corcunda de aproximadamente 55 anos e óculos que escondiam a metade do seu rosto, mexia nervosamente em algo dentro da sua bolsa preta. Ele concluiu que se tratava de Marlene Winther, irmã da recém-viúva. Ele se aproximou e cumprimentou-a.

— Münster, investigador criminal.

Ela apertou sua mão sem se levantar.

— Entendo que deve ser difícil para a senhora. Peço a sua compreensão, já que somos obrigados a importuná-la.

— A assistente já me explicou.

Ela virou a cabeça em direção a Moreno. Münster assentiu.

— Ela ainda não acordou?

Moreno tossiu e deixou o livro de lado.

— Ela está acordada, mas o médico pediu um pouco mais de tempo primeiro. Talvez possamos...?

Münster assentiu novamente e foram até o corredor, deixando a senhora Winther sozinha.

— Bastante chocada, evidentemente — explicou Moreno quando acharam um lugar isolado para conversarem a sós. — Temem até que ela enlouqueça de vez. Ela já era uma pessoa nervosa antes e isso não melhorou em nada o seu estado. Já fez tratamento, esse tipo de coisa.

— Você interrogou a irmã?

Moreno assentiu.

— Claro. Ela também não parece muito forte. A gente precisa ter cautela.

— Hostil?

— Na verdade não. Apenas um pouco de síndrome da irmã mais velha. Ela está acostumada a tomar conta dela, me parece... e ao que tudo indica, terá de continuar a fazer isso.

— Mas você ainda não falou com ela? Quero dizer, com a senhora Malik.

— Não. Jung e Heinemann tentaram um pouco de manhã, mas não rendeu muita coisa.

Münster refletiu.

— Talvez ela não tenha muita coisa para contar.

— Não, provavelmente não. Você quer que eu tome a frente? Daqui a pouco vamos entrar.

Münster assentiu em agradecimento.

— Deve ser mais tranqüilo com uma mulher. Eu espero enquanto isso.

DEIXARAM O HOSPITAL juntos 45 minutos depois. Sentaram-se no carro de Münster, onde Moreno tirou seu bloco e começou a verificar os resultados bem fracos do seu encontro com Ilse Malik. Münster tinha falado com o doutor Hübner — um velho médico de cabelos grisalhos que parecia já ter visto tudo na vida — e entendido que provavelmente demoraria alguns dias ainda antes que fosse possível submetê-la a um interrogatório oficial. Se fosse necessário, queria dizer.

Hübner tinha descrito o caso como um estado de choque muito grave. Começariam com medicamentos fortes, que seriam diminuídos aos poucos. Incapacidade de aceitar os fatos. Enclausuramento.

Não é de se admirar, pensou Münster.

— O que ela disse? — perguntou Münster.

— Não muito — disse Moreno suspirando. — Um casamento feliz, segundo ela. Malik ficou em casa ontem à noite, ela foi assistir à peça *Casa de Bonecas,* no Teatro Lilla. Saiu de casa mais ou menos às seis e meia e depois tomou uma taça de vinho com a tal amiga. Foi de táxi para casa. Depois começou a delirar. Contou que o marido passou mal e estava caído no corredor de entrada. Ela tentou cuidar dele, mas percebeu que era sério e então chamou uma ambulância. Deve ter esperado quase uma hora, se entendi bem. Desmaiou e também conseguiu se machucar. Ela pensa que o marido está aqui no hospital e não entende por que não pode vê-lo... Um pouco difícil de lidar com ela, a irmã já tentou contar o que aconteceu, mas ela se recusa a ouvir. Começa a falar de outro assunto.

— O quê?

— De tudo. A peça, um espetáculo maravilhoso, evidentemente. O filho. Ela contou que ele não tem tempo de vir por causa dos estudos. Vai se formar em direito bancário ou ou algo assim.

— Deve chegar daqui a uma hora — disse Münster. — Coitado. Mas imagino que o médico deve examiná-lo também.

Moreno concordou.

— Ele vai ficar na casa da tia por enquanto. Vamos conversar com ele amanhã.

Münster refletiu.

— Ficou sabendo algo sobre ameaças, inimigos ou coisas parecidas?

— Não. Tentei levantar o assunto, mas não deu em nada. Falei sobre isso com a irmã, mas ela não tinha nenhuma suspeita. Também não parece estar escondendo nada. E agora, o que fazemos com isso?

Münster encolheu os ombros.

— Vou ter que falar disso com os outros na segunda-feira. Seja como for, que história maldita. Posso te deixar em algum lugar?

— Em casa — respondeu Ewa Moreno.— Já estou aqui há sete horas. Talvez esteja na hora de pensar em outra coisa.

— Boa idéia — constatou Münster e ligou o carro.

Mauritz Wolff recebeu-o em sua casa, um apartamento quase gigantesco nos quarteirões dos canais, com vista para Langgraacht e Megsje Bois. As salas estavam apinhadas de crianças de todas as idades e Reinhart presumiu que ele havia se casado tarde — ou algumas vezes — já que aparentava ter pouco mais de 50 anos. De qualquer forma, era um homem grande e de rosto vermelho, com um sorriso natural que tinha dificuldade de desfazer até mesmo em uma situação como essa.

— Seja muito bem-vindo — cumprimentou. — Que história horrível. Tenho que dizer que estou muito chocado. Não consigo entender.

Ele afastou uma menininha que estava agarrada na perna da calça dele. Reinhart olhou em volta. Começou a se perguntar se já não era hora de aparecer uma mulher de algum canto.

— Que belo apartamento — ele disse. — Tem algum lugar onde possamos conversar a sós?

— Venha comigo — disse Wolff, enquanto seguia por um corredor até uma sala que evidentemente era usada como biblioteca e escritório. Ele fechou a porta e trancou-a. Indicou uma das duas poltronas perto de uma mesa baixinha para Reinhart e afundou-se pesadamente na outra.

— Que coisa terrível — constatou novamente. — Vocês têm alguma idéia de quem poderia ter feito isso?

Reinhart sacudiu a cabeça.

— O senhor tem?

— Não tenho a menor idéia.

— O senhor o conhecia bem?

— Por dentro e por fora — disse Wolff, estendendo um maço de cigarro. Reinhart pegou um. — Aliás, quer beber alguma coisa?

— Não, obrigado. Continue!

— Bom, mas o que posso dizer? Trabalhamos juntos durante 16 anos, desde que abrimos a firma. Já nos conhecíamos antes disso.

— Vocês também se relacionavam fora do trabalho?

— O senhor quer dizer com a família?

— Sim.

— Bem, na verdade não. Pelo menos não desde que conheci Mette, minha nova esposa, de qualquer forma... deve ter sido um choque para Ilse. Como ela está? Tentei ligar...

— Em estado de choque — respondeu Reinhart. — Está no hospital por enquanto.

— Entendo — disse Wolff, tentando ser diplomático.

Reinhart esperou.

— Ela às vezes fica muito nervosa — esclareceu Wolff.

— Ouvi falar — disse Reinhart. — E como vai a firma?

— Mais ou menos. Está indo. É um bom ramo, apesar de ter sido melhor nos anos 80. Mas afinal, o que não era naquela época?

Ele deu uma risada, mas se controlou.

— Pode ter alguma relação com o trabalho? — perguntou Reinhart.

— Com a empresa, quero dizer?

Reinhart formulou mal a pergunta e Wolff não entendeu.

— O assassino de Malik pode ter alguma ligação com a empresa de vocês? — esclareceu Reinhart.

Wolff sacudiu a cabeça sem entender.

— Conosco? Não, como assim?

— O que o senhor acha? Ele tinha uma amante? Algum negócio escuso? O senhor o conhecia melhor do que ninguém.

Wolff coçou a nuca.

— Não — ele respondeu depois de alguns instantes. — Nenhum dos dois. Se Malik tivesse tido outras mulheres, eu saberia. E não posso imaginá-lo envolvido em algo ilícito.

— Ou seja, ele era o próprio modelo de virtudes — constatou Reinhart. — Há quanto tempo o senhor disse que o conhece?

Wolff fez as contas.

— Nos conhecemos há mais ou menos 25 anos, pelo trabalho. Nós dois trabalhamos na Gündler & Wein, mas depois de algum tempo saímos e montamos o nosso próprio negócio... éramos três no início, mas o outro saiu depois de meio ano.

— Como era o nome dele?

— Merrinck. Jan Merrinck.

Reinhart fez uma anotação.

— O senhor lembra se aconteceu algum fato incomum nos últimos tempos? Se Malik estava se comportando de uma maneira estranha?

— Não, nada que eu me lembre... Sinto muito, mas parece que não tenho muito como ajudar.

Reinhart mudou de assunto.

— Como era o casamento?

— Do Malik?

— É.

Wolff sacudiu os ombros.

— Mais ou menos. Mas ele agüentava firme. O meu primeiro deve ter sido pior. Malik era forte... Uma pessoa segura e confiável. Talvez um pouco chato. O diabo, não entendo quem pode ter feito isso, senhor intendente. Deve ser um louco, não? Algum lunático. O senhor tem alguma pista?

Reinhart ignorou a pergunta.

— A que horas ele saiu do escritório ontem?

— Quinze para as cinco — Wolff respondeu imediatamente. — Um pouco mais cedo do que o de costume, pois ia buscar o carro na oficina. Eu fiquei até cinco e meia.

— E ele não se comportou de maneira estranha de alguma forma?

— Não. Já disse isso.

— E essa Rachel de Wijs que trabalha com vocês? O que o senhor tem a dizer sobre ela?

— A Rachel? Um verdadeiro tesouro. Em todos os sentidos. Sem ela não sobreviveríamos nem meio ano. Ele mordeu os lábios e deu uma baforada no cigarro. — Mas agora tudo será diferente, é claro. Que merda.

— Então Malik não tinha nada com ela?

— Malik e Rachel? Não, isso o senhor pode apostar que não tinha.

— Está certo — disse Reinhart. — Bom, agora tenho que fazer isso. E o senhor, tinha algum motivo para desejá-lo fora do seu caminho?

Wolff ficou boquiaberto.

— É a coisa mais absurda...

— Calma, não fique nervoso. O senhor precisa entender que sou obrigado a fazer esta pergunta. Malik foi assassinado e o fato é que, na maioria dos casos, o assassino é alguém do círculo dos amigos... O senhor é a pessoa que melhor o conhecia, acho que estávamos de acordo sobre isso.

— Cacete, ele era meu sócio. Um dos meus melhores amigos.

— Eu sei. Mas se o senhor tivesse um motivo, é melhor confessar antes que a gente descubra a verdade.

Wolff ficou quieto por alguns momentos, pensando no que tinha sido dito.

— Não — respondeu depois. — Que diabo de motivo eu teria para matar Malik? A parte dele na firma passará para Ilse e Jacob, o que só vai complicar as coisas. O senhor precisa entender que a morte dele também foi um choque para mim, senhor intendente. Eu sei que posso parecer um pouco grosseiro, mas eu lamento muito a sua morte... Lamento a sua morte como a de um amigo próximo.

Reinhart assentiu.

— Compreendo — disse. — Acho que isso basta por hoje, mas o senhor tem que contar com a possibilidade de que voltaremos. Gostaríamos muito de apanhar quem fez isso.

Wolff se levantou abrindo os braços.

— Naturalmente. Tudo que eu puder fazer para ajudar... Estou à disposição sempre que precisar.

— Ótimo — disse Reinhart. — Se lembrar de alguma coisa, entre em contato. É melhor ir tomar conta das crianças agora. Aliás, quantos são?

— Seis — respondeu Wolff. — Três mais velhos e três menores.

— Crescei e multiplicai-vos — disse Reinhart. — Não dá muito trabalho? Tomar conta deles, quero dizer.

Wolff sorriu e balançou a cabeça.

— Nem um pouco. O limite é quatro. Depois tanto faz se são sete ou 17.

Reinhart concordou e decidiu guardar aquilo na memória.

8

Na tentativa de conquistar leitores esporádicos, os jornais de domingo deram bastante destaque ao assassinato de Ryszard Malik. Manchetes em negrito nos cartazes e primeiras páginas, fotos da vítima (com vida e sorridente) e da casa, e duas páginas inteiras no *Neuwe Blatt* e no *Telegraaf*. Muitos detalhes e pouco conteúdo, tudo naturalmente muito bem calculado — afinal, o que mais as pessoas tinham para fazer em um dia de janeiro chuvoso e com ventos do que ficar em casa e consumir desgraças ainda piores?

Como Van Veeteren era assinante, não precisava colocar o nariz fora de casa para conseguir um jornal. Pelo contrário, ficou em casa o dia inteiro, leu algumas partes selecionadas da coluna *Partidas de xadrez famosas*, de Rimley, e ficou ouvindo Bach. No sábado à noite ele tinha ido rapidamente à Leufwens Allé e constatado que não havia mais nada a ser descoberto. Os técnicos e os peritos criminais que investigavam o local do crime tinham passado um pente-fino na casa e no jardim, e imaginar que ele encontraria algo que eles não haviam detectado seria superestimar a sua capacidade. Mesmo que isso já tivesse acontecido antes.

Também nem era certo que ele precisaria se preocupar com isso. Era Hiller quem decidiria quando voltasse da praia na segunda-feira de manhã. Talvez bastasse que Reinhart e Münster ficassem à frente das investigações. Seria sem dúvida muito bom. Um favor a ser pedido discretamente, pensou — se pudesse escolher um mês do ano para hibernar ou se congelar, ela escolheria janeiro sem pestanejar.

Se pudesse escolher dois, escolheria fevereiro também.

Segunda-feira o carro enguiçou. Provavelmente algo a ver com a umidade. Encharcado, ele teve que andar quatro quarteirões antes de conseguir entrar em um táxi, em Rejmer Plejn. Chegou à reunião da manhã com dez minutos de atraso.

Reinhart, que conduziu a reunião, chegou apenas um minuto depois. E a apresentação não foi muito proveitosa.

O laudo técnico estava pronto e não revelou mais do que já se sabia. Ou julgavam saber. Ryszard Malik foi morto a tiros entre sete e meia e oito e meia na noite da sexta-feira com uma pistola Berenger calibre 7,65mm. Como ninguém na vizinhança ouviu o barulho de tiros, podia-se concluir que o autor do crime provavelmente tinha usado um silenciador.

— Quantas pistolas Berenger devem existir na cidade? — perguntou Münster.

— Segundo le Houde, umas cinqüenta — disse Rooth. — Qualquer um pode arranjar uma em meia hora, basta ter alguns contatos locais. De qualquer maneira, nem adianta sair à procura.

Van Veeteren espirrou e Reinhart continuou descrevendo os ferimentos, os ângulos dos disparos e outros detalhes sombrios. Com certeza o assassino tinha disparado sua arma a uma distância de um a um metro e meio, o que podia significar que ele nem se preocupou em entrar primeiro. A porta abriu para dentro e provavelmente ele já estava pronto para atirar quando Malik abriu. Dois tiros no peito, ambos letais — um perfurou o pulmão esquerdo e o outro a aorta, daí a forte hemorragia.

E depois dois na genitália. De um ângulo bem mais próximo.

— Mas por quê? — indagou Van Veeteren.

— Então, o que vocês acham? — perguntou Reinhart, olhando em volta da mesa. Ninguém respondeu. Heinemann olhou para a sua própria virilha.

— Trabalho profissional? — perguntou Münster.

— O quê? — disse Reinhart. — Ah, você quer dizer os tiros mortais... Não necessariamente. Até uma criança de 10 anos pode acertar o alvo com uma Berenger a uma distância de um metro. Desde que esteja preparada para o recuo, é lógico. Qualquer um pode ser o assassino. Mas os tiros na genitália devem significar alguma coisa. O que vocês acham?

— É verdade — disse Rooth.

Todos permaneceram em silêncio por alguns segundos.

— Não fiquem constrangidos — disse Moreno.

— Pode ser uma coincidência — sugeriu Münster.

— Não existem coincidências — respondeu Reinhart —, apenas falta de informação.

— Então os tiros no peito foram os primeiros? — perguntou Heinemann, franzindo a testa.

— Isso — suspirou Reinhart. — Os outros dois foram disparados quando ele já estava caído, já explicamos. Não está prestando atenção?

— Só queria confirmar — respondeu Heinemann.

— Não parece muito sensato atirar nos testículos de alguém depois de já tê-lo matado — observou Rooth. — Me parece um sinal de desequilíbrio. Algum tipo de desvio.

Reinhart concordou e Van Veeteren espirrou de novo.

— Comissário, o senhor está resfriado? — perguntou Reinhart. — Quer que eu peça para trazer um cobertor?

— Prefiro um chocolate quente — resmungou Van Veeteren. — Já não concluímos o laudo técnico? Suponho que não encontraram impressões digitais ou pontas de cigarros.

— Nem sequer uma caspa — respondeu Reinhart. — Então vamos nos concentrar nos depoimentos? A viúva primeiro?

— A vítima primeiro — disse Van Veeteren. — Mesmo sabendo que ele não terá muito a dizer.

— Com licença — disse Reinhart, procurando uma folha solta do seu bloco. — Muito bem, Ryszard Malik tinha 52 anos. Nasceu em Chadow, mas morava em Maardam desde mais ou menos 1960. Formado pela Faculdade de Comércio. Contratado pela Gündler&Wein em 1966. Em 1979, fundou a própria firma, junto com Mauritz Wolff e Jan Merrinck, que abandonou o barco pouco tempo depois. Aluvit F/B, que diabos é isso? Malik era casado com Ilse, nome de solteira Moener, desde 1968. O filho Jacob nasceu em 1972. Estuda direito e economia em Munique há cerca de dois anos. Isso é basicamente tudo...

Ele colocou a folha de volta no bloco.

— Informações *off the records*? — perguntou Rooth.

— Nem uma merdinha sequer — disse Reinhart. — Pelo menos até agora. Parece ter sido um chato. Um casamento sem graça, um trabalho sem graça, uma vida sem graça. Férias em Blankenbirge e em Rodes. Nenhum interesse conhecido além de palavras cruzadas e romances policiais, na maioria ruins... É um mistério que alguém quisesse matá-lo. Fora isso, não temos nenhuma dúvida.

— Excelente — disse Van Veeteren. — E a viúva? Deve ter alguma coisa mais interessante sobre ela?

Münster encolheu os ombros.

— Não conseguimos arrancar muita coisa dela. Ainda está confusa e recusa-se a entender o que aconteceu.

— Ela pode estar escondendo algo também — observou Heinemann. — Fingir-se de louco não é nenhuma novidade. Lembro-me de um príncipe dinamarquês...

— Não acredito — interrompeu Münster. — Os médicos também não. Sabemos bastante sobre ela pela irmã e pelo filho, mas nada que possa ter muita ligação com o crime. Apenas um pouco trágico. Instável emocionalmente. Fazia uso de medicação de vez em quando. Fez terapia algumas vezes. Parece ter dificuldade de lidar com as pessoas. Saiu do emprego no Kongers Palatz por causa disso, apesar de não ter sido dito abertamente... Aparentemente a receita da firma de Malik é suficiente para cobrir os gastos da família. Ou melhor, foi o suficiente.

Van Veeteren mordeu um palito.

— Isso está mais chato que esse tempo — comentou e cuspiu as lascas. — E você Moreno, não tem nada?

Ewa Moreno sorriu.

— Pelo menos o filho é charmoso — constatou. — Isso levando-se em consideração as circunstâncias. Ao que parece, emancipou-se cedo. Saiu de casa assim que terminou o segundo grau e não tem muito contato com os pais, especialmente com a mãe. Só quando ele precisa de dinheiro ou algo assim... Ele mesmo admite isso. Quer que eu fale sobre a irmã também?

— Tem algo de interessante? — suspirou Reinhart.

— Não — respondeu Moreno. — Quase nada. Ela também tinha um casamento estável e triste. Trabalha meio expediente em um asilo para idosos. O marido é um executivo. Ambos têm álibi para a noite do assassinato e parece bastante improvável que um deles esteja envolvido... Totalmente inconcebível, para falar a verdade.

Fez-se silêncio por alguns momentos. Rooth tirou uma barra de chocolate do bolso do paletó e Heinemann tentou tirar uma mancha na mesa com a unha do polegar. Van Veeteren estava com os olhos fechados e era impossível dizer se ele estava dormindo ou acordado.

— Certo — disse Reinhart. — Então só quero saber uma coisa. Quem foi o desgraçado que fez isso?

— Um louco — respondeu Rooth. — Alguém que queria testar sua Berenger e viu que as luzes da casa estavam acesas.

— Aposto que você tem razão — disse Heinemann.

— Não — disse Van Veeteren sem abrir os olhos.

— Ah é? — disse Reinhart. — Como você sabe?

— *Um Pressentimento Funesto** — respondeu o comissário.

— O quê? — perguntou Heinemann. — O que quer dizer isso?

— Vamos tomar um cafezinho? — disse Rooth.

— Prefiro um chocolate quente, como já disse.

Reinhart olhou para o relógio.

— São apenas 11 horas. Mas eu concordo. Isso aqui está uma merda.

NO CAMINHO DA delegacia para casa, nesta segunda-feira deprimente, Reinhart foi ao shopping center Merckx, em Bossingen. Para falar a verdade, era contra seus princípios fazer compras em um templo de consumo, mas hoje ele tinha cedido por conta das circunstâncias. Sentiu que simplesmente não agüentaria percorrer as lojinhas do centro depois do ingrato trabalho de vasculhar a vida de Ryszard Malik.

Depois de meia hora ele tinha separado uma lagosta, duas garrafas de vinho e 11 rosas. Além de outras guloseimas. Satisfeito, dei-

---

* Livro de Agatha Christie. (N. da E.)

xou o inferno e 15 minutos mais tarde entrava no seu apartamento em Zuyderstraat. Guardou as compras e deu um telefonema.

— Oi. Tenho lagosta, vinho e rosas. Você ganhará tudo isso se chegar dentro de uma hora.

— Hoje é segunda-feira — respondeu a mulher do outro lado da linha.

— Se a gente não fizer nada a respeito, será segunda-feira até o fim da vida — disse Reinhart.

— Está bem, estou indo — respondeu a mulher.

Nascida em Perth, na Austrália, Winnifred Lynch tinha sangue aborígine, mas crescera na Inglaterra. Formada em Língua e Literatura Inglesa pela Universidade de Cambridge e após um casamento infeliz e sem filhos, ela conseguiu uma vaga de doutora visitante na Universidade de Maardam. Quando conheceu Reinhart, no clube de jazz Vox, em meados de novembro, ela tinha acabado de fazer 39 anos. Reinhart tinha 49. Ele acompanhou-a até em casa e fizeram amor (com alguns intervalos) durante quatro dias. E depois disso — para surpresa de ambos e contrário à experiência de cada um —, não terminou. Continuaram a se encontrar. Aqui e ali: em concertos, restaurantes, cinemas e naturalmente, e acima de tudo, na cama. Já no início de dezembro Reinhart percebeu que havia algo de especial naquela mulher inteligente e de pele levemente morena. Quando ela foi para a Inglaterra nas festas de fim de ano, ele sentiu uma saudade que não experimentava há quase três décadas. Uma súbita lembrança de como era o sentimento de perder alguém. Que alguém significava alguma coisa.

Aquele sentimento assustou-o e era sem dúvida um aviso. Mas quando ela voltou, depois de três semanas, ele não resistiu e foi encontrá-la no aeroporto. Lá estava ele com rosas e um abraço apaixonado; depois logicamente tudo recomeçou.

Esta segunda-feira era a quinta — ou talvez a sexta — vez desde então e quando parou para fazer as contas, percebeu que tinham se passado no máximo dez dias.

Certamente existia alguma coisa ali.

* * *

— Por que você quis ser policial? — ela perguntou quando estavam deitados na cama depois. — Você prometeu que algum dia me contaria.

— É um trauma — ele respondeu, depois de refletir por alguns instantes.

— Eu sou um ser humano — ela disse.

— O que você quer dizer com isso?

Ela não respondeu, mas depois de alguns instantes ele achou ter entendido.

— *All right* — disse. — Era uma mulher. Ou uma menina. Vinte anos.

— O que aconteceu?

Ele hesitava e deu duas tragadas no cigarro antes de começar.

— Eu tinha 21. Estudava Filosofia e Antropologia na universidade, como você sabe. Estávamos juntos havia dois anos. Planejávamos nos casar. Ela estudava línguas. Uma noite quando voltava para casa depois de uma aula, ela foi esfaqueada por um maluco no Parque Wollerim. Morreu no hospital antes que eu pudesse chegar lá. A polícia levou seis meses para pegar o culpado; nessa época eu já tinha entrado na polícia.

Se ela tiver a sensibilidade de não falar nada, caso com ela, pensou de repente.

Winnifred Lynch colocou a mão no seu peito. Acariciou-o suavemente por alguns instantes, então se levantou e foi ao banheiro.

Não restavam mais dúvidas, Reinhart constatou surpreso.

Bem mais tarde, quando descansavam de novo, ele não pôde deixar de perguntar.

— O que você acha de um assassino que dá dois tiros nos órgãos genitais da vítima depois de morta?

Ela refletiu por alguns instantes.

— A vítima é um homem, não é?

— É.

— Então acho que o assassino é uma mulher.

Caramba, pensou Reinhart.

9

APARENTEMENTE O FINAL de semana perto de um mar agitado teve um efeito renovador no chefe de Polícia Hiller, que, ao voltar, segunda-feira de manhã, deu imediatamente ordem de prioridade máxima para o caso Malik.

Em outras palavras, isso significava que seis investigadores da Divisão de Homicídios chefiados por Van Veeteren, além de todos os subordinados que já estavam à disposição, trabalhariam em tempo integral para encontrar o assassino. Além do comissário, Reinhart, Münster, Rooth, Heinemann e Moreno também estavam à frente do caso. Por conta de várias noites sem dormir, Jung tinha pego uma gripe e estava fora de combate por mais alguns dias. DeBries estava de férias.

Na verdade, Van Veeteren não tinha nada contra o forte aparato policial montado para solucionar o caso. O problema é que não havia nada de concreto a que se dedicar. Ele sabia que tentar encontrar uma pista da arma do crime por intermédio de alguma rede de informantes do chamado submundo seria um verdadeiro trabalho de Sísifo. Ele calculou que se quisesse aumentar as chances para 25%, provavelmente seriam necessários cem agentes da polícia durante cem dias. Além de uma recompensa bastante generosa. Mas esse tipo de tratamento só acontecia em casos de assassinatos de primeiros-ministros. A única unanimidade entre os investigadores à frente do caso era que Ryszard Malik definitivamente não tinha sido primeiro-ministro.

Restava a esposa. O comissário ordenou que Moreno e Heinemann vigiassem o despertar gradual de Ilse Malik para a realidade. Já que excepcionalmente havia pessoal disponível, acharam melhor ter sempre alguém de prontidão no hospital. Não dava para saber o que poderia acontecer, e se havia uma pessoa nessa história que poderia contribuir com novos fatos, certamente seria ela.

Restavam também algumas outras alternativas. Sempre havia algo a se fazer. Sondar as pessoas que tiveram alguma ligação com Malik — vizinhos, contatos profissionais, novos e velhos amigos... E fazer perguntas tal qual o confiável método de porcos farejadores de trufas. De tanto fuçar no solo, mais cedo ou mais tarde se encontra alguma coisa que valha a pena.

A princípio Van Veeteren escolheu Rooth e Reinhart para essa missão pouco estimulante (embora tivesse pelo menos três novatos à sua disposição, cada qual com níveis diferentes de especialização). O comissário já estava careca de saber que não adiantava muito dizer a Reinhart o que ele devia fazer, mas como Hiller estava nesta nova fase de zelo absoluto pelo trabalho e queria um relatório em cima de sua mesa impecavelmente polida nessa terça-feira de manhã, não havia outro jeito.

Apesar de estar com um resfriado bem forte, Veeteren foi jogar badminton com Münster. Não havia sequer uma linha sobre isso no relatório do chefe da polícia.

Quando todo o grupo foi dividido na sexta-feira por causa de um assalto à mão armada com mortes no subúrbio de Borowice, ainda não tinha surgido praticamente nenhuma novidade. Sob a supervisão de Rooth e Reinhart — e depois também de Münster —, uns setenta interrogatórios foram conduzidos, mas o único resultado foi reforçar e consolidar a imagem de Malik como uma pessoa inexpressiva, porém também confiável e responsável. Oitenta quilos de retidão com um cérebro com dois hemisférios esquerdos, como Reinhart preferia expressar a figura.

Em Nova Rumford, exatamente como o doutor Hübner havia previsto, Ilse Malik começava a emergir à superfície da realidade, ainda que se tratasse de uma viagem bastante lenta. Na manhã de quarta-feira ela tinha avançado a ponto de reconhecer e entender que o marido foi assassinado. As imagens da noite de sexta-feira ganharam contornos mais reais e ela até conseguiu descrever com mais coerência o que havia feito no dia do crime. De vez em quando, tinha ataques de choro histéricos, mas o que mais podia se esperar? O filho Jacob ficou ao seu lado praticamente o tempo todo, e se fosse como Moreno havia observado — que ele bruscamente rompera o cordão umbilical com a mãe —, agora parecia que teria de pagar por essa rebeldia de alguma forma. Mas é claro que não havia outra coisa a fazer a não ser aceitar o seu destino.

Na manhã de quinta-feira surgiu um novo fato nas lembranças de Ilse Malik. É bem verdade que o filho, conversando com Heinemann e Moreno — que também estavam sempre de guarda na beira da cama, pelo menos sempre um deles —, imediatamente afirmou que se tratava de uma manifestação comum da paranóia da mãe. Ele mesmo já tinha ouvido histórias semelhantes e recomendou taxativamente que a polícia não levasse isso muito em conta.

Mas em todo caso, o que Ilse Malik alegava era que alguém já estava ameaçando o seu marido na semana antes daquela sexta-feira fatídica. Para começar, tinham recebido telefonemas estranhos em duas ocasiões; na terça e na quinta, se não lhe falhava a memória. Um desconhecido tinha ligado sem dizer uma palavra — ouvia-se apenas uma música, apesar de ela ter gritado e insistido, especialmente da última vez. Qual era a música e o que ela significava, Ilse Malik não sabia explicar, mas de qualquer maneira achava que era a mesma música ambas as vezes.

Se o marido também tinha recebido ligações parecidas, ela não sabia. Pelo menos ele não tinha comentado nada.

A outra investida contra a vida de Ryszard Malik teria sido um Mercedes branco que bateu contra o seu Renault, quando ele voltava para a casa depois do trabalho. Na falta de algo mais relevante, essa informação também foi verificada, mas considerando os danos relativamente pequenos no carro de Malik, Moreno e Heinemann concluíram que as suspeitas eram infundadas. O dono do Mercedes em questão era um professor de Limnologia de 62 anos, natural de Genebra. Depois de contactarem a polícia suíça, nada foi detectado contra ele que pudesse implicá-lo de ter alguma intenção criminosa quando bateu na traseira do carro de Malik.

Quanto às outras revelações da Sra. Malik, elas limitaram-se praticamente a uma descrição bastante monótona de uma vida e de um casamento igualmente monótonos. Em conexão com a mudança de pessoal na sexta-feira, Van Veeteren decidiu cancelar a vigilância no hospital. Nesta altura Moreno e Heinemann já estavam tão entediados com essa missão, que se apresentaram voluntariamente à equipe do assalto ao banco chefiada por Reinhart, que também — pelo menos temporariamente — tinha sido desligado do caso Malik. Jung também tinha sido transferido para esse grupo, assim como Rooth, que manifestou uma certa resistência contra o trabalho previsto para o fim de semana.

Restaram Van Veeteren e Münster.

Restava ainda tentar conseguir alguma coisa que pudesse se parecer com um resultado.

— O SENHOR tem alguma idéia, comissário? — Münster atreveu-se a perguntar quando estavam no Adenaar tomando a cerveja de sexta-feira mais cedo do que costume.

— Nenhuma — Van Veeteren resmungou olhando para a chuva que batia na janela. — Não costumo ter idéias nesse mês maldito. Vamos esperar e ver o que acontece.

— É, imagino que sim — respondeu Münster. — História esquisita de qualquer maneira. O Reinhart acha que foi uma mulher.

— É bem possível — suspirou o comissário. — É sempre pior encontrar uma mulher... Eu mesmo tentei durante toda a minha vida.

Saindo de Van Veeteren e em uma ocasião dessas, era quase para ser considerado uma piada heróica. Münster se viu obrigado a tossir para disfarçar o sorriso.

— De qualquer maneira, vamos tirar folga no final de semana — comentou. — Que bom que escapamos do assaltante.

— Talvez. Sorte dele também escapar de nós.

— Vão pegá-lo de qualquer maneira — Münster respondeu e esvaziou o copo. — Tem testemunhas. Ih não, agora preciso ir para casa. Synn começou a trabalhar e a babá recebe por hora.

— Ah, é — disse Van Veeteren. — Sempre tem alguma coisa.

* * *

A SEGUNDA-FEIRA SERVIU para confirmar as previsões de Münster. O assaltante — um ex-manobrista desempregado — foi preso por Rooth e Heinemann bem cedo, no domingo de manhã, depois da dica de uma mulher que tinha sido excepcionalmente bem tratada em um dos melhores restaurantes da cidade na noite de sábado. Ele confessou em menos de uma hora, graças a um interrogatório bastante eficiente de Reinhart, que, segundo disseram, tinha pressa de chegar em casa por conta de um assunto muito importante.

No caso Malik, a não ser pelo retorno de Jacob Malik aos seus estudos em Munique, nada de importante tinha acontecido durante o fim de semana. Sua mãe tinha feito uma visita mais curta à irmã, onde também ficaria até o dia do enterro, marcado para sábado, 3 de fevereiro. Tinham recebido cerca de vinte pistas da população, mas nenhuma delas foi considerada relevante para as futuras investigações. Durante a apresentação dos relatórios gerais e das reuniões na sala repleta de plantas do chefe da polícia, decidiu-se também pela redução do pessoal para um número de rotina, sob o comando de Van Veeteren. No sábado uma joalheria do centro tinha sido assaltada — desta vez felizmente sem vítimas —, uma gangue de racistas tinha promovido uma série de quebra-quebras nos bairros de imigrantes perto dos arredores de Zwille e na madrugada de segunda-feira, em Korrim, um fazendeiro infeliz tinha atirado e matado a mulher e 12 vacas. Naturalmente tudo isso exigia providências precisas.

A esta altura, Ryszard Malik estava morto havia quase dez dias e sabia-se tanto sobre o provável assassino quanto se sabia desde o início.

Zero e nada.

E ainda continuávamos em janeiro.

10

A SATISFAÇÃO ERA maior do que ela tinha imaginado. Mais profunda e duradoura do que jamais poderia supor. Pela primeira vez em toda a sua vida adulta tinha encontrado um equilíbrio e um sentido — ao menos era o que imaginava. Era difícil descrever o que estava acontecendo de fato, mas sentia no seu corpo. Sentia na pele e nos músculos relaxados; um tipo de êxtase que se espalhava por suas terminações nervosas como bolhas suaves e a mantinha em um nível de consciência constantemente elevado. Uma calma soberana e ao mesmo tempo uma sensação de estar alta. Alta como um prédio. Um orgasmo, pensou exultante, que durava uma eternidade absurda. Aquela sensação só foi se acalmando de uma forma lenta e agradável, culminando indolentemente na espera e na esperança da próxima oportunidade. E da próxima.

De matar.

De matar aquelas pessoas.

Há alguns anos ela teve uma experiência religiosa e quase entrou para uma dessas seitas que hoje em dia se proliferam com tanta freqüência (como mofo no pensamento, alguém havia dito). Ela reconheceu novamente o estado de graça daqueles dias. A única diferença era que daquela vez tinha passado. Três ou quatro dias de delírio inebriante tinham se transformado em remorso e ressaca, como em qualquer embriaguez.

Agora não. Não desta vez. Depois de dez dias ainda sentia o efeito. O seu ser estava repleto de poder e suas ações de determinação e sentido; até as mais banais — como comer uma maçã, cortar as unhas ou esperar a vez na fila do caixa do supermercado. A consciência e o objetivo estavam presentes em tudo, pois cada ação, por menor que fosse, era naturalmente e ao mesmo tempo um passo pequeno, um elo de uma corrente cujo efeito derradeiro era matar outra vez.

Matar e matar. E aos poucos encerrar o ciclo da história da sua mãe e da sua própria vida. A sua missão. Finalmente tudo fazia sentido.

Ela leu sobre a sua primeira façanha nos jornais. Comprou o *Neuwe Blatt*, o *Telegraaf* e alguns outros, e ficou deitada no seu quarto estudando as especulações. Ficou surpresa com a notoriedade. Quanto não escreveriam na próxima vez? E na próxima?

Ela ficou um pouco irritada por não ter uma televisão e até cogitou a idéia de comprar um aparelho pequeno, mas acabou desistindo. Ou pelo menos por enquanto. Talvez não fosse capaz de resistir à tentação de ver e ouvir o que os noticiários falariam sobre ela da próxima vez, mas era melhor deixar o tempo decidir. É claro que ela podia ir a um café para assistir, mas não lhe parecia muito agradável. Nem suficientemente reservado.

E independentemente de como fosse, tudo aquilo fazia parte de uma história particular. Na verdade entre ela e a sua mãe.

Ela, sua mãe e os nomes da lista.

Agora ela tinha riscado um. E feito um novo círculo vermelho em volta do próximo da fila. Bem tarde, na noite de segunda-feira, ela também decidiu que a fase de preparação tinha chegado ao fim. O cenário estava pronto. O projeto aprovado. Era hora de sair de novo. Primeiro os prelúdios e depois o ato em si.

A matança.

Uma sensação de bem-estar percorreu a pele do seu corpo e quando fechou os olhos, ela pôde ver, através da luz amarelada e tremulante, o rosto de sua mãe.

O olhar cansado, mas irrecusável.

Aja, minha filha.

IV

30 de janeiro a 1º de fevereiro

11

Quando Rickard Maasleitner acordou na terça-feira de manhã, as palavras do reitor ecoavam nos seus ouvidos. E havia bons motivos para acreditar que tinha sonhado com elas a noite inteira.

— Você precisa entender que esta licença não é apenas por causa de seus problemas alérgicos. Também é um tempo para reflexão. Eu quero que você pense, pense bem, se realmente quer continuar trabalhando conosco.

Ele tinha colocado os óculos na ponta do nariz e se debruçado na escrivaninha enquanto falava. Tentou manter aquela imagem paternal e compreensiva, apesar de serem quase da mesma idade e se conhecerem desde os tempos em que começaram a trabalhar no colégio. Durante a era de Van Breukelen.

— Você tem bastante tempo — ele acrescentou. Colocou o braço por cima do seu ombro rapidamente, enquanto saíam da sala, e murmurou algo sobre idealismo e educação. Nojento.

— Bastante tempo?

Ele se virou e olhou para o despertador na estante de livros. Quinze para as dez.

Quinze para as dez em uma manhã de terça-feira de janeiro. Ainda na cama. Uma sensação estranha, para dizer o mínimo. Licença médica de três semanas por causa de problemas alérgicos. É, muito obrigado

— em outras palavras, significava que ele tinha sido desligado do colégio por ter arrastado um adolescente desaforado até o corredor e o mandado para o inferno. Ou de volta ao país de onde veio, seja lá qual fosse. E deu uns tapas em outro.

E não se arrependia.

Era esse o problema. Não tinha pedido desculpas. Recusou-se a ceder. Os dois incidentes aconteceram no início de dezembro, durante a tumultuada época das provas, e desde então a situação só piorara cada vez mais.

Protestos de alunos. Associação de Pais. Notícias nos jornais. O tempo todo havia uma porta aberta; obviamente ele tinha consciência disso — uma saída na qual todos os envolvidos estavam dispostos a esquecer tudo se ele aceitasse a culpa e pedisse desculpas.

Se ele se arrependesse, como já foi dito.

Essa era a solução que todos esperavam também. Naturalmente. Maasleitner apelaria para o bom senso, engoliria o orgulho e cederia. Se não antes, então durante o feriado de Natal. Evidentemente.... A palidez da reflexão e uma coisa após a outra.

Mas as coisas não se resolveram assim. Pelo contrário, havia chegado ao fim da linha. Já desde o início ele tinha decidido que desta vez não estava disposto a voltar atrás. Já tinha feito isso antes. Assumido a culpa e pedido desculpas por incidentes em que ele no fundo sabia que só tinha feito o que era certo.

Desta vez estava mais claro do que nunca. Nos dois casos. Os dois valentões só tinham recebido uma pequena parte do que realmente mereciam. Um pouco de justiça pelo menos uma vez. E agora ele estava mais ou menos suspenso. Ainda de forma velada e com o salário garantido, mas era praticamente apenas uma questão de tempo até que recebesse a notícia oficialmente. Ou seja, o bilhete azul.

Três semanas, para ser exato. Rickard Maasleitner conhecia as regras do jogo. Entendia e não gostava. Nunca gostou. Uma rede de proteção para canalhas e cretinos. Que merda, pensou e tirou o cobertor com um chute. Justiça!

Não tinha saído da cama ainda quando o telefone tocou.

Se for alguém da escola, eu desligo, decidiu.

Mas não era da escola. Era uma voz de mulher. Uma voz feminina baixa e meio rouca.

— Reconhece essa música? — perguntou.

Nada mais. Depois começou a música. Uma parte instrumental. Ou talvez uma introdução longa. Provavelmente era bem antiga. Uma bela música.

— Alô? — disse depois de ter escutado durante dez segundos. — É algum concurso de perguntas?

Nenhuma resposta. A música continuava a tocar.

Ele afastou o fone da orelha e refletiu por alguns instantes.

— Se vocês pensam que podem me desequilibrar com essa idiotice, estão muito enganados — ele falou e desligou.

Coisa de gentinha, pensou. O que vai ser dessa merda desse mundo?

Vestiu o roupão e foi para a cozinha fazer o café-da-manhã.

Durante o resto do dia recebeu pelo menos mais oito telefonemas — ele perdeu a conta já no início da tarde.

A mesma música. Uma melodia instrumental provavelmente dos anos 60, que ele reconhecia vagamente, mas não conseguia identificar de jeito nenhum. Nem o grupo que tocava nem o nome.

É claro que pensou várias vezes em tirar o telefone da tomada para acabar com aquela história, mas por algum motivo acabou desistindo. Em compensação interrompia o que estava lendo ou o seu trabalho com a guia de livros didáticos cada vez que o telefone tocava. Atendia, ficava ali ouvindo e observava os tetos dos edifícios e as árvores escuras e sem folhas, enquanto se perguntava qual era o significado daquilo. Também não falou mais nada a partir da terceira ligação.

No início ele estava convencido de que tinha a ver com a escola e que algum aluno pudesse estar por trás disso, mas quanto mais o tempo passava, mais ele duvidava disso. Estranhamente a irritação desapareceu aos poucos... Desapareceu e se transformou provavelmente em um misto de curiosidade e de um outro elemento que ele não queria admitir. Reconhecer que na verdade se tratava de medo.

Porque existia algo de desagradável naquela situação toda. Algo que ele não conseguia captar, nem entender. Um toque de sofisticação? Não se ouviu mais a voz feminina da primeira ligação, ouvia-se apenas a música tocando ao fundo o tempo todo. Nada mais. A mesma melodia popular instrumental... Sem dúvida músicos muito bons e, como já dito, do início dos anos 60, se não lhe falhava a memória.

Apesar de não ter ouvido mais a voz, ele lembrava muito bem do que ela havia dito.

"Reconhece essa música?"

Ele devia se lembrar de alguma coisa. Não foi isso que ela quis dizer? A música tinha algum significado e a intenção era obviamente que ele percebesse isso. Logicamente essa era a idéia, não?

Cacete, ele resmungou depois de desligar pela quinta ou sexta vez. Afinal de contas, qual era o significado daquilo?

Mas ainda demoraria algum tempo até que Rickard Maasleitner finalmente entendesse do que se tratava. Em compensação tudo ficou muito claro nesta altura.

12

Enso Faringer estava nervoso. Não havia qualquer dúvida a esse respeito. Assim que eles se sentaram à mesa cativa do Freddy's, ele começou a se contorcer e a coçar aquela alergia horrível no pescoço que sempre aparecia no inverno. Ele bebeu a cerveja apressadamente e ainda conseguiu fumar dois cigarros antes de a comida ser servida.

A conversa girava em círculos, e Maasleitner compreendeu que o colega não sabia bem que lado escolher. Ou seja, que posição assumir. Ele já tinha tentado convidá-lo para sair na terça à noite, mas tinha recebido uma desculpa esfarrapada como resposta — que um velho amigo ia visitá-lo ou algo do gênero.

Como se Enso Faringer tivesse amigos. Maasleitner teve muita vontade de perguntar detalhes da visita quando se falaram no telefone, mas engoliu a mentira sem demonstrar nada. Melhor assim. Brincou um pouco com a idéia de pressioná-lo agora também, mas resolveu deixar para lá. Não queria ser cruel. Afinal de contas Faringer era um contato. Alguém que possivelmente sabia o que estava acontecendo na escola, mesmo que não tivesse a capacidade de tirar suas próprias conclusões. Ou influenciar a situação de uma maneira ou de outra.

Além disso, não havia praticamente mais ninguém. Ninguém em quem pudesse confiar. Em uma situação como essa, ele tinha que se contentar com o que tinha à mão e se dar por satisfeito.

Comeram um kebab como sempre, enquanto Faringer tagarelava com cautela sobre alunos em comum e colegas de quem ele sabia que Maasleitner não gostava. Também um pouco sobre seu aquário e sobre o seu pai que estava internado em um hospital para doentes mentais há muitos anos, mas não morria nunca apesar de ter mais de 95 anos. Enso costumava visitá-lo em média quatro vezes por semana.

Logicamente também era um sinal de nervosismo: falar sem parar. A boca de Faringer parecia estar em ponto morto, como se estivesse falando com os seus peixes ou estivesse dando aula e não precisasse pensar muito no que estava dizendo. Maasleitner percebeu que já não agüentava mais a sua companhia depois de dez minutos.

— De que lado você está? — ele perguntou quando Faringer acabava de tomar um gole da sua terceira cerveja.

— Como assim?

— Você entendeu muito bem.

— Não, aliás, talvez sim. Acho que não, você tem que me explicar. Não estou entendendo muito bem.

— Vou ser demitido daqui a três semanas... duas e meia, para ser mais exato. O que você acha disso?

Faringer engoliu em seco.

— Não acredito. As coisas não podem ser assim. Tenho que falar com...

Ele ficou quieto.

— Com quem?

— Não sei. Mas você não vai sair de lá. Tenho certeza de que isso vai se resolver de alguma maneira.

— Deixe de papo-furado. Não venha me dizer que não sabe de nada. É tão óbvio, cacete!

— Não...

— Vou ser despedido porque tratei aqueles malditos delinqüentes como eles mereciam, será que você não entende? Que porra é essa de vir até aqui e ficar fingindo que não sabe de nada?

A raiva chegou muito mais rápido do que tinha imaginado e ele percebeu que Faringer ficou com medo. Ele tentou contornar a situação.

— Deve haver algum tipo de reação por parte do corpo docente. Estão pensando simplesmente em deixar as coisas correrem soltas... ou vou receber algum apoio? O que é que eles dizem? É só isso que eu queria saber.

— Ah sei.

Faringer parecia aliviado.

— Se você pudesse ficar de ouvidos abertos por um tempo. Apenas mais atento. Afinal, você tem facilidade de interpretar as vibrações do ambiente. É um pouco mais perspicaz do que outros, e também não precisa fazer nada escondido...

Foi um elogio meio estabanado, mas ele percebeu que surtira efeito. Enso Faringer inclinou-se para trás e acendeu um cigarro. Franziu os olhos até ficarem pequenininhos, tentando parecer como se estivesse refletindo intensamente.

Talvez esteja até fazendo isso mesmo, pensou Maasleitner.

— Você quer que eu sonde um pouco?

Maasleitner concordou.

— Quem sabe iniciar uma pequena campanha?

— Bem...

Obviamente a cerveja já tinha começado a fazer efeito na cabeça confusa do colega, quando de repente Maasleitner percebeu como tudo aquilo era em vão. Que ele precisasse recorrer a um tipo como Enso Faringer! Estar aqui pedindo um favor a um sujeito desprezível, ignorado e alvo de piadas constantes. *Herr Fräulein*, como os alunos costumavam chamá-lo.

Ele também não sabia exatamente o que queria conseguir com aquilo. Provavelmente apenas uma necessidade de conversar sobre o assunto... colocar para fora a sua irritação... e a sensação de ter sido atropelado. Será que terminaria como alguém que quer ter sempre razão? De forma lenta, porém implacável, ele começou a sentir-se sufocado pelo cansaço e pela falta de sentido de tudo aquilo. E quando viu o professor de alemão, aquele homem pequeno, franzir a testa e tirar uma caneta do bolso interno, concluiu que tudo se parecia com uma espécie de teatro do absurdo.

Uma farsa.

Será que ele vai começar a traçar as estratégias no guardanapo? Ou quem sabe escrever o rascunho de um manifesto? Ou de um apelo?

Que merda, pensou Maasleitner. Que tipo de gente é essa com quem eu me relaciono?

Ou será que são todos iguais quando se olha mais a fundo?
Não era uma pergunta nova. Na verdade nem era uma pergunta.
Apenas uma constatação.
Mais cerveja, pensou. Melhor apagar um pouco a realidade.
Que venha a sensação de dormência!

Bem mais tarde, quando saíram cambaleando do pequeno restaurante localizado em um porão, o ambiente estava muito mais animado. Maasleitner teve inclusive que colocar os braços em volta dos ombros do colega para conseguir subir os poucos degraus que davam no nível da rua. Faringer pisou em falso em um dos degraus, se apoiou com força no corrimão de ferro e caiu na gargalhada, e quando finalmente conseguiram parar um táxi, ele percebeu que havia esquecido a carteira na mesa. Maasleitner voltou para buscá-la, enquanto Faringer meio deitado no banco de trás cantava uma música indecente para o motorista, que não achava a menor graça, mas tinha muita experiência com esses tipos.

Quando Maasleitner viu os faróis do carro desaparecerem na esquina perto da gráfica, ele se perguntou como diabos Enso Faringer agüentaria sentar na sala de aula amanhã de manhã.

Ele mesmo não tinha essa preocupação e sob a influência do doce efeito do álcool nas veias, de repente sentiu que, apesar de tudo, estava bastante satisfeito com a situação. Uma longa e deliciosa manhã de sono esperava por ele no outro lado da noite, depois um pequeno passeio... talvez à Weimarn? Por que não? Logicamente se o tempo ajudasse.

Mas por enquanto não estava nada mal. A chuva tinha parado. Uma brisa fresca e suave acariciava a cidade, e quando começou a caminhar lentamente pelas ruelas estreitas e conhecidas para chegar até a sua casa, em Weijskerstraat, ele teve uma intuição forte de que não valia a pena se preocupar tanto com o futuro.

Quase na mesma hora e como se fosse uma confirmação dessa sensação, um vulto emergiu das sombras escuras um pouco mais adiante na mesma rua, perto da Igreja de Keymer.

Seguiu-o a uma distância de mais ou menos trinta passos, silenciosa e discretamente, sobre as pedras arredondadas, passando por Wilhelmsgraacht e entrando em Weijskerstraat até a porta de entrada, onde Maasleitner constatou, um pouco surpreso, que ela estava aberta e parecia haver algum problema na fechadura. Apesar de seu estado levemente eufórico, ficou alguns instantes ali parado resmungando por conta disso, enquanto o perseguidor esperava calmamente em uma outra entrada, diagonalmente e do outro lado da rua estreita. Maasleitner encolheu os ombros, entrou e pegou o elevador até o quarto andar.

Estava em casa há pouco tempo e nem havia tirado a roupa ainda quando a campainha tocou. O relógio em cima do fogão da cozinha marcava alguns minutos depois da meia-noite e, enquanto dirigia-se à porta, perguntou-se quem era o infeliz que poderia ter um motivo para querer vê-lo àquela hora da noite.

Imaginou então que devia ser Enso Faringer, que, no seu estado de embriaguez, tinha tido alguma idéia maluca, e com um sorriso tolerante nos lábios, abriu a porta.

Cerca de 16 horas depois, sua filha de 17 anos abriu a mesma porta, e se as circunstâncias não fossem tão grotescas, provavelmente seria bem possível que ela ainda pudesse ver os resquícios daquele sorriso.

V

1º a 7 de fevereiro

13

— Nenhuma dúvida, certo? — perguntou Heinemann.
— Praticamente nenhuma — respondeu Münster. — A mesma munição, 7,65 milímetros. Os peritos afirmaram ter quase certeza de que se trata da mesma arma também, mas só teremos a resposta definitiva amanhã.

— Dois tiros no peito e dois nos órgãos genitais — disse Rooth enquanto observava as fotografias espalhadas na mesa, diante dele. — Cacete, é praticamente idêntico. Uma cópia de Ryszard Malik.

— É claro que é a mesma pessoa — afirmou Moreno. — Não saiu uma linha nos jornais sobre os tiros na genitália.

— Isso mesmo — resmungou Van Veeteren. — Às vezes dá certo colocar uma mordaça nos jornalistas.

Ele olhou por cima do papel que tinha na mão e acabara de ler. Era um laudo médico preliminar trazido pela senhorita Kratz e que demonstrava que provavelmente Rickard Maasleitner tinha sido morto entre 11 horas e duas horas da manhã de quinta-feira, sendo a causa da morte uma bala que tinha penetrado o músculo cardíaco. Os outros tiros não seriam imediatamente letais; pelo menos não cada um separadamente, mas possivelmente juntos e depois de algum tempo por causa da hemorragia.

— Tiro no coração — disse Van Veeteren e passou o papel a Münster, que estava mais perto dele.

— Ele só saiu do Freddy's pouco depois de 11 e meia — disse Moreno. — Leva-se no mínimo 15 minutos para caminhar até Weijskerstraat. O assassino não pode ter agido antes de meia-noite.

— Entre meia-noite e duas então — constatou Rooth. — Bem, vamos ver se alguém viu alguma coisa.

— Ou ouviu — completou Heinemann.

Rooth enfiou o dedo indicador na boca e puxou-o simulando o ruído de uma rolha.

— Ouviu? — ele perguntou. — É mais ou menos este o ruído que se ouve quando se usa um silenciador. Ele deve ter usado um, senão o prédio todo teria acordado.

— Bem, neste caso, pode-se dizer que buscamos apenas alguém que tenha visto algo.

Van Veeteren mordeu um palito e olhou para o relógio.

— Quase meia-noite — constatou suspirando pesadamente. — O melhor agora é ir todo mundo para casa dormir, mas amanhã já está mais do que na hora de conseguir algum resultado, cacete! Desta vez temos várias pistas a seguir e não há nenhum motivo para ficarmos para trás. Quanto mais rápido solucionarmos este caso, melhor.

Ele fez uma pequena pausa, mas ninguém aproveitou a oportunidade. Nos rostos dos colegas ele podia ver mais ou menos a mesma mistura de concentração elevada e cansaço que sentia na sua própria mente. Sem dúvida era melhor descansar algumas horas. Além disso, não teria muito sentido acordar as pessoas no meio da noite para fazer algumas perguntas. A reputação negativa da polícia já era bastante sólida, não precisava ser melhorada.

— Amanhã faremos o seguinte — prosseguiu o comissário. — Reinhart e DeBries continuam com os vizinhos. O quarteirão inteiro, se tiverem tempo. Eles devem estar lá ainda, melhor assim. Basta que uma única pessoa tenha visto algo. O assassino deve ter ido lá pelo menos duas vezes, cacete! Uma vez para sabotar a fechadura e outra para matar. É claro que também pode ter passado sem que ninguém tenha visto, mas vamos ver... Heinemann.

— Sim.

— Você cuidará das circunstâncias. Já investigamos tudo sobre a vida de Malik. Você precisa descobrir quando a vida de Maasleitner e a dele se cruzam. Deve haver uma ligação.

— Esperamos que sim — disse Heinemann.

— Münster e Rooth se ocupam da família... digo, da ex-família. Tenho a lista aqui. Moreno e Jung vão até a escola...

— Meu Deus! — disse Jung. — Eu estudei lá...

Van Veeteren franziu as sobrancelhas.

— Quando? — perguntou.

Jung fez as contas.

— Há 18 anos — disse. — Foi apenas um semestre na sétima série e nos mudamos na primavera. Mal lembro dos professores. De qualquer maneira, não tinha nenhum Maasleitner.

— Que pena — disse Van Veeteren. — Mesmo assim fale com o reitor e alguns colegas, mas seja cauteloso. Eles costumam ser sensíveis pra cacete com qualquer tipo de intrusão nessas instituições de ensino. Não se lembram do liceu Bunge?

— Lógico — disse Münster. — Meu conselho é: seja discreto.

— Vou me lembrar disso — falou Jung.

— Mas deixe o tal de Faringer de fora — acrescentou Van Veeteren. — Eu mesmo quero me dedicar a ele.

— Um tipo esquisito — disse Münster.

— Claro — resmungou Van Veeteren. — É da profissão. Aqueles que não são esquisitos desde o início ficam com o tempo.

Ele ficou mexendo no bolso vazio da frente e olhou à sua volta na mesa.

— Alguma pergunta?

Rooth bocejou, mas ninguém disse nada.

— Então é isso — concluiu o comissário e começou a juntar os seus papéis. — Reunião e apresentação dos resultados amanhã às três da tarde. Tratem de usar bem o seu tempo até lá. Desta vez vamos pegá-lo.

— Ou ela — disse Münster.

— Está bem — comentou Van Veeteren. — *Cherchez la femme*, se você preferir.

DEPOIS DE CHEGAR em casa e ir para a cama, ele percebeu que o cansaço ainda não tinha vencido totalmente a tensão do seu cérebro. As imagens do corpo baleado de Rickard Maasleitner ainda surgiam com freqüência em sua retina. Depois de dez minutos tentando dormir, ele desistiu e foi para a cozinha. Pegou uma cerveja na geladeira, sentou-se na poltrona com um cobertor nas pernas e Dvořák nas caixas de som. Deixou-se envolver pela escuridão, mas em vez da sensação de repulsa e mal-estar que deveria sentir por causa dos dois assassinatos sem solução que teria que enfrentar, uma outra sensação completamente diferente começou a tomar conta dele.

Era uma sensação de movimento. De caça até. De que a batida já tinha começado e a presa estava em algum lugar no caos da cidade e seria apenas uma questão de tempo antes que ele pudesse pegá-lo. Pegar o assassino.

"Que merda!", pensou ele e bebeu um gole considerável de cerveja. "Estou começando a perder o controle. Se não fosse policial, provavelmente teria me tornado um assassino."

Naturalmente era apenas um pensamento momentâneo, mas em algum lugar, em uma sinuosidade obscura do seu cérebro ele percebeu que havia mais significado nisso do que o seu bom senso gostaria de admitir. Tinha algo a ver com essa idéia de presa...

Pelo menos no início.

Realmente, apenas no início. Em algum lugar ao longo do caminho sempre aparecia um momento crítico, uma mudança, e depois, quando — geralmente muito, muito depois — conseguia capturar a presa, o criminoso, apenas sentimentos de repulsa e nojo tomavam conta dele. A excitação — o estímulo — só existia na teoria.

E no início.

Quando se mergulhava fundo naquela triste realidade, ele continuava a divagar, fuçando até chegar à própria essência do crime, e via apenas uma borra escura e incurável. As razões. As raízes corroídas pelos vermes da árvore torta da sociedade.

O avesso.

Não que ele achasse que esta sociedade era moralmente inferior ou superior a qualquer outra sociedade. As condições eram aquelas; 2 ou 3 mil anos de cultura e de assembléias legislativas não conseguiriam mudar isso. O verniz da civilização, ou como preferíssemos chamá-lo, poderia começar a estalar a qualquer momento, despedaçar-se e revelar a escuridão por debaixo dele... algumas pessoas talvez tivessem imaginado que a Europa seria um recanto protegido depois de 1945, mas nunca Van Veeteren. E depois tudo aconteceu como já se sabe: Sarajevo, Srebrenica e muitos outros.

Além disso, era naturalmente dessa escuridão subjacente que nascia o seu instinto de caçador. Mas sempre teve dificuldades em associar o seu trabalho de policial a algum tipo de ato de um cavaleiro da luz. Pelo contrário, estava mais para Nêmesis. A implacável deusa da vingança com sangue entre os dentes... É, sem dúvida isso fazia mais sentido.

E como já foi dito, em algum momento o jogo sempre ficava sério.

Justamente neste caso foi preciso dois assassinatos para que ele pudesse sentir algum empenho tomar conta de si. Sensação de torpor? Pensou ele. Como seria daqui a alguns anos? O que não seria necessário para conseguir que o desacreditado comissário Van Veeteren trabalhasse a pleno vapor?

Mulheres esquartejadas? Crianças?

Valas clandestinas?

Quando será que o cinismo e o tédio da vida venceriam de uma vez por todas a vontade de lutar? Por quanto tempo o imperativo moral agüentaria gritar na escuridão de sua alma?

Boas perguntas. Ele sentiu a auto-estima baixar e interrompeu os pensamentos. Provavelmente era apenas a detestável natureza de janeiro que o tornava mais lento agora no início. Mas já estávamos em fevereiro. Dia dois, para ser exato. Como era mesmo esse tal de Maasleitner?

Em pensamento ele fazia uma retrospectiva dos acontecimentos desta tarde.

O alarme foi dado justamente na hora em que ele se preparava para ir para casa, no final do expediente. Às 16h30. Quinze minutos depois ele e Münster estavam em Weijskerstraat, quase ao mesmo tempo que os peritos e os médicos-legistas. Rickard Maasleitner estava deitado exatamente na mesma posição em que Ryszard Malik tinha sido encontrado antes... há quanto tempo? Quase duas semanas? É, isso mesmo.

Que se tratava do mesmo criminoso em ação, ele não tinha dúvidas desde a primeira vista. E a maneira de agir também tinha sido a mesma.

Tocou a campainha e disparou os tiros assim que a porta foi aberta.

— Um bom método — constatou Rooth.

Sem dúvida. Depois de terminado, era só fechar a porta e ir embora. Quanto tempo teria demorado? Dez segundos. Provavelmente tinha sido o suficiente. Disparar quatro tiros com uma pistola Berenger podia ser feito na metade desse tempo, se fosse necessário.

Ele esvaziou o copo.

E depois?

Bom, depois é claro que tudo começou. O isolamento da área e a operação pente-fino, e o amparo à pobre filha que o tinha encontrado. E assim por diante.

Perguntas.

Perguntas e respostas. Já uma eternidade e ainda assim era apenas o começo. Como já tinha sido dito.

Mas se a gente examinasse tudo um pouco mais de perto, era possível observar um pequeno detalhe acima de tudo. Pelo menos por enquanto. Havia uma diferença enorme entre o risco assumido nos dois assassinatos.

No caso Malik, a chance de ser descoberto era mínima; já no crime de ontem bastava alguém ter saído com o lixo ou espiado pela fresta da porta.

É verdade que era de noite, mas mesmo assim.

Logo, ou havia testemunhas, ou não havia.

Talvez e com a esperança de que alguém (ou algumas pessoas) tivesse percebido a presença do criminoso em uma das duas vezes em que ele provavelmente esteve no prédio — quando mexeu na fechadura (deveríamos supor então que só poderia ser obra do assassino?) ou por conta do crime em si. Quando chegou ou foi embora.

Ou enquanto esperava.

Portanto, ou uma coisa ou outra. Se Reinhart e DeBries fizessem o trabalho direito, amanhã já saberiam. E se os vizinhos ou se Reinhart e DeBries deixassem escapar alguma coisa, ainda assim existiam boas chances de alguém fisgar a isca. Um comunicado à imprensa tinha sido enviado aproximadamente às dez horas e estaria em todos os jornais mais importantes e nos noticiários de TV e de rádio da manhã seguinte. Todas as pessoas que acreditavam ter observado algo ou simplesmente estavam perto de Weijskerstraat por volta de meia-noite de quarta-feira deviam procurar a polícia imediatamente.

Então havia esperança.

Absorto em seus pensamentos, Van Veeteren não resistiu e acendeu um cigarro. Estava na hora de se fazer a pergunta principal, o que provavelmente exigia alguma preparação especial.

Por quê?

Cacete, qual seria o motivo de alguém tocar a campainha e atirar na pessoa que abriu a porta?

Qual era o motivo?

O que Ryszard Malik e Rickard Maasleitner tinham em comum?

E também o que teria acontecido se outra pessoa tivesse aberto a porta? O assassino poderia saber com cem por cento de certeza quem abriria? Tudo tinha sido o resultado de um plano minucioso ou apenas uma mera coincidência?

Não existem coincidências, teria dito Reinhart, o que também estava certo. Mas havia um abismo enorme entre algumas razões e outras. Entre o motivo e o motivo.

Por que justamente Malik e Maasleitner tinham sido vítimas do assassino?

A música de Dvořák acabou e aí ele sentiu o cansaço atrás dos olhos. Apagou o cigarro e levantou-se da poltrona. Desligou o aparelho de CD e foi para a cama. Os números vermelhos cor de sangue do rádio-relógio mostravam 2h21 e ele percebeu que teria menos de cinco horas de sono agora.

Bem, ele já havia passado por momentos ruins e provavelmente o pior ainda estava por vir.

Quando o investigador criminal Reinhart enfiou-se debaixo das cobertas em sua enorme cama de ferro, vinte minutos já tinham voado, mas mesmo assim ele ainda cogitava a idéia de ligar para a senhorita Lynch e chamá-la para dormir em sua casa.

Ou pelo menos trocar algumas palavras e lembrá-la de que ele a amava. Algo — que certamente tinha a ver com o seu excelente caráter e boa educação — impediu esse desejo e em vez disso ele ficou pensando sobre os trabalhos feitos naquela noite e sobre o desconhecimento das pessoas.

Ou burrice, como diriam provavelmente alguns.

Em todo caso, uma total falta de atenção. Em Weijskerstraat, naquele prédio antigo e bem conservado dos anos 30, onde ficava o apartamento da vítima, Rickard Maasleitner, moravam nada menos que 73 pessoas. Na entrada do bloco em questão — 26B — 17 moradores, além da vítima, estavam em casa na hora do crime. Pelo menos oito estavam acordados quando o assassino atirou (considerando que o crime ocorreu antes de uma da manhã). Cinco estavam no mesmo andar. E um tinha chegado dez minutos antes da meia-noite.

Ninguém tinha reparado absolutamente nada.

Quanto à fechadura da portaria, que o assassino tinha quebrado enfiando um pedaço de metal achatado entre o ferrolho e o cilindro, de fato três pessoas tinham reparado o problema, mas ninguém tinha tomado providências ou tirado conclusões.

Cambada de idiotas, pensou Reinhart.

Ao mesmo tempo, ele sabia que essa não era uma opinião muito justa. Ele mesmo não tinha a menor idéia do que os seus vizinhos faziam à noite — mal sabia o nome deles —, mas depois de sete horas de interrogatório e tantas prováveis testemunhas, era compreensível se esperar mais em termos de resultados.

Ou melhor, algum resultado.

Mas não era o caso.

Os horários, no entanto, tinham sido bem averiguados. A portaria do número 26 da Weijskerstraat fechava-se automaticamente às 22 horas, todas as noites. Para sabotar a fechadura da maneira escolhida pelo assassino, ele (ou ela, como afirmava Winnifred Lynch) certamente teve que esperar até depois desse horário, dentro do prédio, para então, já com o mecanismo em funcionamento, enfiar o pedacinho de metal. A alternativa era que o assassino tivesse se escondido atrás dos arbustos, na frente da entrada, e aproveitado para entrar quando algum morador entrou ou saiu. Um método bastante arriscado e bem improvável, concordavam DeBries e Reinhart.

O que o assassino fez depois disso era muito difícil saber, mas quando Maasleitner chegou em casa por volta de meia-noite, depois do seu encontro com o colega Faringer no restaurante, ele (ela?) provavelmente não esperou muito tempo. Tudo indicava que Maasleitner tinha chegado em casa poucos minutos antes de a campainha tocar.

E então, quatro tiros. Dois no peito e dois nos órgãos genitais. Exatamente como da outra vez. Novamente fechar a porta e sair. E nenhuma testemunha.

Cacete, pensou Reinhart e sentiu um arrepio. Era tão simples que dava até medo.

Apesar disso, esticou o braço e apagou a luz. Ao mesmo tempo, lembrou-se de que ainda restavam algumas possibilidades. Dois dos moradores do bloco em questão estavam em casa na noite do assassinato, mas não estavam presentes durante os interrogatórios. Um deles, um tal de senhor Malgre, ainda por cima era vizinho de porta de Maasleitner. Na falta de outras opções, Reinhart decidiu apostar muitas esperanças no interrogatório que faria com ele amanhã. Estava marcado para meio-dia, quando Malgre estaria de volta de uma conferência em Aarlach e DeBries tinha sido sorteado para interrogá-lo.

Se Malgre era do tipo que se dedicava a freqüentar conferências, pensou Reinhart, com certeza ele era alguém com um nível maior de discernimento. Não um imbecil qualquer.

Ao mesmo tempo, ergueu-se uma bandeira de protesto discreta em sua mente contra pensamentos tão preconceituosos, mas o cansaço logo venceu. Com um suspiro profundo, Reinhart virou-se para o lado e dormiu.

Os minutos já tinham avançado até 3h12 e durante toda essa noite ele não dedicou um segundo sequer a refletir sobre os motivos.

Isso ficaria para amanhã.

Hoje ele tinha trabalhado. Amanhã começaria a usar o cérebro.

14

Bausheim ficava a um pulo de distância do subúrbio em que Münster morava e na sexta de manhã ele decidiu ir direto para lá. Se não por algum outro motivo, pelo menos para ganhar tempo. Wanda Piirinen (ex-Maasleitner) tinha um emprego a zelar — como secretária de um dos escritórios de advocacia mais conceituados da cidade — e apesar do assassinato do ex-marido, não tiraria mais tempo livre do que fosse realmente necessário. Para ser exato, apenas metade do dia.

Os filhos — três, de 17 (a menina que encontrou o pai assassinado no dia anterior), 13 e 10 anos — haviam sido liberados para um fim de semana prolongado, e quando autorizaram a entrada de Münster no condomínio de casas muito bem cuidado, uma tia acabara de apanhá-los para passar pelo menos dois dias com ela e com os primos em Dikken.

— Nos separamos há oito anos — explicou Wanda Piirinen. — Não era um casamento feliz e o relacionamento não melhorou desde então. Não sinto nada, apesar de saber que deveria.

— Vocês têm três filhos juntos — disse Münster e pensou rapidamente nos seus dois filhos.

Ela assentiu e apontou para o bule de café em cima da mesa. Münster encheu as xícaras.

— Também é a única razão pela qual ainda mantemos contato... ou melhor, mantínhamos.

Münster tomou um pouco de café, enquanto a observava furtivamente sobre a xícara. Uma bela mulher, sem dúvida. Cerca de 45 anos, boa forma e bronzeada, apesar da época do ano, mas também possuía um traço de dureza que ela tinha dificuldade de esconder.

Talvez ela nem queira, pensou Münster. Talvez até goste que a independência e a força transpareçam logo.

Ou seja, para que os homens não tenham pensamentos inoportunos ou atitudes inconvenientes. O cabelo volumoso e louro acinzentado estava preso em uma trança elaborada, e a maquiagem era discreta e correta. Ele presumiu que ela deve ter demorado um bom tempo para se arrumar de manhã. Suas unhas eram compridas e bem tratadas, e era um pouco difícil imaginar que ela sozinha tinha a responsabilidade de criar três filhos. Por outro lado, esta era certamente a aparência apropriada a um escritório de advocacia... a eficiência e a energia bem canalizada envolviam-na como uma aura e ele percebeu que estava lidando com o que Reinhart costumava descrever como a mulher moderna.

Ou talvez pós-moderna?

— E então? — ela perguntou, e ele entendeu que tinha se perdido em suas observações e pensamentos.

— Descreva-o! — ele disse.

— Rickard?

— Sim, por favor.

Ela encarou-o tentando analisá-lo.

— Acho que não tenho muita vontade.

— Por quê?

— Teria apenas coisas negativas a dizer. Não me parece tão importante revelar os meus sentimentos com relação ao meu ex-marido que acabou de ser assassinado. O senhor vai me desculpar.

Münster concordou.

— Entendo. Como era o contato com os filhos? Entre ele e os filhos, quero dizer.

— Péssimo — ela respondeu depois de alguns momentos de hesitação. — No início eles estavam com ele de vez em quando... nos fins de semana, de 15 em 15 dias, e às vezes durante a semana. Afinal de contas moramos na mesma cidade. Do ponto de vista prático, deveria ter sido possível dessa maneira, mas depois de um ano percebi que seria melhor eles morarem comigo o tempo todo. Eles precisavam de um lar, não de dois.

— Ele se opôs? — perguntou Münster.

— Na verdade não. Um pouco só para ser do contra. No fundo achava que eles atrapalhavam quando estavam em sua casa. Ele tem... tinha essa atitude com muitas pessoas.

— O que a senhora quer dizer com isso?

— Ah, o senhor entende. Se perguntar aos colegas dele, vai entender do que estou falando. E aos amigos, se ele ainda tiver algum...

— Certamente faremos isso — afirmou Münster.

Ele observou a cozinha moderna à sua volta. Não havia muitos sinais de que quatro pessoas tinham acabado de tomar café-da-manhã lá, mas provavelmente deviam existir mecanismos para facilitar as rotinas, ele concluiu.

Por que estou me sentindo tão agressivo?, perguntou-se um pouco surpreso. O que há comigo?

Ele teve tempo de fazer amor com Synn, tomar banho e tomar café-da-manhã antes de sair, então não devia estar tão irritado. Afinal, ela não era tão perigosa assim.

— O que a senhora acha disso? — perguntou.

— Do assassinato?

— Sim.

Ela inclinou-se para trás e olhou pela janela.

— Não sei — ela respondeu, e pela primeira vez parecia hesitante. — É verdade que tinha muita gente que não gostava de Rickard, mas daí a querer matá-lo... não, isso eu nunca imaginei.

— Por que as pessoas não gostavam dele?

Pensou por alguns instantes enquanto procurava as palavras certas.

— Ele só olhava para o próprio umbigo — ela respondeu. — Desprezava tudo e todos que não gostavam das mesmas coisas que ele. Ou não se enquadravam na sua maneira de pensar...

— Como era?

— Perdão...?

— A sua maneira de pensar.

Ela hesitou um pouco novamente.

— Eu acho que está relacionado com a infância dele — ela respondeu. — Ele se tornou filho único mais ou menos aos 10 anos... teve um irmão mais velho que se afogou quando tinha 14. Depois disso os pais concentraram todas as atenções nele, mas eram completamente cegos aos seus possíveis defeitos e falhas. Com certeza foi isso que deu origem a tudo.

— Por que se casou com ele? — perguntou Münster, pensando que talvez estivesse sendo bastante impertinente.

Pelo contrário, ela sorriu pela primeira vez.

— A fraqueza feminina — ela respondeu. — Ele era bonito e eu jovem demais.

Ela tomou um pouco de café e ficou segurando a xícara por alguns segundos.

— Ele tinha muitos atrativos masculinos — ela disse em seguida. — São melhores no início, mas depois dos 40 eles se transformam de alguma maneira. Espero que não me leve a mal.

— Tudo bem — disse Münster. — Tenho 43. Mas não era sobre isso que falávamos. Então a senhora não tem nenhuma suspeita?

Ela negou com a cabeça.

— Ele não deixou escapar alguma coisa?

— Não. Mas como já disse, raramente nos falávamos. Talvez um telefonema por semana. Ele tinha a vida dele.

— O que a sua filha tinha que fazer lá? Quando ela o encontrou, quero dizer.

— Ia pegar alguns livros. Ela era quem se dava melhor com ele. Eles conseguiam se entender, eu acho, e a escola dela fica a apenas dois quarteirões de Weijskerstraat. Às vezes ela ia estudar na casa dele. Nas horas livres.

— Ela tinha a chave?

Wanda Piirinen confirmou.

— Tinha. É pior para ela, sem dúvida. Vai levar algum tempo... também foi uma pena ter sido justamente ela quem o encontrou.

Ela mordeu os lábios.

— Espero que vocês tenham muito cuidado quando falarem com ela, se for preciso interrogá-la várias vezes. Ela não deve ter dormido muito esta noite.

Münster assentiu com a cabeça.

— Conversamos bastante com ela ontem. Menina inteligente.

De repente Wanda Piirinen tinha lágrimas nos olhos, e ele percebeu que talvez tivesse sido precipitado em seu julgamento. Sentiu também que estava na hora de se retirar.

— Só mais uma coisa — ele disse. — O nome Ryszard Malik lhe parece familiar?

— Não foi ele que assassinaram da última vez?

— Isso.

Ela negou com a cabeça.

— Não — ela respondeu. — Nunca ouvi falar dele antes, pode ter certeza.

— Bom, então muito obrigado — disse Münster e se levantou. — Espero que a senhora entre em contato conosco caso lembre de algo que possa nos interessar.

— Claro.

Ela o acompanhou até a saída. Por alguma razão ficou na porta até ele entrar no carro. Assim que ele ligou o motor, ela ergueu a mão em um aceno de despedida meio hesitante e logo desapareceu dentro da casa.

Era isso, pensou Münster. Mais uma radiografia de mais uma vida. E de repente, quando fazia a curva em uma dessas ruas desertas do subúrbio, ele sentiu que algo sombrio e triste tomava conta dele.

— Que merda também — ele resmungou. — Certamente deve ter a ver com esta época do ano...

— Demitido! — disse Jung. — Imagine só que ele realmente estava prestes a ser demitido. Cacete, e eu que pensei que era impossível um professor ser demitido!

Mais uma vez eles estavam no carro no caminho de volta à delegacia. A visita à Nova Escola Fundamental demorou mais de três horas, mas o resultado não tinha sido nada mau. Depois de uma rápida conversa com o reitor Greitzen, eles passaram a maior parte do tempo com a equipe de conselheiros do corpo docente da escola — três mulheres e três homens — e conseguiram obter uma imagem mais clara de Rickard Maasleitner.

Era um desses pedagogos que aparentemente devia ter escolhido outra profissão. Jung constatou isso logo de cara. Uma profissão na qual ele pelo menos não teria tanta facilidade em se aproveitar de uma posição de superioridade. Tirar vantagem e abusar.

Os incidentes em dezembro não tinham sido os primeiros. Muito pelo contrário. Os 25 anos de carreira profissional de Maasleitner como professor foram marcados por vários episódios semelhantes. Corporativismo, lealdade inapropriada entre colegas, intervenções de líderes da escola e outros tinham sucessivamente ajudado a mantê-lo na cátedra, mas também não restava dúvida de que muitos já estavam bem fartos dele. Para não dizer todos.

— Há dois tipos de professor — explicou um conselheiro com muita experiência e que fumava sem parar. — Os que resolvem e os que provocam conflitos. Infelizmente Maasleitner pertencia ao segundo grupo.

— Pertencia? — comentou uma professora de línguas com uma leve ironia, mas com credibilidade. — Ele era seu rei sem ser coroado. Não podia atravessar o pátio da escola sem criar problemas... mesmo se houvesse apenas a haste da bandeira.

Moreno perguntou se ainda assim Maasleitner não tinha recebido algum tipo de apoio do corpo docente e como a questão de sua suspensão se resolveria caso não houvesse, por assim dizer, uma solução natural. É claro que o problema tinha sido discutido pela equipe de conselheiros do corpo docente — cuja função e objetivo era justamente lidar com assuntos delicados como esse de Maasleitner — e surpreendentemente parecia que a maioria achava que o deixaria continuar. Deixar Maasleitner resolver da sua maneira a encrenca que ele mesmo tinha provocado.

O que certamente descrevia muito bem a situação. E também Maasleitner.

— Mas ele tinha que ter algum aliado? — tentou Jung.

Nenhum nome foi mencionado. Talvez fosse uma maneira de demonstrar uma frente unida, concluiu Jung mais tarde. Talvez fosse natural. Mas ao mesmo tempo um pouco estranho. Maasleitner tinha sido assassinado... e sobre os mortos não se deve falar mal etc. Aqui era praticamente o contrário.

Lamentável, ele constatou. Se as pessoas que trabalharam com você diariamente — alguns há mais de duas décadas — só tinham merda para lançar no ventilador depois de sua morte, provavelmente você não era muito popular.

Também conversaram com alguns alunos. Seis para ser exato; um de cada vez. E entre os mais jovens, a consideração e o respeito pela morte se manifestou com mais clareza. É bem verdade que Maasleitner tinha sido uma peste, mas daí a alguém querer matá-lo era um pouco de exagero. "Demiti-lo, *yes*! Matá-lo, *no, no!*", segundo as palavras de um aluno. Duas meninas até se esforçaram para mostrar alguma qualidade boa e louvável. Mas isso tinha sido um pouco difícil e forçado.

Competente, às vezes bastante justo e sem preferidos eram as suas prováveis qualidades. (Provavelmente não gostava de ninguém em especial, pensou Jung para si próprio.)

Finalmente voltaram ao reitor Greitzen, que lhes ofereceu café e perguntou se precisavam de mais informações. Neste caso, seria mais apropriado que tratassem disso fora do horário escolar.

Nesta altura nem Moreno nem Jung tinham mais perguntas a fazer. Logicamente com exceção da questão básica, mas quanto a isso, o reitor apenas negou com a cabeça.

— Se posso pensar em alguém que quisesse eliminá-lo? Não, e também imagino que vocês não estão procurando um criminoso juvenil. Nossos alunos mais velhos têm 16 anos. Entre os funcionários me parece impossível imaginar que alguém pudesse... não, isso está fora de cogitação. Ele não era uma pessoa querida, mas isso está completamente fora de cogitação.

— O que você acha? — perguntou Moreno enquanto esperavam o sinal abrir na Zwille.

— Bem — comentou Jung. — Não gostaria de estar na pele do reitor e ser obrigado a dizer algumas palavras no enterro.

— É feio mentir na igreja — disse Moreno.

— Exatamente.

— E Malik não parece ter qualquer ligação com a escola. Não, acho que podemos deixá-los estudar em paz.

Jung permaneceu em silêncio por alguns instantes.

— Vamos almoçar em algum lugar? — perguntou Jung quando a delegacia já estava à vista. — Ainda faltam duas horas para a reunião.

Ewa Moreno hesitou.

— Está bem — disse ela. — Pelos menos não ficamos lá para atrapalhar.

DeBries ligou o gravador antes mesmo de Alwin Malgre sentar na cadeira de visitas.

>   DeB: Bem-vindo, senhor Malgre. Gostaria de fazer algumas perguntas sobre a noite de quarta-feira.
>   M: Entendi.
>   DeB: O senhor se chama Alwin Malgre e mora na Weijskerstraat 26B?
>   M: Sim.
>   DeB: O senhor poderia falar um pouco mais alto?
>   M: Por quê?
>   DeB: Estou gravando o seu depoimento.
>   M: É claro.
>   DeB: Então, o senhor sabe que houve um assassinato no seu edifício aproximadamente à meia-noite de quarta-feira?
>   M: Sei, Maasleitner. Que coisa horrível.
>   DeB: O senhor era seu vizinho de porta. O senhor pode nos dizer o que fazia anteontem à noite?
>   M: Hmm, claro. Estava em casa lendo...
>   DeB: O senhor mora sozinho no apartamento?
>   M: Moro.
>   DeB: Não tinha ninguém com o senhor?
>   M: Não.
>   DeB: Por favor, continue.
>   M: Fiquei em casa e li a noite inteira... ou melhor, fiquei estudando. Estava me preparando para um seminário, já que Van Donck não tinha tempo.
>   DeB: Quem é Van Donck?
>   M: Meu chefe, é claro.

DeB: Com o que o senhor trabalha e era uma conferência sobre o quê? Era lá que o senhor estava ontem?
M: Isso mesmo, em Aarlach. Trabalho no Centro de Filatelia. Van Donck é meu chefe... na verdade só eu e ele trabalhamos lá. Pode-se dizer que sou o assistente dele...
DeB: Vocês vendem selos?
M: E compramos. O senhor se interessa por filatelia, Sr... Sr..?
DeB: DeBries. Não. Era uma conferência sobre o quê?
M: Na verdade era um seminário. Seminário e leilão. Sobre o conjunto de problemas depois da queda do império soviético. Dessa vez falamos principalmente sobre os novos lançamentos nos países bálticos. Não sei se o senhor está a par do caos que todos esses países novos causaram na filatelia... além de ser uma mina de ouro, é lógico. Tudo depende de quanto se deseja especular.
DeB: Claro. Bem, mas vamos ter que deixar este assunto para uma outra ocasião. Agora se me permite, vamos voltar à noite de quarta-feira...
M: Bem, não sei bem o que dizer. Cheguei em casa mais ou menos às seis e meia. Jantei e comecei a ler. Tomei chá acho que umas nove e meia... aliás, vi o noticiário das nove na televisão... é isso, e depois fiquei acordado até mais ou menos 11 e meia.
DeB: O senhor dormiu às 11 e meia?
M: Não, fiquei lendo até mais ou menos 15 para uma. Na cama, quero dizer. Van Donck conseguiu dois livros novos naquela tarde e não queria chegar em Aarlach despreparado. É claro que também teria um pouco de tempo no trem, mas...
DeB: O senhor notou alguma coisa?
M: O quê?
DeB: O senhor observou algo estranho naquela noite?
M: Não.
DeB: O senhor não ouviu nada por volta de meia-noite?
M: Não... não, já estava na cama. O meu quarto dá para os fundos.
DeB: Não percebeu quando Maasleitner chegou em casa?

M: Não.
DeB: Ou qualquer outra movimentação nesse horário?
M: Não.
DeB: O senhor costumava ouvir algo de dentro do apartamento de Maasleitner?
M: Não, o nosso edifício é muito bem isolado.
DeB: Foi o que constatamos. O senhor conhecia bem o seu vizinho?
M: Maasleitner?
DeB: É.
M: Não, nem um pouco. Apenas nos cumprimentávamos quando nos encontrávamos na escada.
DeB: Entendo. Tem mais alguma coisa que o senhor ouviu ou viu que poderia ter qualquer relação com o crime?
M: Não.
DeB: Nada de estranho que o senhor acha que devemos saber?
M: Não, o que seria?
DeB: Qualquer coisa. Talvez algum fato extraordinário que tenha acontecido ultimamente?
M: Não... não, não consigo lembrar de nada.
DeB: O senhor não sabe se Maasleitner recebeu alguma visita nos últimos dias?
M: Não sei. Não tenho a menor idéia. Acho melhor o senhor perguntar aos outros vizinhos. Não sou muito observador...
DeB: Não, nem poderíamos exigir isso. Muito obrigado, senhor Malgre. Gostaria de pedir que o senhor entre em contato conosco imediatamente caso lembre de algo importante.
M: Claro, com toda certeza. Muito obrigado. Foi interessante.

EXTREMAMENTE POSITIVO, CONSTATOU DeBries quando Malgre já havia saído. Ele acendeu um cigarro e ficou perto da janela olhando a cidade.

Trezentos mil habitantes, pensou. E às vezes os muros entre eles pareciam bem altos. Enquanto um era morto a tiros, o seu vizinho estudava selos estonianos a 10 metros de distância.

Mas provavelmente era isso que costumavam chamar de integridade.

Van Veeteren levou cerca de um minuto para entender que o almoço para reconstrução da cena do crime não tinha sido uma idéia muito boa. Quando adentrou a porta do Freddy's, Enso Faringer já estava sentado na mesa em questão e o seu nervosismo podia ser percebido por todo o restaurante.

Van Veeteren sentou-se e ofereceu um cigarro, que Faringer aceitou e deixou cair no chão.

— Muito bem — disse o comissário. — Vamos aproveitar para comer, já que estamos aqui mesmo.

— Eu agradeço.

— Então foi bem aqui que vocês passaram a noite da quarta-feira?

Faringer confirmou e acertou os óculos, que pareciam ter uma tendência a escorregar do nariz brilhante.

— O senhor é professor de alemão?

— Sou — respondeu Faringer. — Afinal, alguém tem que fazer isso.

Van Veeteren não tinha certeza se aquilo era uma piada.

— O senhor conhecia Maasleitner bem?

— Mais ou menos... não.

— Mas vocês se encontravam de vez em quando?

— Muito raramente. Saíamos para tomar uma cerveja de vez em quando.

— Como na quarta-feira?

— É, como na quarta-feira.

Van Veeteren ficou calado por alguns instantes para dar a chance a Faringer de dizer alguma coisa por vontade própria, mas foi inútil. Seu olhar tremulava por trás das lentes grossas, enquanto ele se contorcia e mexia com o nó da gravata.

— Por que o senhor está tão irrequieto?

— Irrequieto?

— Sim, tenho a impressão de que o senhor está preocupado com alguma coisa.

Faringer sorriu meio sem graça.

— Ah não, sou sempre assim.

Van Veeteren suspirou. O garçom trouxe os cardápios e depois de alguns minutos escolheram o prato do dia.

— Sobre o que vocês conversaram na quarta-feira?

— Não me lembro.

— Como assim?

— Não lembro. Bebemos um pouco demais e às vezes costumo ter esses lapsos de memória.

— Mas de alguma coisa o senhor deve se lembrar.

— É, lembro que Maasleitner me perguntou sobre a situação na escola... ele estava meio encrencado. Ele me pediu ajuda.

— Como assim?

Faringer coçou o pescoço, onde ele tinha uma espécie de eczema.

— Não sei bem. Ficar de olho de alguma maneira, eu imagino.

— Ele não queria que o senhor interviesse?

— Intervir? Não, como eu poderia intervir?

Não, pensou Van Veeteren. Isso estava fora de cogitação. Enso Faringer não era do tipo que intervinha.

O almoço durou 45 minutos, apesar de Van Veeteren não ter incluído nem a sobremesa, nem o café. De volta ao carro, ele estava certo de uma coisa: Faringer tinha dito a verdade. O franzino professor de alemão simplesmente não se lembrava que questões mundiais ele e Maasleitner haviam discutido na noite do assassinato. Van Veeteren também tinha se informado com os funcionários do Freddy's e ninguém achava nem um pouco estranho o fato de o "alemão baixinho" ter perdido a memória. Pelo contrário.

Tinha sido simplesmente uma noite daquelas.

Bem, era isso mesmo, pensou Van Veeteren. E para falar a verdade, estava até um pouco agradecido — ser obrigado a ouvir o relato de Enso Faringer sobre uma noite inteira de bebedeira não seria exatamente uma experiência imperdível.

Quando estava na metade do caminho da delegacia, teve outro problema. Tinha começado a chover novamente e ele entendeu que se não consertasse aquele maldito limpador de pára-brisas, algo poderia acontecer.

Ao mesmo tempo, ele sabia que assim que resolvesse um dos problemas, logo surgiria outro.

Era simplesmente um desses carros.

Lembrava um pouco a própria vida.

15

— Por que colocou Heinemann para investigar as circunstâncias? — perguntou Reinhart. — Logo ele que precisa de pelo menos uma semana só para cagar.

— Pode até ser — disse Van Veeteren. — Pelo menos ele é minucioso. Vamos começar sem ele. Sirva o café, a senhorita Katz prometeu nos trazer algo.

— Excelente — comentou Rooth.

— Vamos começar com os fatos científicos — continuou o comissário, enquanto passava adiante uma cópia. — Devo dizer que não há nada de extraordinário.

Cada um dos sete presentes leu o breve relatório do médico legista e de outros peritos (todos exceto Van Veeteren, que já o tinha lido, e Reinhart, que enchia o seu cachimbo) e pôde constatar, como já tinha sido dito, que não havia nenhuma novidade. Era apenas uma confirmação do que já se sabia de um modo geral — a causa da morte, a hora (agora indicada com mais precisão entre 23h45 e 1h15), a arma (uma pistola Berenger 765, com 99% de certeza de que a mesma arma tinha sido usada no assassinato de Ryszard Malik). Nenhuma impressão digital foi encontrada, não havia nenhuma pista extraordinária e o pedaço de metal utilizado para manter a fechadura aberta era de aço inoxidável, semelhante a uma chapinha, facilmente encontrado em vários lugares e impossível de ser rastreado.

— *All right* — disse Van Veeteren. — Vamos gravar essa merda. Assim Hiller terá uma música para fazê-lo dormir no final de semana.

Ele ligou o gravador.

— Reunião sobre o caso Rickard Maasleitner, sexta-feira, 2 de fevereiro, às 15h15. Presentes: Van Veeteren, Münster, Rooth, Reinhart, Moreno, DeBries e Jung. Reinhart e DeBries, podem começar.

— Eu passo — disse Reinhart.

— Não conseguimos nada — explicou DeBries. — Ouvimos mais de setenta pessoas do número 26 e do prédio do outro lado da rua. Ninguém viu ou ouviu absolutamente nada. Além disso, como a lâmpada da porta de entrada do 26B estava quebrada, seria muito difícil conseguir alguma descrição do suspeito.

— Será que foi ele que quebrou a lâmpada também? — perguntou Moreno.

— Provavelmente não, difícil dizer. Estava quebrada há seis dias.

— Mais alguma coisa? — perguntou Van Veeteren.

— Não — respondeu Reinhart. — As cópias dos interrogatórios estão à disposição de vocês se quiserem ter uma leitura bem chata garantida para o fim de semana.

— Perfeito — comentou Van Veeteren. — Bom trabalho.

— Obrigado — respondeu DeBries.

A REUNIÃO PROSSEGUIU basicamente no mesmo tom. Com relação ao caráter e à popularidade da vítima de uma forma geral, as descrições de vários depoimentos foram unânimes. Rickard Maasleitner tinha sido um babaca. Aparentemente alguém que se achava melhor do que os outros e um homem egocêntrico e presunçoso da pior espécie. Mesmo assim era difícil entender que alguém tivesse motivos para matá-lo. Não mantinha qualquer relacionamento estável com nenhuma mulher. O mais provável era que não tivera nenhum relacionamento desde o divórcio, há oito anos. Provavelmente já tinha recorrido a prostitutas, mas isso era apenas uma suposição que não podia ser confirmada ou desmentida. Não tinha dívidas. Nem dinheiro para receber. Nem sequer negócios escusos.

E não tinha ninguém muito próximo dele.

A ex-mulher não tinha nada de positivo a dizer sobre ele, assim como as outras pessoas.

Os filhos estavam naturalmente um pouco chocados, mas o sentimento de pesar que estavam sentindo poderia ser tratado de uma maneira positiva, era a opinião compartilhada por profissionais e leigos.

Os pais de Rickard Maasleitner já tinham morrido e é bem possível deduzir que, com a morte de sua mãe, há pouco mais de três anos, ele tenha perdido a sua última e verdadeira aliada.

— Um bundão de marca maior! — concluiu Reinhart ao resumir as facetas do caráter da vítima. — Quase gostaria de tê-lo conhecido.

Van Veeteren desligou o gravador.

— Grande resumo — comentou.

— Mas será que ainda assim não seria mesmo possível rastrear a arma? — perguntou Jung.

Van Veeteren sacudiu a cabeça.

— DeBries, conte-nos como se consegue uma arma. Você investigou isso.

— Com prazer — disse DeBries. — Na verdade é um processo bem simples. Você entra em contato com alguém que parece estar do lado errado da lei... como aqueles desocupados da Estação Central ou da Praça Grote. Ele pede para você esperar e 15 minutos depois volta com um envelope. Você paga cem pratas pelo serviço, vai para casa e abre o envelope. Lá estão as instruções. Você deve mandar o dinheiro, digamos mil florins, para um endereço de remessa pelo correio. Pode ser Müller, a agência de correio principal de Maardam. Você faz tudo isso e pouco mais de uma semana recebe uma carta com uma chave. Ela pertence a um depósito de bagagem na Estação Central. Você vai lá, abre o armário e pega uma pequena bolsa com a arma...

— Depois é só começar a matança — disse Van Veeteren.

— Belo método — constata Rooth mais uma vez.

— Eficiente pra cacete — disse Reinhart. — Mas mesmo assim acho que devemos colocar Stauff ou Petersén na busca. Pelo menos para manter as aparências.

Van Veeteren assentiu. Esticou-se sobre a mesa e pegou um cigarro do maço de DeBries.

— E o resto de nós, o que fará? — perguntou Münster.

— Jung — disse o comissário depois de acender o cigarro, — será que você poderia tentar encontrar o Heinemann? Que merda, será que não teremos uma única vitória hoje?

— Claro — disse Jung e levantou-se. — Onde ele deve estar?

Van Veeteren encolheu os ombros.

— Provavelmente aqui mesmo no edifício. Na sala dele, se tiver sorte.

Dez minutos mais tarde Jung volta acompanhado de Heinemann.

— Desculpe — disse Heinemann, ao sentar-se na cadeira vazia. — Me atrasei um pouco.

— Não me diga? — disse Reinhart.

Bem à sua frente, Heinemann coloca um envelope grande na mesa.

— O que você tem aí? — perguntou Münster.

— A ligação — respondeu Heinemann.

— O que quer dizer com isso?— indagou Rooth.

— Eu tinha que investigar a ligação, não era isso?

— Essa foi do cacete! — exclamou DeBries.

Heinemann abriu o envelope e tirou uma fotografia ampliada. Passou-a para Van Veeteren.

O comissário estudou-a com perplexidade durante alguns segundos.

— Explique — comentou em seguida.

— Claro — disse Heinemann, tirando os óculos. — A foto mostra a turma de formandos, é assim mesmo que se fala, da Escola do Estado-Maior do Exército de 1965. O terceiro homem à esquerda, na fila de baixo, se chama Ryszard Malik. O penúltimo à direita, na fila do meio, é Rickard Maasleitner.

A sala ficou em silêncio. Van Veeteren mandou circular a fotografia de 35 jovens elegantemente vestidos em uniformes verde-acinzentados e expressões inocentes.

— Você falou 1965? — perguntou Münster, depois que todos viram a foto.

— Isso mesmo — confirmou Heinemann. — Eles começaram o serviço militar em abril de 64 e deram baixa em maio de 65. Bom, foi isso que descobri... além do fato de ambos terem as mesmas iniciais, é claro, mas isso vocês já deviam ter detectado.

— O quê? — disse Rooth. — Cacete, é mesmo...

— RM — disse Reinhart — Ah, mas com certeza isso não quer dizer nada.

— Você tem o nome de todos eles? — perguntou Van Veeteren.

Heinemann procurou no envelope e tirou outro papel.

— Por enquanto apenas o nome e a data de nascimento, mas Krause e Willock estão trabalhando nisso... leva um certo tempo, como vocês devem imaginar...

— O importante é ser minucioso — disse Reinhart.

A sala ficou novamente em silêncio. Münster se levantou e foi para perto da janela, ficando de costas para os outros. Van Veeteren inclinou-se para trás e encheu as bochechas de ar. Moreno examinou a fotografia mais uma vez.

— Bem — disse DeBries após alguns instantes. — Acho que isso merece mais um pouco reflexão.

— Provavelmente — disse Van Veeteren. — Vamos fazer um intervalo. Preciso de um tempinho para pensar. Voltem daqui a meia hora e aí veremos o que fazer diante de tudo isso... DeBries, você pode deixar um cigarro?

— Onde fica mesmo essa escola militar? — perguntou Moreno quando se reuniram novamente.

— Atualmente fica em Schaabe — respondeu Heinemann. — Mudou-se de Maardam no início dos anos 70. Ficava em Löhr.

— Você não encontrou nenhuma outra coincidência? — perguntou Münster.

— Não, ainda não. Mas acho que essa é a que realmente importa. Se existirem outras, provavelmente são ainda mais antigas.

— E o que vamos fazer? — perguntou Rooth.

Estudando a lista de nomes, Van Veeteren olhou ao seu redor.

— Vamos fazer o seguinte — ele respondeu, enquanto contava rapidamente os presentes. — Somos oito pessoas. Cada um pega quatro nomes e sai à procura deles durante o fim de semana... deve ser possível encontrar pelo menos dois desses quatro. Verifiquem os endereços etc. com Krause e Willock... aliás, eles também vão distribuir os nomes. Segunda-feira de manhã quero um relatório completo e se descobrirem alguma coisa antes, dêem notícias, cacete!

— Belo método — comentou Reinhart.

— Exatamente o que eu ia dizer — completou Rooth. — Quando é que Krause e Willock terminarão tudo?

— Eles vão trabalhar a noite inteira — disse Van Veeteren. — Joensuu e Klempje também foram convocados. Vocês podem ir para casa e ligar mais tarde para saber quais são os seus nomes... ou amanhã de manhã. Então é isso, alguma pergunta?

— Mais uma coisa talvez — disse Reinhart.

— Ih, cacete! — disse Van Veeteren e bateu com o dedo indicador na fotografia. — Tomem cuidado. Não podemos descartar a possibilidade de que um deles é quem estamos procurando. Não esqueçam disso!

— Vamos divulgar isso para o público? — perguntou Münster.

Van Veeteren pensou por três segundos.

— Acho que devemos tomar um cuidado do cacete se fizermos isso. Pensem nisso quando estiverem fazendo perguntas... não revelem demais sobre o assunto. Hiller com certeza não ia gostar nada se 33 pessoas de repente pedissem proteção policial 24 horas por dia.

— Mas também seria engraçado ver a cara dele — comentou Reinhart.

— Ia ser engraçado mesmo — disse Van Veeteren.

Roleta russa? pensou Münster, uma hora depois, quando estava sentado com as crianças no colo assistindo a um programa infantil na TV. Por que a palavra roleta russa me vem à cabeça toda hora?

* * *

Também pode ser uma coincidência, pensou Van Veeteren quando estava deitado na banheira com uma vela na tampa da privada e uma cerveja confortavelmente à mão. Pura coincidência, apesar de Reinhart ter proibido a expressão. Duas pessoas da mesma cidade talvez tivessem que aparecer na mesma fotografia algum dia, querendo ou não.

Isso não era até mais provável do que o contrário?

Quem vai saber, pensou Van Veeteren. De qualquer maneira isso vai aparecer.

16

Sábado, 3 de fevereiro, amanheceu com ventos quentes do sudoeste e um céu azul límpido e traiçoeiro. Van Veeteren já tinha decidido ir ao enterro de Ryszard Malik, mas quando olhou o tempo pela porta aberta da varanda, por volta das nove horas, entendeu que os deuses estavam do seu lado.

Enquanto estava lá, tentava descobrir o que tinha motivado a sua decisão. Ou seja, por que era tão importante acompanhar a cerimônia no Cemitério do Leste. E para o seu espanto constatou que tinha sido por conta de um antigo filme. Ou de vários filmes. Para ser mais exato, aquela clássica cena de abertura em que um grupo de pessoas vestidas de preto está em volta de um caixão que está sendo lentamente abaixado para dentro da terra. E aqueles dois agentes da polícia, um pouco afastados e com seus sobretudos amarrotados, observando as pessoas de luto. Levantam as golas dos casacos e conversam baixinho sobre quem é quem.... quem pode ser aquela mulher meio de costas e usando um véu, por que a viúva não chora e quem diabos teria acertado uma bala na cabeça do bilionário lorde Vattelapesca.

Quais seriam os motivos! pensou Van Veeteren e fechou a porta da varanda. Pura perversão! Aliás, o que a gente não faz nessa vida?

Mais tarde, sob o vento do cemitério, não parecia haver muitos prováveis assassinos. Quem se comportou de maneira mais esquisita tinha sido sem dúvida um homem grande, de sobretudo verde e botas de borracha vermelhas, mas ele tinha sido enviado pelo próprio comissário.

O agente de polícia Klaarentoft era reconhecidamente o melhor fotógrafo da corporação e sua missão desta vez era tirar o maior número de fotografias que conseguisse. Van Veeteren sabia que essa idéia era inspirada em outro filme, *Blow-up*, do início dos anos 60. Antonioni, não era? A idéia era naturalmente que, entre todos esses rostos que mais tarde surgiriam lentamente no laboratório fotográfico da delegacia, estaria também o do assassino.

O assassino de Ryszard Malik e Rickard Maasleitner.

Ele lembrou que tinha visto o filme — que na realidade era uma mistura deplorável — três vezes só para sentir como o rosto de um estuprador tinha sido ampliado dentro da mata verde abundante de um parque inglês.

É claro que era também algum tipo de perversão, e Klaarentoft aparentemente não tinha visto o filme. Ele andava entre as sepulturas fotografando à vontade, totalmente alheio à recomendação de Van Veeteren em chamar o mínimo de atenção possível.

O fato de ter conseguido tirar nada menos que 12 fotos do padre durante a cerimônia talvez indicasse que ele nunca entendeu muito bem o significado real do seu trabalho.

Por outro lado, o grupo que acompanhou Ryszard Malik ao seu derradeiro descanso final era relativamente pequeno, de maneira que faltavam motivos. Van Veeteren contou 14 pessoas, com ele mesmo e Klaarentoft, e durante a cerimônia conseguiu identificar todos, menos duas crianças.

Também não viu ninguém observando furtivamente de uma distância considerável (um ou outro que visitavam outras sepulturas e circulavam no amplo cemitério, mas nenhum deles tinha se comportado de maneira fora do comum ou alertado sua conhecida intuição de alguma forma). E quando começou a chover e ele conseguiu discretamente convencer Klaarentoft a fotografar outras coisas, já tinha concluído há bastante tempo que a sua presença ali não fazia muito sentido.

Quando finalmente conseguiu uma taça de vinho no Bar do Kraus, mais de uma hora depois, ele entendeu que aquele resfriado, combatido com sucesso nos últimos dias, agora tinha voltado com mais força.

O próximo enterro certamente será o meu, prometeu a si mesmo.

— É SÁBADO. Você tem que fazer isso logo hoje? — ele perguntou.

— Hoje ou amanhã. Não acha melhor resolver isso o quanto antes?

— Sem dúvida — ele concordou e se virou na cama. — Nos vemos à noite.

Não era um diálogo incomum. Ou inesperado. Enquanto estava no ônibus, aquilo martelava na sua cabeça como um mau presságio. Ela e Claus Badher estavam juntos há 15 meses... aliás, 16, dependendo da medida usada, e provavelmente era o melhor relacionamento que já tivera. Realmente, sem dúvida alguma. Havia amor e respeito mútuo, valores e interesses em comum e tudo mais que se podia desejar.

Paz e felicidade. Todos os seus amigos achavam que deviam continuar. Morar juntos para valer e todo o resto. Claus também achava.

Era apenas aquela leve irritação. Aquele pequeno grão que a assustava. Algo que talvez, e apesar de tudo, tinha origem no desprezo, e neste caso, estava condenado a germinar e crescer. Ela não sabia. Desprezo pelo trabalho dela... ele tinha muito cuidado em não demonstrá-lo abertamente; é provável que nem ele mesmo tivesse consciência disso ainda, mas às vezes era impossível ela deixar de notar. Chegava às escondidas simplesmente, como um relâmpago na superfície, e desaparecia, mas ela sabia que tinha estado lá. Como naqueles diálogos típicos, que ainda não representavam nada de especial, mas que ela acreditava pudessem adquirir um sentido verdadeiramente sinistro com o passar dos anos.

Para manter a igualdade entre eles, por assim dizer. E para a vida dela.

Claus Badher trabalhava como corretor de valores em um banco e estava em plena ascensão profissional. Ela trabalhava como agente da polícia e estava a caminho... bem, de que mesmo?

Suspirou. No momento a caminho de uma vila fora de Pikken, onde encontraria um jurista de 52 anos para perguntar o que ele tinha feito durante a vida militar.

Absurdo? Caramba, era mesmo um absurdo. Às vezes até ela achava que Claus tinha toda razão. Se é que ele realmente pensava dessa maneira...

Ela saltou do ônibus e caminhou os menos de 200 metros até a casa. Atravessou o portão e foi recebida por dois filhotes de boxer que latiam e abanavam os rabinhos animadamente. Parou no caminho coberto de areia grossa e afagou-os. Olhou para o casarão de dois andares construído com tijolos ingleses marrom-escuros e janelas verdes. Atrás de uma das extremidades podiam-se ver uma piscina e uma rede, que ela presumiu cercar uma quadra de tênis.

Nada mal, pensou ela. Se fosse obrigada, talvez agüentasse morar em um lugar assim.

— Ewa Moreno, assistente criminal. Desculpe o incômodo, só queria fazer algumas perguntas.

— Não há de quê. Estou à sua disposição.

Jan Tomaszewski vestia algo que ela entendeu ser um roupão de seda e tinha uma aparência geral que também parecia pertencer a uma outra época. Ou a um filme. O seu cabelo escuro com brilhantina estava impecavelmente penteado para trás, e o seu corpo franzino tinha algo de incontestavelmente aristocrático. Leslie Howard? Ela pensou rapidamente. Ele esticou-se sobre a mesa de vidro fumê e serviu-lhe chá do bule de prata delicadamente cinzelado.

Um outro mundo, ela pensou. Melhor começar antes que eu desmaie.

— Obrigada — disse. — Como já expliquei, trata-se de sua formação na Escola Militar, em Löhr. Não foi entre 1964-65 que o senhor estudou lá?

Ele confirmou.

— É isso mesmo. Por que vocês estão interessados nisso?

— Infelizmente não posso dar mais informações. Também gostaria de pedir a sua discrição quanto à nossa conversa... talvez possamos voltar em uma outra etapa, se o senhor quiser saber mais detalhes.

Era uma resposta que ela tinha estudado de antemão e percebeu que tinha provocado o efeito desejado.

— Compreendo.

— Temos interesse principalmente em dois de seus colegas: Ryszard Malik e Rickard Maasleitner.

Ela tirou a fotografia da pasta e deu a ele.

— O senhor pode identificá-los?

Ele sorriu e tirou um par de óculos do bolso do peito. Estudou a foto durante meio minuto.

— Reconheço o Maasleitner — ele respondeu. — Ficamos no mesmo alojamento praticamente o tempo todo. Malik não tenho tanta certeza, mas acho que é este aqui.

Ele apontou. Moreno confirmou.

— Está certo. O senhor pode contar o que se lembra deles?

Tomaszewski tirou os óculos e recostou-se na cadeira.

— Não lembro quase nada a respeito de Malik — comentou depois de alguns instantes. — Nunca estávamos no mesmo grupo e não convivíamos nos horários de descanso... um pouco reservado e bastante inexpressivo, se não me engano. Bem, não quero fingir que não estou a par do que aconteceu...

Moreno assentiu.

— Vocês acham que a resposta está aqui? A ligação entre eles, quero dizer.

— Trabalhamos com várias hipóteses diferentes. Essa é apenas uma delas. Temos que investigar todas as possibilidades, é claro.

— Certamente. Bom, de qualquer forma lembro-me de Maasleitner com um pouco mais de clareza. Estávamos freqüentemente na mesma turma no treinamento... telegrafia, serviços gerais do quartel etc. Devo dizer que nunca gostei muito dele. Um pouco prepotente, entende...

— Como assim? — perguntou Moreno.

— Ehhh... — Tomaszewski abriu os braços. — Muito cheio de si. Jovem e arrogante. Um pouco desequilibrado, mas talvez nada tão grave assim.

— Ninguém gostava muito dele?

Tomaszewski pensou.

— Acho que ninguém. Não que fosse um grande problema. Ele apenas tinha um jeito meio irritante de ser. Mas é óbvio que sempre haverá pessoas assim em um grupo tão grande.

— Vocês se encontravam nas folgas?

Tomaszewski negou com a cabeça.

— Nunca.

— O senhor sabe se Malik e Maasleitner se davam bem?

— Não tenho a menor idéia. Acho que não, mas é claro que não posso jurar.

— O senhor sabe se havia mais alguém que fosse próximo a eles? Alguém aqui, quero dizer.

Tomaszewski estudou a fotografia de novo. Moreno tirou a lista com os nomes e estendeu-lhe. Tomou um pouco de chá e pegou um biscoito de chocolate enquanto ele pensava. Mirou as paredes brancas, nas quais fileiras de quadros coloridos de arte não-figurativa estavam aglomerados, quase moldura ao lado de moldura. Aparentemente seu anfitrião era uma espécie de colecionador e começou a imaginar vagamente quanto dinheiro devia haver pendurado ali. Ao todo.

Provavelmente não era tão pouco.

— Não — disse finalmente. — Acho que não posso ajudar muito. Não encontro nenhum elo entre eles. Quanto a Malik, não consigo associá-lo a mais ninguém. Acho que Maasleitner andava um pouco com esses aqui.

Ele apontou para dois rostos na fileira de cima.

— Van Der Heukken e Biedersen? — Moreno leu na lista.

Tomaszewski confirmou.

— Pelo menos é o que me lembro. A senhorita entende que faz mais de trinta anos?

Moreno sorriu.

— Claro — ela respondeu. — Mas sempre tive a impressão de que o serviço militar deixa marcas permanentes em todos os rapazes.

Tomaszewski sorriu.

— Certamente em alguns — respondeu. — Mas a maioria de nós tenta esquecer o mais rápido possível.

AGRADÁVEL FOI A palavra que ficou na sua cabeça depois da visita a Tomaszewski. O discreto charme da burguesia veio à sua mente. De qualquer forma, havia maneiras piores de se passar uma hora de uma manhã de sábado do que esta.

Ela não esperava que a ida a Dikken resultasse em algo de mais concreto para a investigação e o mesmo provavelmente também se aplicava ao próximo nome da lista, Pierre Borsens.

Quando saltou do ônibus, de volta à cidade, tinha pelo menos conseguido afastar os pensamentos sombrios da manhã e decidido dar um pulo rápido ao mercado e comprar uns bons queijos para a noite. O endereço de Pierre Borsens ficava a apenas um quarteirão de lá e era meio-dia e meia.

O HOMEM QUE se sentou à mesa trazia um odor que Jung não sabia bem identificar. Tinha o mesmo cheiro ácido de xixi de gato, mas também um leve cheiro de maresia. Algas podres secando ao sol ou coisa parecida. Provavelmente era uma combinação desses dois ingredientes.

E muitos outros. Jung chegou rapidamente a cadeira meio metro para trás e acendeu um cigarro.

— O senhor é Calvin Lange? — perguntou.

— Isso mesmo — o homem respondeu, estendendo uma mão imunda por cima da mesa. Jung inclinou-se para a frente e apertou-a.

— Minha casa está um pouco bagunçada no momento — explicou o homem. — Por isso achei melhor marcar aqui.

Ele sorriu revelando duas fileiras de dentes marrons e quebrados. De repente Jung sentiu-se grato por aquela decisão. Ele não tinha a menor vontade de ver aquela bagunça de perto.

— Aceita uma cerveja? — perguntou retoricamente.

Lange aceitou e tossiu. Jung fez um sinal com os dedos para o bar.

— E um cigarro?

Lange pegou um. Jung suspirou discretamente e percebeu que era melhor se apressar. Ele sabia há tempos que era bem complicado ser reembolsado por despesas com cerveja e cigarros.

— O senhor reconhece isto aqui?

Lange pegou a fotografia e começou a estudá-la enquanto fumava avidamente.

— Sou eu — disse e colocou o dedo indicador sujo no rosto de um jovem cheio de esperanças na fileira de cima.

— Sabemos — disse Jung. — O senhor lembra dos nomes destes dois aqui?

Ele apontou com a caneta.

— Um de cada vez — disse Lange.

A garçonete chegou trazendo duas cervejas.

— Saúde! — disse Lange e esvaziou o copo.

— Saúde! — disse Jung e apontou novamente.

— Vamos ver então — disse Lange, semicerrando os olhos míopes. — Cacete, não sei. Quem era o outro mesmo?

Jung apontou a caneta para Maasleitner.

— Parece conhecido — respondeu Lange, coçando a axila. — Lembro dele sim, mas não do seu nome.

Ele arrotou e olhou com tristeza para o copo vazio.

— O senhor se lembra dos nomes Malik e Maasleitner?

— Malik e...

— Maasleitner.

— Maasleitner?

— Isso.

— Não, é ele?

Ele colocou o dedo em Malik.

— Não, este é Malik.

— Que diabos! O que eles fizeram?

Jung apagou o cigarro. Isso aqui está indo às mil maravilhas, pensou.

— O senhor se lembra de alguma coisa da época do serviço militar?

— Serviço militar? Por que está perguntando isso?

— Infelizmente não posso entrar em detalhes. Então, estas são as duas pessoas que nos interessam... Escola Militar, 1965, não era isso?

Ele apontou novamente.

— Ai, cacete! — disse Lange e tossiu. — É da Escola Militar? Pensei que fosse da Associação de Handebol... achei que tinha gente demais.

Jung refletiu durante três segundos. Depois colocou a fotografia de volta na pasta e se levantou.

— Muito obrigado — disse. — Pode ficar com a minha cerveja também.

— Já que insiste — disse Lange.

* * *

MAHLER AVANÇOU UM peão e Van Veeteren espirrou.

— Como você está? Está meio mal de novo?

— É, um pouco. Fiquei tempo demais debaixo de chuva lá no cemitério hoje à tarde.

— Péssima idéia — disse Mahler.

— Eu sei — suspirou Van Veeteren. — Mas não conseguia simplesmente ir embora. Sou um pouco educado demais para isso.

— É, sei como são essas coisas — disse Mahler. — Foi o tal do Malik, não foi? A quantas anda a caça ao assassino? Os jornais escrevem bastante.

— Mal — respondeu Van Veeteren.

— Já encontraram uma ligação?

Van Veeteren confirmou.

— Apesar de não ter certeza se é a conexão certa... aliás, é sim, mas ainda não está sendo muito útil. Vamos dizer que estou procurando uma pedra e acabei encontrando uma praça.

— O quê? — perguntou Mahler.

Van Veeteren espirrou de novo.

— Ai, cacete! — disse. — Ou então, uma estrela e acabei encontrando uma galáxia? Pensei que você fosse um poeta.

Mahler riu.

— Entendo — disse. — Mas você não está atrás de um fato?

Van Veeteren levantou seu bispo branco e ficou com ele na mão por alguns segundos.

— Um fato? — perguntou enquanto colocava o bispo na casa c4. — É, talvez seja um bom palpite. O problema é que acontece coisa pra cacete.

— O tempo todo — comentou Mahler.

17

Das três pessoas que por fim terminaram na lista do inspetor Münster, um morava no centro de Maardam, outro em Linzhuisen, a menos de 30 quilômetros de distância, e o terceiro em Groenstadt, mais de 200 quilômetros distante. Na tarde de sábado Münster pegou o telefone e interrogou rapidamente o último nome citado, um tal de Werner Samijn, que trabalhava como eletricista e não tinha muito a acrescentar nem de Malik nem de Maasleitner. Ele morou no mesmo alojamento que Malik e lembrava dele como um jovem simpático e bastante reservado. Considerava Maasleitner um tipo mais arrogante (que o inspetor e a viúva o perdoassem por isso), mas nunca tinham sido amigos ou se conhecido mais a fundo.

Com respeito ao número dois na lista, Erich Molder, em Guyderstraat, Münster não obteve resposta, apesar de várias tentativas, e marcou com o número três, Joen Fassleucht, de ir até a sua casa, em Linzhuisen, no final da tarde de domingo.

Quem não gostou nada dessa idéia foi seu filho Bart, de 7 anos e meio. Depois de alguns instantes de negociações, ficou decidido que ele poderia vir junto sob a condição de que prometesse ficar no banco de trás lendo o *Livro dos Monstros*, enquanto seu pai cumpria o compromisso profissional.

Era a primeira vez que Münster fazia algo parecido e, enquanto estava sentado na sala de estar dos Fassleucht comendo biscoitos, ele percebeu que essa idéia não tinha nenhuma influência positiva na sua capacidade de concentração.

Talvez não fosse tão importante desta vez. Ele estava praticamente convencido de que não se tratava de um interrogatório importante. É bem verdade que Fassleucht tinha tido algum contato com Malik durante o serviço militar — parece que os dois faziam parte de um grupo de cinco ou seis rapazes que de vez em quando faziam coisas juntos. Iam ao cinema, jogavam cartas ou simplesmente sentavam na mesma mesa da cantina e assistiam à TV. Entretanto, depois do encerramento do serviço militar eles perderam o contato. Quanto a Maasleitner, Fassleucht tinha apenas dado a mesma opinião que Samijn na noite anterior.

Prepotente e um pouco arrogante.

É claro que Münster teve suas dúvidas e quando voltou ao carro, depois de menos de meia hora, viu imediatamente que Bart havia desaparecido.

Ele ficou gelado durante alguns segundos, enquanto estava na calçada pensando no que diabos iria fazer agora, e logicamente era essa a intenção. A cabeleira despenteada de Bart surgiu de repente na janela de trás — ele estava escondido no chão, embaixo do cobertor, e o sorriso do seu rosto não deixava dúvidas de que ele tinha achado a brincadeira muito engraçada.

— Caraca, você ficou com uma cara de medo! — constatou satisfeito.

— Seu safadinho — disse Münster. — Você quer um hambúrguer?

— Uma Coca-Cola também — disse Bart.

Münster dirigiu em direção ao centro para procurar um lugar onde pudessem encontrar esse tipo de comida e concluiu que o filho precisaria crescer pelo menos mais uns dois anos antes que pudesse levá-lo a outra missão.

— TEM UM artigo hoje no *Allgemejne* que aborda o caso com profundidade — disse Winnifred Lynch. — Você já leu?

— Não — disse Reinhart. — Por que o faria?

— Eles tentam fazer um perfil do réu.

Reinhart bufou.

— Só quando se trata de assassinos em série é que se pode fazer um perfil do réu. Mesmo assim é um método bastante duvidoso... mas é claro que causa uma boa impressão na imprensa. Eles podem escrever e contar sobre assassinos que não existem. Liberdade para usar e abusar da imaginação. Sem dúvida muito mais divertido do que a realidade.

Winnifred Lynch dobrou o jornal.

— Então não é um assassino em série?

Reinhart olhou-a sobre a borda do livro.

— Se tomarmos um banho juntos, aproveito para explicar algumas coisas.

— Que maravilha que você tem uma banheira tão grande — constatou Winnifred dez minutos depois. — Se eu ficar com você, será só por causa da banheira. Isso para você não ficar imaginando coisas. E então?

— O assassino?

— Isso.

— Bem, não sei — disse Reinhart e mergulhou ainda mais na espuma. — É claro que pode se tratar de um assassino em série, mas é quase impossível afirmar isso depois de apenas dois. E além disso, definir que tipo de série estamos falando. Siga a ordem dos números: 1, 4...? Há um número infinito de soluções.

— E os colegas do serviço militar não podem contribuir com nada?

Reinhart negou com a cabeça.

— Acho que não. Não aqueles com quem falei. Mas a resposta deve estar lá mesmo assim. É muito fácil esconder algo quando se quer. Se existe alguma coisa que você não quer revelar, então é só ficar de bico calado, diabos! Já se passaram trinta anos...

Ele encostou a cabeça na borda da banheira e refletiu por alguns minutos.

— De qualquer forma, vai ser extremamente difícil encontrar o caminho certo. Se ficar somente nesses dois, quero dizer. Bem diferente do trabalho prestado, isso eu garanto.

— O que você quer dizer?

Reinhart pigarreou.

— Vejamos uma hipótese. Vamos dizer que resolvo matar alguém, qualquer um. Me levanto às três da manhã, entre uma segunda e terça. Visto uma roupa escura, escondo o rosto, saio de casa e fico esperando em um lugar adequado. Depois atiro na primeira pessoa que aparecer e vou para casa.

— Com um silenciador.

— Com um silenciador. Ou dou umas facadas nele. Quais são as chances de eu ser pego?

— Pequenas.

— Muito pequenas. E se eu fosse, quantas horas de trabalho isso custaria à polícia? Comparado com a única hora que eu gastei.

Winnifred Lynch assentiu. Enfiou o pé direito na axila de Reinhart, mexendo os dedos.

— Gostoso — disse Reinhart. — Que tal virmos para cá e ficar assim quando a guerra estourar?

— Com prazer — disse Winnifred. — E o motivo? Imagino que é aí que você quer chegar, não?

— Exatamente — disse Reinhart. — É justamente por causa desse desequilíbrio que é necessário procurar o motivo também. Um único pensamento certo pode economizar mil horas de trabalho. Você entende então por que sou um trunfo lá na delegacia.

Ela riu.

— É, posso imaginar. Mas neste caso acho que você ainda não encontrou a linha de raciocínio certo.

— Ainda não — disse Reinhart.

Ele pegou o sabonete e começou a ensaboar a perna dela.

— Acho que é uma mulher que foi humilhada — disse Winnifred após alguns instantes.

— Sei que você acha isso.

Ele pensou durante alguns segundos.

— Você seria capaz de dar aqueles últimos dois tiros?

Ela pensou.

— Não. Pelo menos não agora. Mas não acho que seja algo impossível. Pode-se chegar a esse ponto. Afinal de contas não é inexplicável, dependendo da situação. Ou melhor, muito pelo contrário.

— Então é uma louca que sai por aí atirando nos paus de todos os homens? E por uma boa razão?

— Por certos motivos — disse Winnifred Lynch. — Não por uma razão, é diferente. E não é qualquer pau.

— E talvez não seja louca? — disse Reinhart.

— Depende de como encaramos o fato. Ofendida, como já dissemos. Humilhada talvez... chega disso, vamos falar de outra coisa. Esse assunto não me faz bem.

— Nem a mim. Quer que eu ensaboe a outra perna?

— Quero sim — respondeu Winnifred Lynch.

Van Veeteren tinha combinado um encontro rápido com Renate no domingo à tarde, mas quando se levantou por volta das 11 da manhã, ele constatou, com satisfação, que a piora do resfriado era um motivo perfeito para cancelar o encontro. Todas as vias respiratórias pareciam entupidas por uma espécie de secreção, praticamente impenetrável, e só mantendo a boca aberta é que ele conseguia respirar um pouco melhor. Durante alguns dolorosos segundos ele olhou no espelho do corredor e viu a imagem desse processo. Percebeu então que era um daqueles dias em que não se deve submeter ninguém à sua presença.

Nem mesmo uma ex-mulher.

Já era ruim o bastante ter que se agüentar sozinho, e o dia ainda se arrastava como uma foca no deserto. Perto das dez horas da noite, sentou-se à mesa da cozinha com os pés submersos em um escalda-pés e a cabeça enrolada em uma toalha felpuda grossa — com uma esperança inútil de que os vapores de uma mistura aromática vindos de uma panela tivessem a bondade de soltar o catarro das cavidades frontais. Sem dúvida parecia surtir algum efeito; escorria copiosamente das duas narinas e o suor pingava.

Que merda de resfriado — pensou.

Foi quando o telefone tocou.

Van Veeteren se lembrou da conversa que tivera com Reinhart na outra manhã e mergulhou em um raciocínio muito rápido e lógico.

Se não queria atender nenhuma ligação, devia ter desligado o telefone.

Já que não tirei da tomada, tenho que atender.

— Alô, aqui quem fala é Enso Faringer.

Durante alguns segundos deu um branco e ele não tinha a menor idéia de quem diabos era Enso Faringer.

— Nos encontramos no Freddy's e conversamos sobre Maasleitner.

— Ah, claro. O que o senhor deseja?

— O senhor disse para entrar em contato se me lembrasse de algo.

— Então?

— Lembrei de uma coisa.

Van Veeteren espirrou.

— O quê?

— Não foi nada. O que o senhor lembrou?

— Bem, me lembro que Maasleitner falou daquela música.

— Que música?

— Alguém tinha ligado para ele várias vezes tocando uma música no telefone, aparentemente...

— Uma melodia?

— É.

— Por quê?

— Não sei dizer. De qualquer forma, ele ficou bastante irritado.

Uma vaga lembrança começou a agitar a mente do comissário.

— Espere um pouco. Qual era a música?

— Não sei. Acho que ele nunca disse... acho que ele também não sabia.

— E por que essa pessoa tinha ligado? Qual era o objetivo?

— Ele não sabia. Era isso que o irritava.

— Era homem ou mulher?

— Acho que ele não falou... na verdade, acho que era só a música o tempo todo.

Van Veeteren pensou.

— Quando foi que isso aconteceu afinal?

Faringer hesitou.

— Acho que no mesmo dia em que fomos ao Freddy's. Quando foi assassinado. Ou talvez na véspera.

— E tinha ligado várias vezes?

— Aparentemente sim...

— Ele não tentou tomar alguma providência?

— Não sei.

— E ele não sabia quem estava por trás disso?

— Acho que não... não mesmo, ele estava zangado justamente por não entender do que se tratava.

Van Veeteren pensou novamente.

— Senhor Faringer — disse em seguida. — O senhor tem certeza de que realmente lembra de tudo certo? Será que o senhor não pode ter entendido errado ou algo do gênero?

Podia-se ouvir alguém tossindo no telefone, e quando a voz do franzino professor de alemão retornou, ela soava sem dúvida um tanto ofendida.

— Sei que estava um pouco embriagado, mas lembro disso muito bem.

— Entendo — disse Van Veeteren. — O senhor lembra de mais alguma coisa?

— Por enquanto não — respondeu Faringer. — Mas nesse caso volto a ligar.

— Farei o mesmo também — disse o comissário e desligou.

E então, o que diabos isso quer dizer? Pensou enquanto derramava a água do escalda-pés e a infusão de ervas na pia.

E o que era mesmo que ele quase se lembrava que alguém havia dito há algumas semanas?

18

Demorou até o final da tarde de terça-feira até que conseguissem encontrar todos os 33 suboficiais do Estado-Maior (esse era o status militar oficial) de 1965. Do grupo todo, 31 ainda estavam vivos; o mais novo tinha 51 anos, e o mais velho, 56. Cinco viviam no exterior (três em outros países europeus, um nos Estados Unidos, um na África do Sul), 14 ainda permaneciam dentro do Distrito Policial de Maardam e os 12 restantes em outros municípios, dentro das fronteiras do país.

Heinemann foi o responsável por reunir os registros de todos os envolvidos. Ele tentou inclusive sistematizar os resultados dos interrogatórios, mas não encontrou nenhum método muito eficaz. Quando entregou o material a Van Veeteren, por volta das seis e meia da tarde, passou um bom tempo tentando fazer o comissário entender todos os códigos cifrados e abreviações, mas ambos acabaram percebendo que era inútil.

— Você fará uma apresentação verbal na reunião de amanhã em vez disso — decidiu Van Veeteren. — É melhor mesmo que todos recebam as informações ao mesmo tempo.

Corria um boato de que o próprio chefe da polícia tinha a intenção de comparecer a essa reunião, marcada para as dez horas da quarta-feira, mas no fim das contas ele teve um imprevisto. Se tinha sido algum assunto oficial ou a renovação da terra das plantas do seu gabinete, ninguém sabia ao certo — mas que fevereiro era o mês mais sensível para todas as plantas verdes, esse era um assunto que Reinhart conhecia bem.

— Oito cabeças pensantes é um bom número — disse. — Se ainda tivéssemos a de Hiller, chegaríamos a sete. Então vamos ao que interessa!

A exposição de Heinemann demorou — com perguntas, interrupções e comentários — quase uma hora, apesar de nenhuma conexão significativa ou suspeita concreta ter sido apresentada.

As opiniões sobre Ryszard foram quase todas unânimes. Uma pessoa bastante calada, reservada, amigável, confiável, sem características ou interesses fortes — essa era a impressão geral. A confraternização dele com outros colegas se limitava principalmente a um grupo de quatro ou cinco, mas nem entre eles havia alguém que pudesse contribuir com alguma informação útil para a investigação.

Não era fácil dizer o que uma informação desse tipo poderia conter, mas sem menosprezar o trabalho de ninguém, podia-se constatar com bastante certeza que o relatório sobre Malik não tinha conseguido chegar nem um centímetro mais perto da resposta principal, que era quem o tinha assassinado.

Provavelmente o mesmo podia ser dito sobre Maasleitner. A sua imagem de um jovem arrogante, presunçoso e não muito popular era generalizada. É verdade que fazia parte de um grupo de oito ou dez pessoas que se encontravam com freqüência, até mesmo nas horas livres — aparentemente uma turma um pouco mais ativa —, com uma ou outra noite mais quente no programa, palavras do próprio Heinemann.

— Noites quentes? — perguntou Reinhart, levantando as sobrancelhas. — Foi você quem inventou essa expressão?

— Não — respondeu Heinemann inesperadamente. — É uma citação do Alcorão.

— Não acredito em nada disso — disse Rooth.

— Continue — disse Van Veeteren irritado.

— Também é preciso frisar — continuou Heinemann — que nenhum dos interrogados conseguiu encontrar qualquer ligação entre

Malik e Maasleitner, o que sem dúvida enfraquece as nossas hipóteses. Na verdade temos que fazer duas perguntas. Primeiro: este é de fato o motivo real dos assassinatos? Ryszard Malik e Rickard Maasleitner foram assassinados porque freqüentaram a mesma escola militar há 31 anos?

Ele fez uma pausa. Van Veeteren limpou o nariz com um lenço de papel, que depois deixou cair embaixo da escrivaninha.

— Em segundo lugar: se respondermos sim à primeira pergunta, onde está afinal a conexão? Há duas possibilidades. Ou o assassino é um dos outros da fotografia...

Ele bateu com a haste dos óculos na fotografia.

— ... ou é um estranho que tem outro tipo de relação com o grupo.

— Que pretende assassinar todos os 35 — concluiu Rooth.

— Só faltam 31 — observou DeBries.

— Que bom — completou Rooth.

Heinemann olhou em volta à espera de comentários.

— Bem, então o cercamos — disse Reinhart, colocando as mãos atrás da nuca. — Qual será o próximo passo?

Van Veeteren pigarreou e debruçou-se na mesa, apoiando a cabeça nas mãos.

— Temos uma pergunta de suma importância — afirmou com uma lentidão categórica. — Sei que talvez pareça uma xaropada, mas que se dane. Algum de vocês por acaso captou algum segredo oculto quando conversavam com algum deles? Um pequeno detalhe... é, vocês sabem o que quero dizer, por mais absurdo e irracional que possa parecer. Então, digam logo de uma vez por todas, cacete!

Ele olhou em volta da mesa. Ninguém disse nada. Jung ameaçou, mas acabou recuando. DeBries também parecia querer dizer algo, mas preferiu ficar calado. Moreno consentiu com a cabeça.

— Não — disse Reinhart finalmente. — Costumo reconhecer um assassino, mas desta vez não vi nenhum.

— Falamos com vários apenas pelo telefone — disse Münster. — Fica praticamente impossível ter palpites quando não estão na sua frente.

Van Veeteren concordou com a cabeça.

— Talvez devêssemos fazer mais um interrogatório com aquele grupo que conheceu Maasleitner um pouco — disse. — Mal não vai fazer. Se por acaso o assassino for um estranho, que mesmo assim tem alguma conexão com o grupo, neste caso teremos algumas possibilidades diferentes. Acho que devemos tentar descobrir se houve algum acontecimento que... bem, que pode ter sido traumático, de alguma maneira.

— Traumático? — perguntou Rooth.

— Se houvesse algo nesse gênero, já deveria ter surgido durante as nossas conversas — disse DeBries.

— É possível — concordou Van Veeteren. — Mas nunca se sabe. De qualquer maneira, vamos fazer mais uns interrogatórios. Para mim restam um velho coronel e alguns oficiais do batalhão.

— Onde? — perguntou DeBries.

— Um aqui — respondeu Van Veeteren —, e dois lá em Schaabe, infelizmente.

— Eu conheço uma garota em Schaabe — disse Rooth.

— Está bem — disse Van Veeteren —, você pode ir lá.

— Obrigado — disse Rooth.

— AQUELA MÚSICA? — disse DeBries.

— É — suspirou Van Veeteren. — Sabe lá por que diabos, mas parece que tanto Malik, como Maasleitner receberam telefonemas estranhos pouco tempo antes da hora fatídica. Alguém que não falava nada no telefone e apenas tocava uma música...

— Que música era? — perguntou Jung.

— Não sabemos. Aparentemente a senhora Malik atendeu duas ligações, ela mencionou isso quando estava no hospital, mas não a levamos muito a sério. Fui vê-la ontem. Ela ainda está morando com a irmã e suponho que não deve sair de lá tão cedo. Apesar de tudo, ela garantiu que era verdade, mas não tinha idéia de que música era ou o que poderia significar.

— Hum — disse Reinhart. — E Maasleitner?

— Parece ter recebido várias ligações no mesmo dia ou no dia anterior... ele contou isso para aquele alemãozinho afetado, que estava com o rabo cheio de álcool e não se lembrava de muita coisa.

— De qualquer maneira deve ser a mesma — disse Münster.

— Claro — resmungou o comissário —, podemos partir dessa hipótese. Seria interessante saber qual era o sentido disso.

Um silêncio se instalou em volta da mesa.

— Eles não entenderam isso? — disse Jung,

Van Veeteren balançou a cabeça.

— Parece que não. Pelo menos não Maasleitner. Não sabemos se o próprio Malik chegou a atender alguns telefonemas. Ele não mencionou nada à mulher, mas isso é fácil de entender.

— Muito fácil — concluiu Rooth.

Reinhart tirou o cachimbo e ficou contemplando-o por alguns instantes.

— Se eles não entenderam a intenção, só queria saber por que diabos nós entenderíamos — constatou. — Mas, acima de tudo isso, demonstra o seguinte: trata-se de crimes muito bem planejados, nenhum trabalho feito às pressas. Arquitetado com um cuidado do cacete...

Ele começou a encher o cachimbo.

— Desta vez parece que temos um adversário de peso, não acham?

Van Veeteren concordou mal-humorado.

— Sem dúvida. De qualquer maneira, não pretendo contar essa história da música no telefone aos jornalistas... pelo menos por enquanto. Mas temos que advertir os outros 31.

— Que ainda sobreviveram — disse DeBries.

— Münster redigirá uma carta que vamos distribuir. Tenha muito cuidado com o que vai escrever e deixe-me lê-la antes.

— Sem problemas — disse Münster.

— Provavelmente também teremos que reduzir os recursos — constatou o comissário e assoou o nariz pela vigésima vez em uma hora. Mas falaremos sobre o resto da divisão do trabalho depois do cafezinho.

— Cada coisa a seu tempo — concluiu Rooth e levantou-se.

REINHART SENTOU-SE EM frente ao comissário, mexendo lentamente a colher do café.

— Estou com um pressentimento alarmante — disse.

Van Veeteren concordou com a cabeça.

— Você acha que haverá outros?

— Acho.

— Eu também.

Ficaram em silêncio por alguns segundos.

— Talvez seja melhor assim — disse Reinhart. — De outra forma não solucionaremos o caso.

O comissário não falou nada. Só secou o nariz com um guardanapo, respirando pesadamente. Rooth chegou com uma bandeja farta e sentou-se.

— O que prefere? — continuou Reinhart. — Duas vítimas e um assassino à solta? Ou três vítimas e um assassino preso?

— Ou quatro? — disse Van Veeteren. — Ou cinco? Claro que deve haver algum limite.

— É preciso colocar limites — disse Reinhart. — Não é exatamente a mesma coisa.

— Seria melhor que não tivéssemos uma vítima, nem um assassino.

— Utopias — bufou Reinhart. — Aqui lidamos com a realidade.

— Ah, aquela — disse Rooth.

À NOITE, CONFORTAVELMENTE sentado na poltrona e enrolado em dois cobertores, ao som de Händel, Van Veeteren pensou na conversa na cantina. Ele se deu conta de que havia passado praticamente uma semana desde o assassinato de Rickard Maasleitner. E menos de três desde o primeiro.

E constatou que até agora não tinham conseguido nenhuma grande vitória. E como estava afinal o seu planejamento com relação à distribuição de tarefas?

Não deveria ter providenciado alguma forma de vigilância mesmo assim? Não deveria ter colocado mais recursos no rastreamento da arma? Não deveria ter...?

Ele pegou a fotografia e olhou-a pela milésima vez desde que Heinemann a trouxera. Percorreu lentamente os olhos por cada um daqueles jovens de postura austera.

Trinta e cinco jovens cheios de esperança a caminho da vida. Cada um olhando para o futuro longínquo com confiança, era o que parecia.
O futuro?, pensou.
Alguém estava na fila?
Ele achava que sim. Quem?

VI

8 a 14 de fevereiro

19

Quando finalmente recebeu a ligação, Karel Innings já esperava por ela há seis dias.

Desde que lera o jornal naquela manhã e chegara a conclusões terríveis, ele sabia que era inevitável.

Alguma coisa tinha que ser feita. Ele mesmo tinha tentado entrar em contato duas vezes, mas Biedersen estava viajando e deixou um recado na secretária eletrônica que estaria de volta no dia 6, mas ele ouviu a mesma mensagem quando ligou no dia 7.

O mais lógico era naturalmente que Biedersen desse o primeiro passo. Sem refletir mais sobre isso, sabia que era assim. Assim fora o relacionamento entre eles: Biedersen e Maasleitner, Malik e Innings. Isso no caso de ter existido algum tipo de relação, diga-se de passagem.

O próximo passo, logicamente — e cada hora que passava durante esses dias ameaçadores e cinzas de fevereiro, ele sentia como se esta solução estivesse cada vez mais perto —, seria procurar a polícia. O tímido investigador com quem tinha conversado passou calor humano e confiança, e ele percebeu que em uma outra situação não teria hesitado em contar tudo.

Talvez tenha entendido também que essa história de outra situação era um subterfúgio. Havia sempre uma situação. Estávamos sempre envoltos em circunstâncias. Considerações — verdadeiras ou falsas

— sempre surgiam, e fatos inconvenientes podiam sempre vir à tona. Mas que momento de vida agüentaria que algo assim fosse revelado? Um terrível cadáver que de repente cai do armário depois de um silêncio de mais de trinta anos.

Provavelmente ninguém. Quando ficava acordado de noite e sentia o calor do corpo de Ulrike ao seu lado, ele sentia que agora seria impossível.

Ela não podia saber daquilo.

E naturalmente não era apenas ela que estava em jogo, mesmo que representasse sem sombra de dúvida o que havia de mais importante. Toda a sua nova vida, essa existência maravilhosamente tranqüila e harmoniosa que entrava no segundo ano agora, com Ulrike e seus três filhos — um dele e dois dela —, e deveria agüentar provações, mas isso não. Não aquela mancha repulsiva e antiga.

Que aparentemente decidiu persegui-lo mais uma vez. Que nunca desistiu e nunca tinha sido expiada.

O medo nos dois sentidos possíveis estava lá de tocaia, durante aquelas horas de vigília. De um lado, o medo de ser descoberto, e do outro, o que era naturalmente pior ainda. Durante o dia não deixou de pensar nisso um só instante. Como uma mola esticada até o limite de tensão e falta de sono, tudo dentro dele doía quando estava na redação, tentando se concentrar nas rotinas e tarefas que conhecia de cor há mais de 15 anos. Será que estava estampado em seu rosto? Ele se perguntava com intervalos cada vez mais freqüentes. Dava para perceber?

Provavelmente não. Ele sabia que no dia-a-dia agitado e estressante, um funcionário poderia praticamente ter um colapso por conta de seus problemas pessoais antes que alguém notasse algo. Inclusive já tinha acontecido. O pior naturalmente seria com Ulrike e os filhos. Viviam perto um do outro e se importavam com o outro. Ele podia culpar o seu estômago, o que fez aliás. Noites em claro não significavam necessariamente problemas sérios.

Só o fato de pertencer ao grupo já era um bom motivo para preocupação. Aquele grupo que de início era formado por 35. Para uma pessoa desavisada era sem dúvida bastante preocupante.

Porém, ainda conseguia se manter de pé. Mas a pressão crescente era inevitável e quando finalmente ouviu o sotaque carregado de

Biedersen no telefone, na tarde de quinta-feira, sentiu que já não era sem tempo. Isso não poderia continuar assim por muito mais tempo.

Não por muito mais tempo.

Ainda que fosse difícil levar a sério parte da história, ele às vezes pensava que o seu telefone podia ser grampeado e parecia que Biedersen também pensava o mesmo. Ele nem mesmo se apresentou e se não fosse pela expectativa do telefonema e pelo sotaque característico, seria praticamente impossível que Innings reconhecesse a voz.

— Oi — disse apenas. — Vamos nos encontrar rapidamente amanhã de noite?

— Vamos sim — respondeu Innings. — Talvez seja melhor mesmo.

Biedersen sugeriu um restaurante e a hora, e a conversa terminou.

Só quando desligou é que Innings percebeu que existia mais uma pergunta sem resposta nesse jogo doloroso.

O que implicaria de fato entrar em algum tipo de negociação com Biedersen?

E mais tarde, quando estava deitado na cama sofrendo entre o limite do sono e da vigília, ele viu tudo com clareza.

O novo símbolo do seu medo. Um tridente.

20

Rooth tinha partido cedo e ao meio-dia já estava em Schaabe. Como o primeiro encontro estava marcado só duas horas mais tarde, ele se permitiu um longo e farto almoço no restaurante da estação ferroviária central antes de seguir até a Escola Militar.

O capitão Falzenbucht era um homem pequeno e franzino, com uma voz curiosamente baixa e chiada (passou provavelmente tempo demais no quartel gritando até arrasar com ela, pensou Rooth). Ele já tinha passado dos 60 há dois anos e devia estar gozando da aposentadoria com calma e tranqüilidade — como ressaltou uma ou duas vezes —, mas enquanto a escola precisasse dos seus serviços, era seu dever continuar. Como um bom soldado. Como homem. Como cidadão.

— Como pessoa? — se perguntou Rooth.

Claro que ele se lembrava do contingente de 1965. Foi a sua segunda turma como subtenente, e quando Rooth mostrou a fotografia, ele começou a falar os nomes de vários do grupo sem mais nem menos.

Pelo menos não tinha deixado de se preparar, pensou Rooth, cuja própria carreira militar não era digna de ser lembrada em um dia desses. Aliás, em nenhum outro dia.

— Na verdade estamos particularmente interessados em Malik e Maasleitner — disse. — O senhor pode apontá-los?

Falzenbucht indicou-os.

— O senhor sabe o que aconteceu?

— Certamente — chiou Falzenbucht. — Assassinados. História infame.

— Conversamos com todos os outros — disse Rooth.

— Estão todos vivos? — perguntou Falzenbucht.

— Não, mas nos concentramos naqueles que estão vivos. De qualquer forma, ninguém encontrou uma ligação entre Malik e Maasleitner, nem imagina qual poderia ter sido o motivo.

— Entendo — disse Falzenbucht.

— O senhor tem algum comentário a fazer?

Falzenbucht pareceu estar pensando intensamente.

— Hum. Não me surpreende que ninguém tivesse nada a dizer. Não há nada. Isso não tem nada a ver, nem de longe, com a escola e com o treinamento. Gostaria de deixar isso bem claro.

— Como o senhor sabe? — perguntou Rooth.

— Teríamos percebido se fosse o caso.

Rooth refletiu sobre essa lógica militar durante alguns segundos.

— O que a gente não vê não existe? — perguntou.

Falzenbucht não respondeu.

— Do que o senhor acha que se trata então?

— Não tenho a mínima idéia. Vocês que tratem de descobrir.

— É por isso que estou aqui.

— Ah é? Hummmm.

Por alguns breves instantes, Rooth brincou com a possibilidade de agir com mãos de ferro: enfiar esse tampinha prepotente no carro e submetê-lo a um interrogatório de rotina em uma cela fedorenta da delegacia de Schaabe, mas o seu bom senso prevaleceu e ele deixou a idéia de lado.

Em vez disso, perguntou:

— Existe algo, qualquer coisa que o senhor pudesse nos dizer e fosse útil para a investigação?

Falzenbucht passou seu polegar e o dedo indicador sobre o bigode bem cuidado.

— Não foi ninguém do grupo que fez isso — disse. — Eram todos ótimos rapazes. O assassino é alguém de fora.

O malvado inimigo, será?, pensou Rooth. Ele suspirou discretamente e olhou para o relógio. Faltava mais de meia hora até o próximo encontro. Ele resolveu dar mais cinco minutos a Falzenbucht e depois procurar a cantina para tomar um cafezinho.

O MAJOR STRAADE aparentava ter mais ou menos o dobro do tamanho de Falzenbucht e um estilo um pouco mais civil, mas quanto ao aspecto da investigação, tinha exatamente o mesmo a acrescentar. Absolutamente nada. Assim como o capitão, tendia a acreditar que a origem da história estava além dos portões do quartel — ou melhor, o quartel agora estava desativado em Löhr, na periferia de Maardam.

Alguma coisa que aconteceu fora do esquema. Nas folgas dos recrutas. Na cidade. Se é que a conexão estava realmente lá. Sabiam disso? Estava confirmado? Por que imaginar que a Escola Militar tinha algo a ver com isso?

Eram perguntas que Straade insistia em repetir várias vezes.

Quando Rooth estava novamente no carro, no estacionamento, ele tentou avaliar essas suposições e opiniões, mas não era tão fácil decidir qual era de fato a sua origem.

Uma intuição sensata e calcada na experiência? Ou apenas uma maneira covarde e estúpida de proteger a reputação e o bom nome da escola?

De um modo geral, tinha dificuldade em entender o código de honra militar e também já podia constatar que o passeio a Schaabe não havia rendido nada.

Pelo menos com respeito à investigação do assassinato.

Ele olhou o relógio e abriu o mapa da cidade no banco vazio ao seu lado.

Van Kuijperslaan, foi isso que ela disse?

ELA ABRIU A porta, e ele viu logo que o seu sorriso caloroso não tinha esfriado com o tempo. A mesma e maravilhosa Uleczka, pensou.

Desajeitado, ele mexeu com o papel e entregou-lhe o buquê de flores. Ela sorriu ainda mais e pegou as flores. Deixou-as no corredor e lhe deu um abraço apertado. Ele correspondeu com vontade e com a intensidade que achou apropriada nesse momento inicial, quando observou no canto do olho um homem moreno — mais ou menos da sua idade — saindo da cozinha com uma garrafa de vinho na mão.

— Quem é esse cara? — cochichou no ouvido dela.

Ela o soltou e voltou-se para o homem.

— Este é Jean-Paul — respondeu alegremente —, meu namorado. — Que bom que deu tempo para ele chegar em casa para você conhecê-lo.

— Prazer — disse o inspetor Rooth, tentando sorrir também.

21

No momento que Innings ia entrar no Le Bistrot, foi parado pelo porteiro, que lhe entregou um envelope e pediu que voltasse novamente para a rua. Surpreso, ele obedeceu, abriu o envelope e encontrou o endereço de um outro restaurante.

Ficava a três quarteirões mais adiante, em direção à igreja. Enquanto Innings caminhava para lá, compreendeu que, de qualquer forma, Biedersen tinha intenções sérias e não deixaria nada ao acaso. Também tentou encontrar dentro do seu interior algum tipo de posicionamento próprio, mas quando chegou e avistou Biedersen em uma mesa bem isolada, sentiu alívio acima de tudo e um desejo muito forte de poder deixar tudo nas mãos de outra pessoa.

Também não parecia haver dúvidas de que Biedersen queria ajudar com essas mãos.

— Há quanto tempo — falou. — Você é o Innings, não é?

Innings confirmou e sentou-se. Olhando mais de perto, achou que Biedersen tinha mudado menos que imaginara. A última vez que se encontraram foi por acaso, há pouco menos de dez anos; mas não conversavam propriamente desde aqueles dias de junho de 1976.

A mesma figura forte e atarracada. Rosto rude, cabelos ralos e meio avermelhados e olhos que ainda pareciam pegar fogo de alguma maneira. Um olhar que nunca relaxava. Ele lembrava que alguns tinham medo desse olhar.

Talvez ele mesmo fosse um deles.

— Muito bem — disse. — Tentei entrar em contato com você algumas vezes. Antes de você ligar, quero dizer.

— Você percebe o que está acontecendo? — perguntou Biedersen.

Innings hesitou.

— Bem, eu não sei...

— Os outros dois estão mortos.

— É.

— Alguém os assassinou. Quem você acha que foi?

Innings percebeu que tinha conseguido fugir dessa pergunta de uma maneira inexplicável.

— Ela — disse. — Deve ser ela...

— Ela está morta.

Biedersen falou isso na mesma hora em que o garçom chegou para anotar os pedidos e demorou alguns segundos antes que tivesse oportunidade de desenvolver o pensamento.

— Como disse, ela está morta. — Alguém deve estar fazendo isso por ela. Acho que é a filha.

Para seu espanto, Innings notou que havia uma pontinha de medo na voz de Biedersen. O mesmo tom áspero e rascante, mas com um acréscimo de algo forçado, nervoso.

— A filha? — perguntou.

— Sim, a filha. Tentei localizá-la.

— E?

— Ela não existe.

— Não existe?

— Não foi possível encontrá-la. Deixou seu apartamento em Stamberg em meados de janeiro e ninguém sabe para onde foi...

— Você investigou?

— Um pouco. — Ele se debruçou na mesa. — Aquela filha-da-puta não vai nos pegar também!

Innings engoliu.

— Você recebeu um desses telefonemas com música?

Innings negou com a cabeça.

— Eu recebi — disse Biedersen. — É uma merda. Mas você recebeu a carta da polícia?

— Hoje de manhã — disse Innings. — Então você deve ser o próximo da fila.

Escapuliu de sua boca antes que conseguisse evitar e compreendeu que o alívio que sentiu por um instante era um fenômeno muito passageiro.

Primeiro Biedersen. Depois ele. Esse era o plano.

— Talvez — disse Biedersen. — Mas não se sinta muito seguro. Precisamos impedi-la, é por isso que estamos aqui.

Innings concordou.

— Temos que acabar com ela antes que ela acabe conosco. Você está comigo?

— Estou...

— Está hesitante?

— Não... não, estou pensando como podemos fazer.

— Já pensei nisso.

— Ah é? Como?

— O mesmo método. Tem uma bolsa embaixo da mesa, está sentindo?

Innings procurou com os pés e descobriu algo bem perto da parede.

— E então? — disse.

— A sua arma está aí dentro. Você tem que me dar 800 pelo trabalho.

Innings sentiu uma rápida sensação de vertigem.

— Você... você não pensou em... em alguma outra alternativa?

Biedersen bufou.

— Qual seria?

— Não sei...

Biedersen acendeu um cigarro. Alguns segundos se passaram.

— Vamos procurá-la? — perguntou Innings. — Ou vamos ficar sentados esperando?

— Puta que o pariu! — exclamou Biedersen irritado. — Não sabemos como ela é. Mas se você está disposto a ir a Stamberg para tentar conseguir uma fotografia dela, por mim tudo bem. Mas quem diabos pode garantir que ela não está usando uma peruca? E outras coisas também. Você não sabe que as mulheres têm uma facilidade do cacete em mudar o visual?

Innings assentiu.

— Pode ser a hora hoje à noite, você entende? Ou amanhã. A próxima pessoa que tocar a sua campainha pode ser ela. Você entende isso?

Innings não respondeu. O garçom serviu a comida, e eles comeram em silêncio.

— E aquela música...? — disse Innings depois de alguns instantes, limpando os cantos da boca.

Biedersen deixou os talheres de lado.

— Duas vezes — disse. — Alguém ligou duas vezes também e desligou quando minha mulher atendeu. E a porra daquela música, de qualquer forma... merda, não consigo lembrar como se chama, mas tocávamos ela o tempo todo. É, acho que não preciso lembrar você disso... você estava bastante sóbrio.

— Eu não estava sóbrio, você sabe que não estava. Eu nunca faria...

— É, não precisamos falar disso. Como era mesmo o nome do grupo?

— *The Shadows*?

— Isso mesmo. Você se lembra. Procurei, mas não tenho mais o disco.

— Não dá para rastrear os telefonemas?

— Caralho! — disse Biedersen. — Parece que você não está entendendo. É claro que podemos falar com a polícia, mas pensei que estávamos de acordo em não fazer isso.

— Está certo — disse Innings. — Estamos de acordo.

Biedersen fitou-o nos olhos.

— Eu não sei como é a sua vida. — disse. — Mas tenho uma família há 25 anos. Mulher, três filhos, até um neto... tenho uma firma, bons amigos, parceiros de negócios... caramba, tenho um mundo que desabaria como um castelo de cartas. Mas se você está hesitante, diga logo... eu resolvo sozinho. Só pensei que ganharíamos se agíssemos juntos. E dividíssemos a responsabilidade.

— É...

— Se você não quer participar, diga logo.

Innings concordou com a cabeça.

— De jeito nenhum, estou nessa também. Desculpe. O que vamos fazer?

Biedersen abriu os braços.

— Talvez apenas esperar — disse. — Estar preparado com a arma. Você nem vai precisar explicar por que a comprou... todos acreditarão em nós. Caramba, todos têm o direito de defender a própria vida.

Innings refletiu.

— Isso mesmo — disse. — Claro, será em legítima defesa...

Biedersen concordou.

— Claro — comentou. — Mas também precisamos poder entrar em contato. Não temos outros aliados, e pode surgir uma situação em que seria bom se fôssemos dois... no caso de a encontrarmos, por exemplo. Achar alguma pista. Malik e Maasleitner não tiveram nenhuma chance.

Innings ficou pensando.

— Como? — perguntou. — O contato, quero dizer.

Biedersen encolheu os ombros.

— Telefone — respondeu. — Temos que nos arriscar, e todas as outras maneiras demoram muito tempo. Se tivermos tempo, combinamos de nos encontrar em algum lugar. Na pior das hipóteses, falamos abertamente... que diabos, ela tem que estar perto de nós algum tempo antes, e... bem, se você notar que está sendo perseguido por uma mulher, é só me ligar.

— De carro até a sua casa são umas duas horas, não?

— Mais ou menos — respondeu Biedersen. — Com sorte, uma hora e 45 minutos. Bom, mas talvez seja a minha vez e aí você tem que estar preparado para ajudar.

Innings confirmou. Comeram em silêncio novamente. Brindaram sem uma palavra, e quando Innings engoliu a cerveja gelada, sentiu de novo a tontura por um instante. Ele colocou seu pé com cuidado em cima da bolsa com o seu conteúdo pesado e pensou como faria para explicar uma coisa dessas para Ulrike.

Uma arma.

Se precisasse usá-la, a mesma história que contaria à polícia serviria para ela também. Obviamente ela ficaria chocada, mas a sua explicação faria todo o sentido do mundo. Então que razão haveria para se suspeitar de outra coisa?

Por enquanto ele decidiu manter sua existência em segredo. Naturalmente era o caminho mais simples.

E esperar que nunca precisasse usá-la.

Confiar que Biedersen cumprisse o seu dever.

— Preciso pagar você — disse. — Só não devo ter 800 aqui comigo agora...

— Não tem problema — disse Biedersen. — Se pegarmos essa maluca, ficaremos quites também...

Innings concordou e ficaram em silêncio por alguns instantes.

— Andei pensando em uma coisa que me preocupa — disse Biedersen depois que o café chegou e cada qual acendeu um cigarro. — Ela se comportou exatamente da mesma maneira duas vezes. Não deve ser tão estúpida a ponto de fazer a mesma coisa mais uma vez.

Não, pensou Innings, quando saiu do restaurante cinco minutos depois de Biedersen. É verdade. Ela não deve ser tão estúpida.

22

O RESFRIADO PERSISTENTE, em combinação com uma ou outra cerveja e achocolatado em excesso nos últimos dias, tinha o deixado meio fora de combate para o jogo. Talvez a necessidade de horas de sono acumulada e não atendida também tivesse contribuído para o quadro geral.

Durante alguns momentos no terceiro set, Münster ficou pensando em trocar de mão e jogar com a esquerda um pouco, o que não costumava ser tão mal assim. Entretanto, entendeu que essa atitude poderia ser interpretada como uma ofensa pelo adversário e ele deixou para lá.

Em todo caso, o resultado final foi 15-5, 15-5, 15-3 e depois o comissário deu a impressão de que precisaria ser colocado em um respirador.

— Preciso comprar uma raquete nova — falou com dificuldade. — Essa coisa velha não tem mais nenhuma elasticidade.

Münster não fez nenhum comentário, e partiram lentamente em direção ao vestiário.

DEPOIS QUE TOMARAM banho, vestiram-se e subiram até a recepção do departamento de badminton. De repente Van Veeteren sentiu que não agüentaria chegar até o carro se não parasse antes para tomar uma cerveja no bar do clube.

Obviamente Münster não tinha escolha. Ele olhou o relógio e suspirou. Depois ligou para a babá, avisou que chegaria um pouco mais tarde e sentou-se diante do comissário.

— Que merda — constatou Van Veeteren, depois de ter recuperado a cor normal do seu rosto com a ajuda de um gole bem grande. — Esse caso me irrita. Como um furúnculo na bunda, se o inspetor me permite a expressão. Ela fica ali naquele lugar e nada acontece de fato...

— Ou então cresce sem parar — disse Münster.

— É, até estourar. Quando você acha que isso vai acontecer?

Münster encolheu os ombros.

— Não sei. Rooth e DeBries não descobriram nada?

— Porra nenhuma — disse Van Veeteren. — É verdade que eles parecem preocupados com a reputação da escola, aqueles milicos, mas não parece que estão escondendo alguma coisa.

— E ninguém falou mais nada sobre a música no telefone?

Van Veeteren negou com a cabeça.

— Apenas dois que pediram proteção policial.

— Ah é?

— Digamos que estão sob um tipo de vigilância.

— É mesmo? — perguntou Münster. — E fazemos isso?

Van Veeteren resmungou.

— É claro que mantemos todos os cidadãos sob algum tipo de vigilância. Está no estatuto da polícia, imagino que o senhor inspetor deve estar ciente disso.

Münster tomou um gole.

— A única coisa que realmente está acontecendo nessa maldita investigação — continuou Van Veeteren e acendeu um cigarro — é que Heinemann está em algum buraco procurando a conexão.

— Que conexão?

— Entre Malik e Maasleitner, é claro. Parece que ele se sente um pouco culpado pela pista da escola militar não ter rendido muitos frutos. Bem, vamos aguardar.

— É o jeito mesmo. De qualquer maneira, ele é bom nesse negócio de encontrar as coisas. O que o senhor acha, comissário?

Van Veeteren deu uma baforada no cigarro e soltou a fumaça pelo nariz. Como um dragão, pensou Münster.

— Não sei o que pensar. Mas acho foda um assassino que demora tanto tempo para agir. Alguma coisa deve acontecer muito em breve. Isso é tão evidente.

— É mesmo? — perguntou Münster.

— Você não sente isso? — perguntou Van Veeteren e, pasmo, levantou uma das sobrancelhas. — Você não está pensando que a história acabou nesses dois? Malik e Maasleitner. Quanto mais tênue é o elo entre eles, maior é a certeza de que eles estão envolvidos em uma conexão maior... Não é preciso montar um quebra-cabeça para saber se ele tem cem ou mil peças.

Münster pensou nisso por alguns segundos.

— E qual seria afinal? — perguntou. — A conexão, quero dizer.

— Boa pergunta, senhor intendente. Pago dois florins pela resposta.

Münster tomou o resto da cerveja e começou a abotoar apressadamente o casaco.

— Preciso ir — disse. — Prometi à babá que estaria em casa dentro de meia hora.

— *All right* — suspirou o comissário. — *All right*, já estou indo.

— O QUE VAMOS fazer então? — perguntou Münster, virando na direção de Klagenburg. — Além de esperar, é claro.

— Humm — disse o comissário. — Vamos fazer mais umas perguntas ao pessoal relacionado a Maasleitner. Já que não há nada de novo por enquanto.

— Mais perguntas então?

— Mais perguntas — disse o comissário. — Um monte de malditas perguntas e nem sombra de uma boa resposta.

— Agora não vamos desanimar — disse Münster e freou em seguida.

— Ai — disse Van Veeteren ao sair do carro. — Merda, acho que dei um mal jeito.

— Onde? — disse Münster.

— No corpo inteiro — respondeu Van Veeteren.

23

Aos poucos entendeu que foi durante o jogo de futebol de domingo que ele a viu pela primeira vez. Ainda que só tenha se conscientizado disso mais tarde.

Ele tinha ido com Rolv, como sempre, e ela estava sentada atrás deles, duas fileiras mais para cima — uma mulher com óculos grandes e em tons de marrom, e um xale de várias cores que escondia a maior parte do cabelo. De qualquer forma era escuro, ele se lembrava disso, já que algumas mechas tinham ficado para fora. Aproximadamente 30 anos, o que correspondia aos fatos. Um pouco acabada, mas não dava para ver muito do seu rosto.

Depois quando tentou reavivar a sua memória e entender como ainda se lembrava dela, concluiu que tinha se virado para trás umas três ou quatro vezes durante o jogo. Havia um arruaceiro mais para cima que berrava e xingava o juiz, de maneira que as pessoas riam ou gritavam para que ele calasse a boca. Até então Biedersen não estava totalmente certo de quem era, mas provavelmente foi em um desses momentos, nessas viradas em que a atenção estava dirigida para fora do jogo, que ele a tinha visto.

Portanto, ele não sabia quem era. Mesmo assim registrou e guardou a imagem dela.

De sobretudo claro, exatamente como na próxima vez em que ela apareceu.

* * *

EXCETO POR ISSO, todo o resto estava diferente. Nem óculos, nem o xale de várias cores — o cabelo escuro agora estava preso em um coque —, e, portanto, era de fato curioso como mesmo assim ele sabia que só podia ser ela. Foi também neste momento que ele reagiu. A nova imagem foi colocada por cima da antiga e ele compreendeu.

Era então segunda-feira, horário de almoço. Como de costume, ele estava no Mix com Henessy e Vargas. Ela entrou pela porta. Ficou um bom tempo perto da caixa olhando em volta, tentando parecer que procurava um lugar vazio, mas não era bem assim. Ela procurava por ele e quando o localizou — aliás, quase um minuto depois que ele a tinha visto —, continuou ali parada.

Simplesmente ficou ali. Parecia sorrir para si mesma, além de continuar a percorrer o local com os olhos. De vez em quando ela encarava-o um pouco... dois ou três segundos talvez, e ele não sabia precisar ao certo quanto tempo isso durou. Provavelmente não tinha passado de apenas poucos minutos, mas de alguma maneira aquele curto período de tempo tinha se esticado de tal forma que dava a impressão de ter sido mais longo do que o próprio almoço. Tanto que não tinha a menor idéia do que conversava com Henessy e Vargas.

SE AINDA RESTAVA alguma dúvida, elas sumiram por completo após o incidente de terça-feira de manhã.

Eram mais ou menos dez e meia quando ele foi ao correio da Praça Linden para buscar uma encomenda e enviar algumas ofertas a clientes em potencial em Oostwerdingen e Aarlach. A senhorita Kennan estava com gripe desde segunda-feira passada e algumas coisas não podiam esperar tanto tempo.

Como havia bastante gente nas filas dos guichês, ele não viu quando ela entrou, mas de repente sentiu a sua presença; em algum lugar atrás dele, assim como no jogo de futebol.

Ele virou a cabeça discretamente e localizou-a de imediato. Na fila do lado. Um pouco atrás dele, a uma distância de não mais do que 3 a 4 metros. Ela estava novamente com o xale e os óculos, mas com uma jaqueta marrom em vez do sobretudo.

Ficou ali sem encará-lo — pelo menos não durante o curto segundo que ele teve coragem de fitá-la —, mas com um sorriso leve e introvertido, que ele interpretou quase como um sinal secreto.

Depois de raciocinar um pouco, Biedersen deixou o seu lugar na fila. Saiu apressadamente pela entrada, atravessou a rua e entrou na banca de jornal do outro lado. Ficou escondido lá durante um minuto, enquanto folheava mecanicamente a programação das corridas com a cabeça abaixada para, em seguida, retornar ao correio.

Ela não estava mais lá. A fila em que ela estava permanecia igual. A pessoa com jaqueta preta de couro na frente dela continuava lá. Assim como a jovem imigrante que estava atrás dela. O espaço entre as duas havia sumido.

Biedersen hesitou por alguns segundos. Depois decidiu adiar as suas obrigações e voltou ao escritório.

ELE GIROU A chave de duas voltas e afundou-se atrás da escrivaninha. Tirou seu bloco de anotações e uma caneta e começou a rabiscar figuras mais ou menos simétricas — um hábito que carregava desde a época da escola e ao qual recorria sempre que precisava pensar sobre algum problema.

E enquanto estava sentado lá, rabiscando página após página e arrancando cada uma delas, ele se perguntou se alguma vez tinha enfrentado um problema tão grande. Ter consciência de que aquela mulher estava realmente atrás dele — e tinha de ser ela — não significava de maneira alguma que só haveria um desfecho. O fato de tê-la descoberto significava apenas que ele tinha uma chance; um trunfo importante que não podia desperdiçar. Acima de tudo ele estava convencido de que era imprescindível não se revelar para ela. Não deixá-la perceber que ele sabia quem ela era e do que se tratava. Isso era óbvio.

Tinha entendido desde o início que seria preciso matá-la. Por mais que pensasse, cada vez ficava mais claro que essa decisão era inevitável, se é que já não sabia disso o tempo todo. Ele ligou para Innings, mas ninguém atendeu. Talvez fosse melhor assim. Não saberia mesmo o que seria apropriado lhe contar ou o que lhe pediria para fazer.

Decidiu que era melhor prosseguir por conta própria a princípio. Pelo menos um ou dois passos. Mas sem pressa, já que tudo era muito delicado. Era importante manter a cabeça fria. O fato de ser obrigado a matá-la antes que ela o fizesse naturalmente não implicaria apenas matá-la. Assim no meio da rua. Ele entendeu logo que havia somente duas alternativas aceitáveis: ele agiria em legítima defesa — esperaria até o último minuto, por assim dizer, considerando todos os riscos e incertezas — ou então... ou então ele seria obrigado a eliminá-la sem que nenhuma suspeita recaísse sobre si.

Em resumo: assassiná-la.

Também não foi preciso pensar muito para chegar a essa conclusão final.

Sou esse tipo de homem e ponto final, pensou. E essa é uma das situações.

Sentiu como se algo dentro dele tivesse despertado depois que chegou a essas conclusões. Como uma fonte de energia ou uma força nova. Na verdade ele sempre soube disso. Era assim que tinha que acontecer. Ele abriu a gaveta da escrivaninha e pegou a garrafinha de uísque que tinha sempre à mão. Tomou dois goles e sentiu a determinação se espalhar pelo seu corpo.

Sou esse tipo de homem... uma nova força?

Não foi difícil tomar a decisão, mas o problema de como agir exigia obviamente muito mais cautela. Quando saiu do escritório, mais ou menos às quatro da tarde, imaginava ter o cenário pronto na sua cabeça.

Pelo menos de uma maneira geral.

Não havia mais do que uma esperança remota em Biedersen de que ele daria de cara com ela novamente ainda naquela noite. E quando ela apareceu debaixo de chuva, perto do Kellner's, por um instante ele sentiu como se tivesse havido um curto-circuito dentro dele. Como se o seu pulso tivesse pulado uma ou duas batidas.

Ele fechou os olhos rapidamente e se recuperou. Levantou o jornal para cobrir o rosto e torceu para que ela não tivesse conseguido vê-lo pela janela.

Momentos depois ela atravessou as portas giratórias. Olhou em volta do local amplo e bem freqüentado, e logo encontrou uma mesa livre bem ao fundo, praticamente fora do alcance de Biedersen. Virando a cadeira um pouco e inclinando-se para trás, ele conseguiu vigiá-la sem muita dificuldade. Era evidente que ela tinha vindo para comer, enquanto Biedersen tinha entrado apenas para tomar uma cerveja. Ele viu como ela pendurou a jaqueta na cadeira, estudou o cardápio minuciosamente e fez o seu pedido detalhadamente ao garçom indiano.

Enquanto isso, Biedersen pagou a conta e, no mesmo instante em que o indiano voltou com a comida dela, ele aproveitou para entrar no banheiro com a sua bolsa. Trancou-se e começou a tirar o que havia dentro dela — uma peruca (esquecida no porão de sua casa desde o casamento de um amigo, há mais de vinte anos), uma jaqueta do exército americano (que ele tinha proibido Rolv de usar enquanto ainda morasse em casa) e um par de óculos redondos de origem duvidosa.

Além da pistola Pinchman, que estava carregada com seis balas.

No espelho arranhado, pôde constatar a mesma transformação completa de personalidade que tinha visto quando experimentou o disfarce no banheiro de casa, duas horas antes.

Não havia nenhum motivo plausível para se desconfiar de que aquele hippie de meia-idade era de fato idêntico ao relativamente conhecido e bem-sucedido empresário W. S. Biedersen.

Nenhum motivo sequer.

Por medida de segurança, decidiu esperá-la na praça. Durante quase uma hora ficou andando de lá para cá, debaixo do vento e de uma chuva fina e insistente. Depois de circular por algum tempo, comprou cigarros no quiosque e um hambúrguer um pouco mais tarde. Ligou para Innings também da cabine telefônica. Ele atendeu de imediato, mas se limitou a dizer que possivelmente alguma coisa aconteceria e que daria notícias mais tarde. Desde o encontro de sexta-feira, ele não sabia definir ao certo se Innings era na verdade um apoio ou um fardo, mas talvez fosse melhor deixá-lo totalmente de fora. De qualquer maneira, era nisso que estava pensando por enquanto.

Não havia muito movimento em uma noite chuvosa e com ventos como essa, mas a sua aparência e o seu comportamento não pareciam atrair olhares curiosos. Ele percebeu que o viam simplesmente como um desses casos perdidos, um fato tão natural quanto lamentável em qualquer cidade, em qualquer rua. A camuflagem perfeita. Ele tinha sido inclusive abordado por um tipo semelhante — um idoso fedorento com uma atadura imunda em uma das mãos —, mas bastou mandar o sujeito cuidar da própria vida para que o deixasse em paz.

O relógio da Igreja de Nossa Senhora tinha acabado de bater nove horas quando ela saiu. Olhou em volta algumas vezes para a direita e para a esquerda. Depois atravessou rapidamente a praça — passou a apenas uns 2 metros dele — e subiu em um dos ônibus que estava parado no terminal.

Biedersen ponderou por alguns segundos antes de seguir o mesmo caminho e entrar no ônibus. Entendeu que ele estava indo para Hengeloo e comprou uma passagem até lá. Mal havia se sentado seis bancos atrás dela quando o ônibus arrancou e começou a andar.

Ele percebeu como, por muito pouco, quase a perdeu de vista por completo. Foi então que entendeu como as margens eram pequenas nessas situações e decidiu que tentaria ficar o mais perto possível dela no futuro.

O trajeto seguiu pelo sentido oeste, por Legenbojs e Maas. A princípio havia umas 12 pessoas no ônibus, a maioria mulheres idosas, segurando sacolas de plástico e bolsas de compras cheias. Dois jovens meio dormindo estavam nos bancos de trás com os walkman ligados no volume máximo, de forma que os tons agudos zumbiam dissonantes por cima do ronco abafado do motor. Durante o trajeto, o motorista parou algumas vezes para pegar novos passageiros; enquanto um ou outro também descia, mas não muitos — até que, depois de mais ou menos 25 minutos, entrou na praça Berkinshaam, onde de repente mais da metade dos passageiros se levantou e saltou do ônibus.

Por um instante ele a perdeu de vista quando as duas idosas se levantaram e se atrapalharam com as suas bolsas e sacolas. E quando elas finalmente saíram do caminho, ele descobriu, para seu espanto, que o lugar onde ela se sentou estava vazio.

Ele se levantou olhando para a frente do ônibus, mas era óbvio que ela devia ter descido por uma das portas da frente. Quando tentou olhar pelas janelas laterais, enxergou apenas o seu próprio rosto irreconhecível e outros reflexos do interior do ônibus.

Dominado por um sentimento relâmpago de pânico, atirou-se para fora do ônibus. Desceu na praça mal iluminada e teve a sorte de vê-la — ou pelo menos supôs que fosse ela — por trás, quando ela sumiu em uma ruela estreita entre prédios altos e escuros.

Ele jogou a bolsa sobre o ombro e saiu às pressas atrás dela. Quando chegou à boca estreita, ainda conseguiu vê-la mais uma vez dobrar a esquina, cerca de 20 metros mais para dentro da ruela. Ele engoliu em seco. Percebeu que agora não era aconselhável correr atrás dela. Conseguiu controlar seu nervosismo e diminuiu o passo. Ao mesmo tempo, enfiou a mão na bolsa e verificou se a pistola estava no lugar. Engatilhou-a e permaneceu com a mão dentro da bolsa.

Quando chegou ao poste pessimamente iluminado da esquina, ele constatou que o local onde ela tinha virado não passava de um trecho da rua que terminava em um paredão. Uma rua sem saída de uns 20 metros, com um prédio alto à esquerda que parecia ser uma fábrica ou alguma espécie de galpão sem nenhuma janela iluminada. Ele também não conseguia encontrar nenhum portão ou entrada nesse lado da rua. A única coisa parecida com isso era um portal no prédio de quatro ou cinco andares à direita — aproximou-se e pôde constatar que o portal atravessava o edifício e parecia dar em um pátio interno, mal iluminado pelas luzes de algumas janelas.

Biedersen parou. Deu alguns passos dentro da entrada e parou de novo. Um odor de sujeira se entranhou em suas narinas. Algo podre ou com infiltração. Ele tentou escutar, mas só conseguia ouvir a chuva caindo sobre o telhado de metal em algum lugar lá dentro. E o som fraco de uma televisão ligada que vinha de uma janela aberta. Provavelmente de algum dos andares superiores e de frente para a rua. Um gato veio e roçou nas suas pernas.

Que inferno!, pensou, apertando o revólver.

E ele entendeu que o que estava sentindo neste momento era medo e nada mais.

Puro medo.

24

Assim que Innings chegou em casa depois do encontro com Biedersen no restaurante, tratou imediatamente de esconder a bolsa com a arma em uma cômoda cheia de tralhas na garagem. Ele sabia que não havia risco de Ulrike ou de uma das crianças encontrar a arma lá, além de ter a esperança de que ficaria ali para sempre. Ou até que tivesse a oportunidade de se livrar dela.

Além disso, seu cérebro parecia um palco de pensamentos e idéias divergentes. Enquanto estava sentado no sofá com Ulrike assistindo a um filme de Fassbinder, ele tentou avaliar o desenrolar mais provável — ou a saída — daquele pesadelo que lhe parecia ainda mais terrível do que antes. Seus pensamentos vagavam de um lado para o outro como folhas secas ao vento, e aos poucos ele começou a desejar que pudesse simplesmente desligar o cérebro. Pelo menos durante um tempinho, para ter uma folga.

Com respeito a desejos e esperanças, a situação estava bem mais clara. De todas as situações possíveis, a que mais lhe agradava era naturalmente que Biedersen se encarregasse do problema sozinho.

Encontrasse aquela louca e a eliminasse para sempre. Sem a participação de Innings.

Com o pensamento voltado para o que tinha sido revelado no restaurante — sobre os telefonemas com a música, entre outras coisas —, não seria um desfecho tão improvável?

Innings chegou a essa conclusão várias vezes, mas a sua avaliação também oscilava, assim como os seus outros pensamentos, que variavam entre esperança e algo mais parecido com um desespero total.

Na verdade — e isso tinha se tornado aos poucos o seu único motivo de consolo — só existia uma coisa em que ele podia confiar.

Algo aconteceria logo.

Essa fase chegaria ao fim.

Daqui a alguns dias — talvez daqui a uma semana — tudo estaria terminado.

Qualquer outro pensamento era inimaginável.

Essas esperanças — que Innings já tinha começado a alimentar antes de ir dormir na sexta-feira à noite — implicavam sem dúvida momentos de tensão quando constatou justamente o contrário, que nada tinha acontecido de fato.

Como durante o sábado e metade do domingo eles tiveram hóspedes — o irmão da Ulrike com a mulher e os dois filhos —, os afazeres domésticos e as conversas ajudaram a manter as preocupações um pouco de lado. Pelo menos durante um tempo. Mas ficou muito pior depois que partiram e o silêncio retornou à casa, na tarde de domingo.

A segunda-feira foi pior ainda, pois parecia pairar uma espécie de ameaça passiva e indiferente no ar. Ele praticamente não pregou o olho na madrugada de terça-feira e quando saiu da redação, mais ou menos às quatro da tarde, teve a impressão de que alguns dos seus colegas se perguntavam o que estava havendo com ele de fato.

Tinha dito a Ulrike que estava um pouco preocupado por causa dos assassinatos de dois de seus colegas do serviço militar e ela pareceu aceitar isso como uma explicação provável pelo seu comportamento às vezes um pouco ausente.

Na terça à noite ele finalmente recebeu um telefonema de Biedersen.

Ele avisou que tinha um plano em andamento, mas não havia motivo para colocar Innings no esquema. Pelo menos ainda não.

Não disse mais nada. Prometeu apenas que entraria em contato. E ainda que o telefonema tivesse correspondido às esperanças de Innings, também seria um motivo para aumentar o seu nervosismo e, conseqüentemente, mais uma noite de insônia.

Naturalmente o seu estômago sensível também reagiu e quando ele ligou na quarta de manhã para avisar que estava doente, tinha pelo menos um motivo físico legítimo.

Talvez sentisse também uma certa tranqüilidade anestesiante quando sentou-se com o jornal depois que Ulrike e as crianças saíram, mas que logo o abandonou. Ele percebeu que inconscientemente esperava encontrar alguma notícia no jornal — que uma mulher havia sido encontrada morta sob circunstâncias misteriosas em Saaren ou algo do gênero —, mas é claro que não havia uma linha sequer sobre algum caso semelhante. Claro que era totalmente improvável que a edição matutina tivesse tempo de publicar alguma novidade. Biedersen tinha ligado por volta de 20h30. Seja lá o que tenha acontecido depois, seria impossível que os jornais publicassem a notícia em um espaço de tempo tão curto. Innings já trabalhava nessa área há quase trinta anos e devia saber disso.

Então as chances seriam melhores com o rádio. Tratou de ligá-lo e não perdeu nenhum noticiário durante toda a manhã. Mas nada, nenhuma palavra.

Havia um plano em andamento, segundo as palavras do próprio Biedersen.

Mas o quê?

Dou notícias.

Quando?

Minuto após minuto. Hora após hora e o telefone só voltou a tocar às 12h05.

Era da polícia. Na confusão daqueles segundos, aquele fato quase fez com que ficasse totalmente transtornado.

Foi por muito pouco que quase revelou toda a história, quando percebeu que, se algo tivesse acontecido, ele naturalmente seria avisado dessa forma.

Se aquela mulher tivesse sido encontrada morta a tiros em Saaren e existisse a mínima ligação com os assassinatos anteriores, provavelmente a polícia agiria assim.

Procuraria todos os 31 do grupo para saber se alguém tinha algo a acrescentar sobre o caso.

Ele chegou a essas conclusões durante o telefonema e depois, enquanto aguardava, convenceu-se de que não havia revelado nada pelo telefone.

Demonstrou apenas surpresa, o que era natural. Que motivos a polícia tinha para procurá-lo de novo? Ah, apenas umas perguntas de rotina. Então está certo.

Mas enquanto esperava, outra solução possível veio-lhe à mente.

Talvez não tenha sido necessariamente Biedersen quem tinha matado a mulher.

Se fosse o contrário — se Biedersen fosse a vítima —, aí certamente a polícia teria um bom motivo para fazer uma visita.

Um ótimo motivo. Ele sentiu como se algo o sufocasse por dentro diante da perspectiva dessa certeza crescente.

Um motivo mais forte, em verdade, do que se Biedersen tivesse conseguido cumprir a sua missão com êxito. Quando abriu a porta para a investigadora criminal, ele tinha certeza quase absoluta de que sabia por que Biedersen não tinha dado notícias como havia prometido.

Tenho que manter as aparências, pensou. O que quer que tenha acontecido, tenho que manter as aparências.

Os nervos de Innings estavam pendurados por um fio. Um frágil e esticado fio, e ele percebeu que não havia mais nada que pudesse mantê-lo seguro.

Ela sentou no sofá. Com o bloco de anotações à mão, esperou pacientemente enquanto ele servia o chá e os biscoitos. Não parecia ter nada de tão terrível para contar e talvez por isso tenha conseguido ficar um pouco mais calmo.

— Por favor, sirva-se.

Ele se afundou na poltrona na frente dela.

— Obrigada. Então, temos mais algumas perguntas que precisam de respostas.

— Aconteceu alguma coisa?

— Por que o senhor pergunta?

Ele encolheu os ombros. Ela tirou um gravador da bolsa.

— Vai ser gravado? — perguntou preocupado. — Não foi preciso da outra vez.

— Trabalhamos de maneiras diferentes — disse e sorriu de repente. — O senhor está preparado?

Ele assentiu com a cabeça.

— Muito bem — disse e ligou o gravador.

O senhor conhece esta música?

VII

15 a 23 de fevereiro

25

Se havia algo que o comissário Van Veeteren detestava, eram coletivas de imprensa.

A semelhança com estar sentado no banco dos réus durante um julgamento era evidente demais e a defesa apresentada, na grande maioria das vezes, certamente lembrava com freqüência os subterfúgios e as desculpas suspeitas do acusado. Para ele havia algo na atmosfera desses eventos que parecia refletir tanto o medo latente (e agora em erupção) da população em geral de todos os atos de violência da sociedade moderna quanto a sua falta de confiança na capacidade da polícia em administrá-los.

O mesmo aconteceu desta vez. A sala de reuniões no primeiro andar estava superlotada de jornalistas e repórteres sentados e em pé fotografando e tentando se superar na arte de fazer perguntas tendenciosas e cheias de insinuações.

Ele mesmo foi espremido junto com Hiller atrás de uma mesa comprida de madeira compensada, cheia de microfones, cabos e as garrafas de água com gás obrigatórias, que por uma razão inexplicável estavam sempre presentes em todos os pronunciamentos filmados da chefia de polícia. Reinhart costumava dizer que se tratava de algum tipo de apoio e não era impossível que ele tivesse razão quanto a isso também.

Freqüentemente Reinhart tinha razão.

Já o apoio que Van Veeteren recebia do chefe de polícia era mínimo. Assim que as perguntas começaram, como de costume, ele se limitou a recostar-se na cadeira de braços cruzados, com uma expressão de esfinge estampada no rosto. Hiller fez questão de passar todas as respostas para o comissário, que — e foi categórico ao afirmar — era o chefe e o responsável pela investigação. Ele era apenas o administrador e o coordenador.

Entretanto, metido em seu alinhado terno azul-marinho, ele fez a introdução, destacando cada pronunciamento e batendo energicamente com a sua caneta prateada na mesa.

— A vítima se chama Karel Innings — declarou. — Segundo as nossas conclusões, ele foi morto a tiros em sua casa, em Loewingen, entre meio-dia e meia e uma e meia de ontem, quarta-feira. Innings estava sozinho em casa e temporariamente de licença do trabalho por causa de problemas estomacais, e por enquanto não temos nenhuma pista concreta do criminoso. A vítima recebeu cinco tiros: três no peito e dois nos órgãos genitais, e supostamente a arma usada foi uma Berenger, calibre 7,65. Há indícios claros de que a arma é a mesma que foi usada em dois outros casos, nos últimos meses... os assassinatos de Ryszard Malik e Rickard Maasleitner.

Neste momento, ficou calado por alguns instantes, mas como era evidente que tinha mais a dizer, ninguém fez nenhuma pergunta.

— É muito provável que se trate de um assassino em série, mas existe também uma ligação comprovada entre as pessoas que perderam a vida. Todos três faziam parte de um grupo original de 35 pessoas que fizeram o serviço militar básico, entre 1964-65, na Escola do Estado-Maior do Exército, aqui em Maardam, que depois foi transferida para Schaabe. O nosso trabalho a partir de agora se concentrará em descobrir os fatores existentes por trás dessas circunstâncias e oferecer a melhor proteção possível ao resto do grupo.

— Vocês têm alguma pista? — interrompeu uma jovem repórter da estação de rádio local.

— Todas as eventuais perguntas serão logo respondidas pelo comissário Van Veeteren, aqui ao meu lado — explicou Hiller amigavelmente. — Me deixem apenas, antes de lhes dar a palavra, dizer que vocês todos vão dispor de toda informação que temos por enquanto e que espero estarmos todos no mesmo lado na caça desse assassino brutal, que aparentemente é o caso desta vez. Obrigado.

Com isso, o chefe de polícia tinha dito tudo o que queria. Van Veeteren se inclinou para a frente, encarando o auditório.

— Podem começar — disse.

— O método usado desta vez também foi o mesmo? — perguntou alguém.

— Como é que a polícia não tinha providenciado nenhum tipo de proteção se sabiam que as vítimas tinham que estar nesse grupo? — indagou outro participante.

— Quanto ao método... — começou Van Veeteren.

— A proteção foi reforçada? — interrompeu um terceiro.

— Quanto ao método — repetiu Van Veeteren sem perder a calma —, desta vez foi um pouco diferente. Aparentemente a vítima, quer dizer, o sr. Innings, recebeu o réu em sua casa, ofereceu chá a ele... ou ela... Isso significa naturalmente...

— Significa o quê? — gritou um repórter ruivo da terceira fileira.

— Pode significar que ele conhecia o assassino. De qualquer maneira, parecia que ele estava sendo esperado.

— Será que é alguém do grupo? — perguntou um dos enviados do "Allgemejne".

— Não sabemos — respondeu Van Veeteren.

— Mas vocês interrogaram todos do grupo?

— Lógico.

— E pretendem fazer isso de novo?

— Certamente.

— E a proteção policial? — alguém repetiu.

— Não temos recursos ilimitados — explicou Van Veeteren. — Naturalmente seria necessário mobilizar muitos homens para garantir a proteção de trinta pessoas 24 horas por dia.

— É um louco?

— Não se pode dizer que alguém que sai por aí e mata três pessoas é totalmente normal.

— Encontraram algum indício de violência na casa de Innings? Que ele teria tentado se defender ou coisa parecida?

— Não.

— Quais são as teorias da polícia? Vocês devem ter alguma outra pista qualquer.

— Há algum suspeito? — o ruivo ainda completou.

Van Veeteren negou com a cabeça.

— Ainda não temos um suspeito.

— É homem ou mulher?

— Pode ser qualquer um dos dois.

— E que história é essa da música no telefone?

Van Veeteren assoou o nariz.

— Há indícios que demonstram que o assassino costumava ligar para a vítima durante um tempo antes de matá-la... ligava e tocava uma certa música no telefone.

— Que música?

— Não sabemos.

— E por quê? Por que ele liga?

— Não sabemos.

— O que vocês acham?

— Trabalhamos com algumas hipóteses.

— Innings tinha recebido esse tipo de telefonema?

— Ainda não descobrimos isso.

— Nesse caso ele não deveria ter procurado a polícia?

— É o que imaginaríamos.

— Mas ele não fez isso, fez?

— Não.

Houve um silêncio durante alguns segundos. Van Veeteren bebeu um pouco de água com gás.

— Quantos agentes da polícia estão trabalhando no caso? — perguntou Würgner, do *Neuwe Blatt*.

— Todos que estão disponíveis.

— Quantos são?

Van Veeteren fez as contas.

— Uns trinta. Em diversos níveis.

— Quando vocês acham que poderão apresentar um resultado?

Van Veeteren encolheu os ombros.

— Isso é impossível de calcular.

— Tem algo a ver com as Forças Armadas? Pelo menos é o que sugere a conexão.

— Não, acredito que não — disse Van Veeteren, depois de pensar um pouco.

Depois de um tempo acenando a sua caneta, um redator mais velho e excepcionalmente plácido de um programa policial de um dos canais de televisão finalmente conseguiu ter a palavra.

— Afinal, que tipo de ajuda vocês querem? Fotos e coisas parecidas?

Van Veeteren assentiu com a cabeça.

— Exatamente — disse. — Queremos que vocês publiquem as fotos e os nomes de todos do grupo e escrevam sobre os telefonemas. Que incentivem a população a entrar em contato conosco com qualquer informação útil que tiverem.

— Por que não divulgaram isso antes? Vocês já deviam saber disso pelo menos depois do segundo assassinato.

— Não havia nada confirmado — suspirou Van Veeteren. — Era apenas uma suspeita.

— Mas agora está confirmado?

— Está.

Um homem enorme com uma barba espessa e grisalha — Van Veeteren o conhecia como Vejmanen do *Telegraaf* — levantou-se no fundo da sala, falando com uma voz de estentor.

— Muito bem! Vamos passar para os interrogatórios com a família de Innings! Qual foi o resultado?

— Estamos trabalhando com isso ainda — respondeu Van Veeteren. — Vocês saberão de todos os detalhes amanhã.

— Agradeço humildemente — ecoou Vejmanen. — E quando vocês acham que teremos a próxima vítima?

Van Veeteren assoou o nariz novamente.

— Pretendemos pegar o criminoso antes disso — explicou.

— Excelente — constatou Vejmanen. — Em todo caso, podemos dizer que vocês não têm pressa. Esse assunto é considerado atual já há pelo menos uns quatro ou cinco dias... talvez uma semana inteira.

Ele sentou-se, e risos podiam ser ouvidos de alguns dos presentes.

— Se entendi bem — disse uma mulher que, a julgar pelos trajes e pela maquiagem, devia ser de algum programa de televisão —, vocês darão algum tipo de proteção a todo o restante do grupo... e ao mesmo tempo um deles pode ser o assassino. Isso não é uma tarefa bastante delicada?

— Acho que não — disse Van Veeteren. — Prometo a vocês que deixaremos de proteger o assassino de si mesmo assim que descobrirmos quem é.

— Foi feito algum perfil do assassino? — alguém gritou do fundo da sala.

— Diria que não.

— Vai ser feito?

— Sempre faço um perfil do criminoso — respondeu Van Veeteren —, mas não costumo espalhá-lo aos quatro ventos.

— Por quê? — alguém perguntou.

O comissário encolheu os ombros.

— Não sei exatamente — disse. — Acredito que tenha a ver com um conceito antiquado que tenho de nos limitarmos apenas aos fatos quando lidamos com a mídia. As teorias ficam melhor na minha própria cabeça. Pelo menos as minhas teorias. Mais alguma pergunta?

— Quanto tempo faz que vocês deixaram um caso sem solução?

— Mais ou menos há uns oito anos.

— O caso G?

— Exatamente, você parece estar bem informado a respeito... como vocês mesmos podem perceber, o nível de perguntas está começando a cair. Acho que está na hora de parar por aqui.

— Mas que diabo? — exclamou o ruivo.

— É isso mesmo — falou Van Veeteren e levantou-se.

— Isso é inacreditável, cacete! — exclamou Reinhart, quando ele, Münster e Van Veeteren se encontraram dez minutos depois na sala do comissário. — O assassino toca a campainha, entra, senta no sofá e toma chá. Depois, saca o revólver e atira nele. Inacreditável!

— E simplesmente vai embora — acrescentou Münster.

— Conclusão! — comandou Van Veeteren.

— Ele o conhecia — disse Münster.

— Ou ela — disse Reinhart.

— Você acha que os tiros no saco comprovam isso?

— Acho — confirmou Reinhart. — É o que quero dizer.

— Não será menos inacreditável se for uma mulher — disse Münster.

Alguém bateu na porta e Heinemann entrou.

— O que estão fazendo? — disse e sentou-se no vão da janela.

— Esses dois ficam o tempo todo dizendo como esta história é incrível — resmungou Van Veeteren. — Eu mesmo estou aqui tentando raciocinar.

— Sei como é — disse Heinemann.

— Os outros estão fazendo o quê? — perguntou Reinhart.

— Rooth e DeBries foram interrogar os vizinhos para saber de mais detalhes — disse Heinemann. — Jung e Moreno se encarregariam do local de trabalho, como foi combinado.

— Então é isso — disse Van Veeteren. — Neste caso não parece ser uma grande idéia procurar o assassino entre os familiares e os amigos, mas de qualquer maneira temos que ouvi-los. Alguém pode ter observado alguma coisa. O senhor intendente pode cuidar destes aqui...

Ele entregou uma lista a Münster, que a estudou enquanto, de costas, saía lentamente pela porta.

— Heinemann — disse o comissário —, sugiro que você continue a investigar a conexão, agora que ela ganhou mais um integrante. Apenas espero que haja um denominador comum.

Heinemann assentiu.

— Concordo também — disse. — Vou pedir que Hiller me ajude na quebra do sigilo bancário.

— Sigilo bancário — disse Reinhart. — E para que isso, cacete?

— Não custa nada investigar — disse Heinemann. — Se por acaso esses três aprontaram algo, o que quer que tenha sido, não resistiria a muita exposição. E essas coisas costumam deixar rastros na conta bancária. Não há mais nada que o senhor comissário queira que eu faça?

— Não — disse Van Veeteren. — É melhor deixar você concentrado nisso.

Heinemann concordou. Enfiou as mãos nos bolsos da calça e deixou Van Veeteren e Reinhart a sós.

— Afinal, ele não é burro — disse Reinhart. — É só uma questão de tempo.

Van Veeteren tirou um palito e partiu-o.

— Reinhart — disse depois de uns instantes —, será que você podia me fazer a porra de um favor e me explicar uma coisa?

— Manda — disse Reinhart.

— Se for como Heinemann disse e esses três têm algum crime em comum no passado, e sabem... sabiam muito bem quem era o criminoso, por que diabos então Innings deixou-o entrar e lhe ofereceu chá antes de ser assassinado?

Reinhart pensou por alguns instantes, enquanto mexia com um palito de fósforo na cabeça do cachimbo.

— Bem — disse em seguida —, ele, ou ela, deve ter se disfarçado, é o que imagino. Ou então...

— Então?

— Ou sabem quem é, mas não a reconhecem. Há uma grande diferença. Já faz tanto tempo também...

Van Veeteren concordou com a cabeça.

— Você não tem cigarro?

Reinhart abriu as mãos.

— Infelizmente não.

— Tudo bem. Só mais algumas perguntas para eu ter a certeza de que não estou totalmente perdido. Se o criminoso estava atrás de um grupo pequeno, então Innings devia saber que talvez fosse a vez dele. Pelo menos desconfiado. Não acha?

— Concordo — disse Reinhart. — Principalmente se fosse o último.

O comissário pensou nisso por alguns segundos.

— E também devia saber quem era o assassino.

— Pelo menos quem estava atrás de tudo. Mais uma vez há uma grande diferença.

— Você acha que há alguma possibilidade de Innings não reconhecer alguém do grupo?

Reinhart acendeu o cachimbo e refletiu novamente.

— Não se encontravam há trinta anos — disse. — Nós sabemos como todos estão hoje em dia, mas eles não. Talvez só exista essa fotografia antiga para ajudar... e a memória, é claro.

— Continue — disse Van Veeteren.

— Ainda acho que reconheceria meus colegas do serviço militar. Aliás, sem dificuldades.

— Eu também — constatou o comissário. — Principalmente se estivesse esperando por isso. Conclusão, por favor!

Reinhart deu umas baforadas.

— Se for um grupo pequeno — disse —, então o assassino é alguém de fora. Também pode ser alguém contratado, mas acho muito pouco provável.

Van Veeteren concordou.

— Você não acha que é assim?

— Acho — disse Reinhart. — Como já disse, tendo a crer que o assassino é uma mulher e pelo que saiba, não há nenhuma mulher no grupo.

— Às vezes você é observador pra cacete — disse Van Veeteren.

— Obrigado. Mas não podemos esquecer de uma coisa.

— O quê?

— Também nada impede que seja uma mulher que planeja eliminar todos eles.

— Na verdade não há muita coisa capaz de impedir uma mulher de fazer algo — suspirou o comissário. — Seríamos nós então. Vamos tratar de solucionar este caso de uma vez?

— Já está mais do que na hora — disse Reinhart.

26

A DISTÂNCIA ATÉ o município de Loewingen — o local do último assassinato — não passava de pouco mais de 30 quilômetros, e quando ele entrou no carro, lamentou que não fosse um pouco mais longe. Não seria nada mal dirigir por algumas horas; já tinha levantado da cama sentindo uma necessidade, não resolvida, de um movimento calmo e prolongado. De preferência com uma paisagem cinzenta e chuvosa, exatamente como essa. Horas de reflexão.

Em vez disso, foram minutos — que ele ainda assim conseguiu estender para meia hora, percorrendo Borsens e Penderdixte, lugares onde ele havia passado dois verões quando tinha entre 7 e 8 anos.

Ele adiou a visita para sexta-feira por duas razões. De um lado, Münster e Rooth já tinham falado com Ulrike Fremdli e os três adolescentes na noite de quarta-feira, e talvez fosse melhor que a polícia não aparecesse todos os dias. A outra razão tinha sido o trabalho intenso do dia anterior.

Mais do que intenso. Durante a tarde, ele e Reinhart se incumbiram da delicada missão de organizar a proteção para aqueles que ainda não tinham sido assassinados (como Reinhart insistia em se referir).

Os cinco que moravam no exterior eram sem dúvida a parte mais tranqüila do grupo. Depois de uma rápida discussão, decidiram deixá-los simplesmente de lado. Isso também foi explicado na circular que foi enviada a todos os envolvidos no caso, assim como a orientação de procurar a autoridade policial mais próxima em seus respectivos países no caso de sentirem-se ameaçados ou em perigo de alguma maneira.

Ainda havia limites, constatou Reinhart.

Com relação aos que moravam no país, mas não no distrito de Maardam, foram tomadas as mesmas providências. Reinhart passou mais de três horas ligando para colegas de vários lugares e solicitando a proteção do senhor fulano de tal contra qualquer ameaça e perigos.

Não foi um trabalho nada agradável, e, logo depois, Reinhart entrou na sala de Van Veeteren pedindo sua transferência para o departamento de trânsito. O comissário negou o pedido, mas disse que ele podia vomitar no cesto de lixo, se precisasse.

Foi um daqueles dias.

No distrito de Maardam havia 13 vítimas em potencial. Por conta deles, o comissário reuniu um grupo bastante heterogêneo de aspirantes e policiais, deixando as instruções e a organização a cargo do promissor e zeloso Widmar Krause.

Quando terminou, inclinou-se para trás por alguns instantes e tentou fazer uma avaliação rápida sobre a real eficiência dessa onerosa proteção. Chegou à conclusão de que, se a questão fosse a utilização de uma camisinha, poderia — sem meias palavras — ser melhor trepar sem ela.

No entanto, tentou se convencer de que uma proteção fictícia — ou simulada — ainda seria melhor do que nada. Pelo menos se levasse em consideração as próprias costas.

Van Veeteren, Reinhart e Münster dedicaram o resto da tarde e da noite a falar sobre o caráter e a identidade do assassino, e elaborar um sistema de como seriam feitos os novos interrogatórios com os 25 que ainda não tinham sido assassinados (neste caso também decidiram deixar os estrangeiros de fora, pelo menos por enquanto). Também foram interrompidos com intervalos cada vez menores pelo policial que estava de plantão ou pela senhorita Katz, que entrava apressada na sala trazendo as ditas denúncias da população, cada vez mais freqüentes, apesar de a coletiva de imprensa ter terminado há apenas algumas horas.

Por volta de oito horas, Reinhart não agüentava mais.

— Chega desta merda! — exclamou e jogou um papel que tinha acabado de ler. — Não dá para raciocinar tendo que trabalhar pra cacete o tempo todo.

— Você pode nos pagar uma cervejinha — disse Van Veeteren.

— *All right*. Quer cigarros também, certo?

— Uns dois no máximo — sugeriu o comissário humildemente.

TAMBÉM FOI JUSTAMENTE isso que ocupou seus pensamentos durante a primeira metade da viagem até Loewingen.

Eu não devia fumar, pensou.

Estou bebendo muita cerveja.

Nenhum dos dois me faz bem, pelo menos não os cigarros. Na época de sua operação de câncer no intestino, há quase um ano, um médico ingênuo havia lhe dito que um copo de cerveja de vez em quando não fazia mal. Van Veeteren gravou aquela recomendação na memória e sabia que jamais a esqueceria, ainda que vivesse 110 anos.

Aliás, não era verdade que um cigarro uma vez ou outra também ajudava a melhorar a capacidade de raciocínio?

Seja como for, devia jogar badminton com Münster mais vezes, pensou. Correr de vez em quando. Se ao menos conseguisse me livrar desse maldito resfriado!

Foi só depois de ter passado pela fazenda de sua infância, em Penderdixte, que mudou de pista e se concentrou novamente na investigação. Essa maldita investigação.

Três assassinatos.

Três homens executados a sangue-frio.

Em menos de um mês.

O último tinha sido sem dúvida o mais indigesto. Por mais que ele analisasse todos os aspectos — por mais que ele substituísse ou afastasse as premissas —, não conseguia chegar a nenhuma conclusão.

As perguntas eram evidentes.

Havia realmente um grupo menor dentro do grupo? (Deus queira que sim!, Reinhart deixou escapar depois da cerveja da noite anterior, e isso significava muito. E Reinhart não costumava apelar para o sagrado.)

Caso contrário, se o assassino estava atrás de todos, então tratava-se sem dúvida de um louco. Com um motivo incompreensível, irracional, provável e totalmente insano. Ninguém pode ter um motivo razoável (em qualquer sentido) para matar 33 homens, um atrás do outro.

Pelos menos não segundo os critérios do comissário Van Veeteren.

Um maluco frio e calculista como esse era um adversário que ninguém queria enfrentar; nisso todos estavam de acordo.

Mas se existisse de fato um grupo menor?

Van Veeteren tirou dois palitos do bolso do peito, mas depois de mordê-los, jogou-os no chão e acendeu um cigarro.

Nesse caso, pensou depois da primeira baforada esclarecedora, Innings devia (tinha que?) saber que pertencia ao grupo e que estava em perigo. Sem dúvida.

Mesmo assim ele deixou o assassino entrar na sua casa e lhe matar sem pestanejar. Por quê?

E não era só isso — e era até este ponto que ele sabia que o seu raciocínio podia chegar sem explodir —, havia mais um ponto crucial.

Ou seja, já que seria absurdo Innings ter deixado entrar na sua casa uma pessoa que ele sabia que tinha a intenção de matá-lo, provavelmente ele não suspeitou de nada. Porém, se sabia que estava em perigo, não parecia também pouco provável ele, sem mais nem menos, ter recebido um estranho?

Portanto, pensou o comissário, freando atrás de um trator, a pessoa a quem ele ofereceu chá e deixou que o matasse, devia ser alguém que ele conhecia e confiava.

— Não é mesmo? — perguntou-se do nada, enquanto ultrapassava o fazendeiro que estava dando sinal freneticamente. Um conhecido, cacete!

Não conseguiu ir muito além.

Ele suspirou. Deu um trago profundo e sem vontade, e constatou que estava se sentindo, acima de tudo, como um pobre coitado que tentava receber alta do hospício e agora estava sentado, babando sobre um quebra-cabeça de três peças que tinham lhe dado como exame de sanidade mental.

Não era nenhuma bela imagem, mas às vezes as imagens na sua cabeça funcionavam dessa forma.

Que merda também, pensou Van Veeteren. Espero que Reinhart consiga solucionar logo isso.

Loewingen era um município vasto, com poucas indústrias, um número menor ainda de prédios altos e uma infinidade de casas pequenas. Apesar de o centro da cidade datar da Idade Média, era uma dessas cidades que serviam apenas para morar — uma dessas monoculturas insuportáveis do final do século XX, pensou Van Veeteren, quando finalmente conseguiu encontrar o bairro certo. Monótono, enfadonho e seguro.

Bem, a questão de segurança poderia ser questionada.

Ulrike Fremdli o recebeu e sentou-o no mesmo sofá que o assassino deve ter sentado há meras 48 horas. Ela era uma mulher meio gordinha, com os cabelos castanhos penteados para cima e um rosto que, na sua opinião, certamente deve ter sido belo em outra época. Ela parecia ser do tipo calada e determinada, e ele se perguntou se ela não tinha tomado algum medicamento para desligar um pouco. Ele parecia reconhecer os sintomas.

— O senhor aceita alguma coisa? — perguntou.

Ele negou com a cabeça.

— Como a senhora está? — perguntou.

— Péssima — ela respondeu. — Mandei as crianças para a casa da minha irmã. Preciso ficar sozinha.

— A senhora está precisando de algo?

— Não, obrigada — disse. — Mas por favor, faça as suas perguntas.

— Vocês se conheciam há muito tempo?

— Desde 1986 — respondeu. — Fomos morar juntos há um ano e meio. Antes disso tínhamos muitos problemas com a ex-mulher dele.

Van Veeteren refletiu alguns segundos. Decidiu ignorar todos os detalhes que fosse possível e ir direto ao assunto.

— Quero terminar isso logo — disse. — Imagino que a senhora pense da mesma forma. Pretendo prender o assassino do seu marido e preciso de respostas a algumas perguntas bem específicas.

Ela concordou.

— É importante que as respostas sejam sinceras.

— Pode começar.

— *All right* — disse Van Veeteren. — A senhora acha que ele sabia que estava em perigo?

— Não sei — respondeu depois de uma pausa de tensão —, não sei mesmo.

— Ele parecia preocupado nos últimos dias?

— Sim, mas havia um motivo, por assim dizer.

Sua voz baixa tremulou um pouco, mas não muito.

— Vou lhe dizer o que acho — continuou Van Veeteren. — Acho que Innings pertencia a um pequeno grupo, e são os membros deste grupo que o assassino está caçando.

— Um grupo?

— É, alguns rapazes que aprontaram alguma coisa há trinta anos... ou talvez até depois disso. De qualquer forma, deve haver um elo em comum entre alguns desses 35. O que a senhora acha disso?

Ela negou com a cabeça.

— Não tenho a menor idéia.

— Ele costumava falar da época do serviço militar?

— Nunca. Bom, nos últimos tempos, logicamente, falamos sobre isso, mas só um pouco.

Van Veeteren assentiu.

— Se a senhora por um acaso lembrar de qualquer detalhe que possa indicar a existência de uma conexão, promete entrar em contato comigo?

— Claro.

Ele lhe deu o seu cartão.

— É mais fácil ligar direto para mim. Muito bem, vamos à próxima pergunta. A senhora pode me dizer se o seu marido fez algum contato novo na semana antes do crime? Encontrou pessoas que a senhora não conhecia ou com as quais ele não costumava encontrar?

Ela pensou.

— Não que eu saiba.

— Pense com calma. Tente lembrar de um dia de cada vez, costuma funcionar.

— Ele encontrou pessoas no trabalho... na verdade, só nos encontramos à noite.

— Vamos nos concentrar nas noites. Ele recebeu alguma visita nos últimos dias?

— Não... não, acho que não. Pelo menos não que eu tenha percebido.

— Ele saiu alguma noite?

— Não... aliás, sim, na sexta-feira. Ele saiu durante umas duas horas.

— Aonde ele foi?

— Ao centro... em algum restaurante, acho. Estava dormindo quando ele chegou.

— Quem ele encontrou?

Ela encolheu os ombros.

— Não sei. Imagino que com alguns colegas de trabalho. Burgner talvez.

— Ele não contou nada?

— Não que eu me lembre, pelo menos. Recebemos o meu irmão e a família dele bem cedo no sábado, então acho que não falamos sobre isso.

— Ele saía sozinho com freqüência?

Ela negou com a cabeça.

— Não... no máximo uma vez por mês... mais ou menos como eu.

— Hmmm — disse Van Veeteren. — Nada mais?

— O senhor quer dizer, se ele saiu mais alguma noite?

— Exatamente.

— Não, ele ficou em casa... deixe-me pensar... isso mesmo, no domingo, na segunda e na terça.

Van Veeteren assentiu.

— Está bem — disse. — A senhora sabe algo sobre os telefonemas?

— Li sobre eles — disse. — Os policiais que estiveram aqui na quarta-feira também perguntaram sobre isso.

— E?

— Não, nada.

— A senhora acha que ele pode ter recebido algum?

— Não sei.

— Bem — disse Van Veeteren, inclinando-se para trás no sofá. — Então só tenho mais uma pergunta. A senhora suspeita de alguém?

— O quê? — ela exclamou. — O que o senhor está querendo dizer com isso?

Van Veeteren pigarreou.

— Uma das coisas que nos intriga — explicou — é o fato de ele ter deixado o assassino entrar sem mais nem menos. Isso pode significar que ele conhecia a pessoa. Se ele o conhecia, a senhora poderia também... afinal de contas vocês estavam juntos há dez anos.

Ela não disse nada. Ele percebeu que ela ainda não tinha pensado nisso, mas também viu que ela não tinha nenhuma resposta.

— A senhora promete pensar nisso?

Ela concordou.

— Pense também na possibilidade de ele ter tido um pressentimento. Isso é uma pergunta muito importante e basta apenas um detalhe para nos indicar o caminho certo.

— Entendo.

— Sei que é uma situação terrível para a senhora — disse. — Convivo com tragédias desse tipo há mais de trinta anos. Pode me procurar, mesmo que precise de alguém apenas para conversar. Senão, dou notícias daqui a alguns dias.

— Nós éramos tão felizes — disse. — A gente devia ter percebido que uma coisa que estava indo tão bem não podia durar para sempre.

— Sei como é — disse Van Veeteren. — É mais ou menos assim que costumo pensar também.

E enquanto ele ficou uns momentos quieto na rua tentando imaginar a trajetória do assassino, percebeu que tinha gostado dela.

Para ser sincero, gostado até demais.

— Sabendo a resposta — constatou o redator-chefe Cannelli —, é fácil ver muitas coisas.

— O quê, por exemplo? — perguntou Jung.

— Que algo o preocupava.

— Como o senhor percebeu isso?

Cannelli suspirou e olhou pela janela.

— Bem — disse —, eu tinha umas conversas mais longas com ele... sobre a composição das manchetes, o material fotográfico e tal... fazíamos isso com freqüência, várias vezes por semana. E, bem, acho que tinha algo a ver com a sua concentração. Parecia estar com a cabeça em outro lugar.

— O senhor o conhecia há quantos anos?

— Cinco anos — disse Cannelli. — Desde que assumi o jornal depois de Windemeer. Ele era competente... Innings, eu quis dizer.

Jung assentiu.

— O senhor sabe se ele encontrou com pessoas estranhas ultimamente? Se surgiu alguém ou algo aqui no trabalho que poderia estar ligado à sua preocupação.

Ele percebeu que a pergunta era bem idiota, e Cannelli respondeu ao seu sorriso sem graça encolhendo levemente os ombros.

— Nós fazemos um jornal, senhor inspetor. Tem gente entrando e saindo o dia inteiro... infelizmente não posso ajudar o senhor nesse caso.

Jung pensou.

— Entendo — disse depois e fechou o bloco de anotações. — Se o senhor se lembrar de algum detalhe, qualquer coisa...

— Claro — disse Cannelli.

MORENO JÁ ESTAVA esperando no carro.

— Como foi? — perguntou.

— Não ajudou muito — respondeu Jung.

— Comigo foi a mesma coisa. Com quantas pessoas você falou?

— Três — disse Jung.

— Eu falei com quatro — disse Moreno. — Mas acho que um detalhe está bem evidente neste caso.

— O quê?

— Ele sabia que estava em perigo. Algo o preocupava. Todos dizem isso.

Jung concordou e ligou o carro.

— Pelo menos sabem disso depois que acontece uma coisa dessas. Pena que as pessoas nunca reagem na hora certa.

— É verdade — disse Moreno. — Mas se a gente fosse cuidar de todos que estivessem um pouco preocupados, não sobraria tempo para mais nada.

— É mesmo — disse Jung. — Vamos tomar um cafezinho, é bom para relaxar.

— Boa idéia — disse Moreno.

27

Ela hesitou durante um dia e meio.

Foi na noite de quinta-feira que leu — em algum jornal dentro do ônibus no caminho para casa — sobre o caso pela primeira vez, mas foi só bem tarde da noite que as suspeitas emergiram. No meio de um sonho que imediatamente desapareceu na escuridão do subconsciente, ela acordou e viu tudo na sua frente.

A cabine de telefone do corredor ocupada. As costas no vidro fumê. O gravador colado ao fone de ouvido.

Só aconteceu uma única vez e já tinha acontecido há pelo menos três semanas. Ainda assim a imagem ficou na sua cabeça. Aquela noite de terça-feira. Ela pensou em telefonar a uma colega do curso para perguntar uma coisa, mas logo viu que o telefone estava ocupado. No total, não foram mais de três ou quatro segundos. Ela apenas abriu a porta, constatou o fato e voltou para o seu quarto.

Cinco minutos mais tarde o telefone já estava livre, e ela fez a sua ligação.

Curioso como aquela seqüência curta e totalmente insignificante tinha ficado na sua memória. E agora, quando ela levantou da cama subitamente, também não se lembrava de ter pensado nisso em algum outro momento.

E foi exatamente isso — essas circunstâncias vagas e um tanto incompreensíveis — que a fez hesitar.

NA TARDE DA sexta-feira deu de cara com ela na escada. Esse encontro também não teve nada demais — foi apenas um acontecimento corriqueiro —, mas quando ela acordou novamente sobressaltada no sábado de manhã, percebeu que as duas imagens triviais se encaixaram de alguma maneira.

Fundiram-se e despertaram uma suspeita terrível.

NA VERDADE ELA queria aconselhar-se com Nathalie primeiro, mas ela tinha ido passar o fim de semana na casa dos pais e seu quarto estava vazio. Depois de uma corrida cedo no parque (que foi mais curta do que pretendia por causa da chuva), do banho e do café-da-manhã, ela havia se decidido.

Algo definitivamente impediu-a (seria medo? perguntou-se depois) de usar o telefone do corredor e, em vez disso, foi da cabine telefônica perto do correio que ligou para a polícia.

Eram 9h34, e a ligação e as informações dela foram registradas por um aspirante que prometeu transmiti-las ao comando da investigação e entrar em contato mais tarde.

Depois voltou para o quarto para estudar e esperar.

Com a consciência mais leve, mas também com uma sensação constante de que tudo aquilo lhe parecia irreal.

REINHART SUSPIROU. DURANTE os últimos dez minutos tinha tentado a façanha de ficar quase deitado em uma cadeira de escritório comum, e como resultado conseguiu uma terrível dor nas costas. Na região lombar e também entre as omoplatas. Van Veeteren estava sentado na sua frente, inclinado em cima da mesa, que estava cheia de papéis, pastas, xícaras de café vazias e palitos quebrados.

— Diga alguma coisa — disse Reinhart.

Van Veeteren resmungou e começou a ler um papel novo.

— Nada além de ar — falou depois de mais um minuto amarrotando o papel. — Aqui também não tem nada de concreto. Loewingen é um subúrbio de classe média, caso você não saiba. Todas as mulheres trabalham e todas as crianças ficam na creche. A vizinha que estava mais perto na hora do assassinato mora a seis casas de lá e estava dormindo. Digamos que isso aqui não está avançando muito.

— Dormindo? — perguntou Reinhart com um tom nostálgico na voz. — Mas era uma hora da tarde, cacete!

— Enfermeira da noite no Gemejnte — explicou Van Veeteren.

— Você quer dizer então que não há testemunhas?

— Exatamente — disse o comissário, enquanto continuava folheando. — Nem um gato.

— De qualquer maneira, a preocupação dele parece ter sido confirmada — observou Reinhart depois de alguns instantes de silêncio. — Todos falaram isso. Ele devia saber que estava em apuros.

— É verdade — concordou Van Veeteren. — Enfim, podemos nos concentrar em um grupo pequeno.

Reinhart suspirou de novo e saiu da cadeira. Levantou-se e ficou olhando pela janela.

— Que merda de chuva — disse. — A gente devia ser um pântano. Afinal, você não descobriu nada de interessante no geral?

Bateram na porta e Münster entrou. Ele acenou com a cabeça e sentou-se na cadeira vazia de Reinhart.

— Ele saiu na sexta-feira à noite — disse Van Veeteren.

— Innings? — perguntou Münster.

— Isso. Talvez devêssemos verificar o que ele foi fazer. Provavelmente foi apenas tomar cerveja com alguns colegas, mas nunca se sabe.

— Como vamos agir? — perguntou Reinhart.

Van Veeteren encolheu os ombros.

— Bem — disse. — Vamos colocar Moreno e Jung no circuito. Eles terão que verificar o local de trabalho novamente. Ver se encontram alguém que estava com ele. Aliás, eu gostaria de saber...

— O quê? — disse Reinhart.

— Acho que ela falou no centro... ele foi a um restaurante no centro, era o que a esposa achava. Ela quis dizer Loewingen ou Maardam?

— Loewingen é um vilarejo — disse Reinhart, — não uma cidade.

— Talvez — disse Münster. — De qualquer maneira, existem alguns restaurantes.

— Certo, certo — resmungou o comissário —, mas isso será um problema para Jung e Moreno. Aliás, onde estão eles?

— Provavelmente em casa — respondeu Reinhart. — Dizem que hoje é sábado.

— Vá para a sua sala para ligar e acordá-los — disse Van Veeteren. — Diga a eles que quero saber onde e com quem ele estava, o mais tardar na tarde de segunda-feira. Eles podem fazer isso da maneira que bem entenderem.

— Com prazer — disse Reinhart e desapareceu pela porta. Na mesma hora a senhorita Katz entrou com duas pilhas de listas.

— Algumas pistas do "detetive povão" — explicou. — Cento e vinte desde ontem de tarde... o aspirante Krause organizou-as.

— Como? — perguntou Münster.

— As categorias de sempre — bufou Van Veeteren. — Idiotas e um pouco menos idiotas. Inspetor, será que você poderia verificá-las e voltar à minha sala daqui a uma hora?

— Claro — suspirou Münster ao pegar os papéis.

Muito bem, pensou o comissário quando ficou sozinho. Os trabalhos estão em andamento. E eu, o que ia fazer mesmo?

Isso mesmo, uma hora lá na sauna.

28

— Vou viajar por um tempo — disse Biedersen.
— Ah é? — disse a mulher dele. — Por quê?
— Negócios — respondeu Biedersen. — Acho que vou ficar pelo menos umas duas semanas.

A mulher desviou o olhar das chapas do fogão que estava limpando com um novo produto que tinha encontrado ontem na loja e prometia ser mais eficaz do que outras marcas conhecidas.

— Ah é? — ela repetiu — Para onde?
— Vários lugares. Hamburgo, entre outros. Preciso fazer alguns contatos.

— Entendo — disse a mulher e começou a esfregar de novo, pensando que era exatamente isso que não conseguia. Entender. Mas não importava. Ela nunca se meteu nos negócios do marido — dirigir uma firma de importação (ou eram duas?) era algo complicado e não muito atraente. Nada para uma mulher como ela. Desde que se casaram tinham feito um acordo — cada um ficaria responsável por um lado da família: ele o da economia; ela o da casa e o dos filhos.

Filhos que já tinham saído de casa e constituído suas próprias famílias, seguindo praticamente o mesmo padrão.

O que por sua vez tinha dado a ela mais tempo para se dedicar a outros assuntos. Como as chapas de fogão.

— Está tudo bem? — disse ela.

— Em relação a quê?

— Aos negócios... você parece um pouco estressado nesses últimos dias.

— Bobagem.

— Tem certeza?

— Claro que sim.

— Que bom. Mas você vai manter contato, não?

— Lógico.

Mas depois que ele partiu, ela se perguntou se não havia acontecido algo. Desde terça-feira à noite, quando chegou em casa bem tarde e muito nervoso, ele estava mais irritável e ultra-sensível.

Logo depois encontraram mais um de seus colegas do serviço militar assassinado, e ela percebeu que aquela notícia o tinha abalado bastante. Ainda que não quisesse admitir, é claro.

Então talvez fosse bom que ele se afastasse por um tempo, pensou. Aliás, para ambas as partes, como se costuma dizer. Ela também tinha dificuldade em admitir certas coisas, entre elas estava o fato de que não tinha nada contra ter aquela casa enorme só para ela. Absolutamente nada, pensou, e esfregou com mais força.

QUANDO O COMISSÁRIO voltou da sauna, Münster estava esperando. Parecia que já tinha esperado um tempinho, pois estava com o café e o jornal da manhã nas mãos.

— Muito bem — disse o comissário e sentou-se atrás da escrivaninha. — Sou todo ouvidos.

Münster dobrou o jornal e tirou três fichas de anotação amarelas.

— Acho melhor outra pessoa também verificar isso aqui. É difícil manter a concentração depois de ler tanta besteira. Tem um velho que já ligou três vezes para dizer que a assassina é a mãe dele.

— É mesmo? — disse Van Veeteren. — E você tem certeza de que ele não está falando a verdade?

— Tenho sim — disse Münster. — O velho tem mais de 70 anos e a mãe morreu em 1955. Tem também um que diz que ele estava lá, quero dizer, na casa de Innings e viu tudo. O criminoso era um imigrante enorme que carregava um sabre e usava um tapa-olhos preto em um dos olhos.

— Hmmm — disse Van Veeteren. — Será que você não tem nada mais construtivo para apresentar?

— Lógico — disse Münster. — Alguns que precisamos verificar. Estes três são os mais interessantes.

Ele entregou as fichas e o comissário estudou-as enquanto passava um palito de um canto da boca ao outro.

— Eu fico com esse aqui — disse. — Verifique os outros dois. Leve o resto para o Reinhart para que ele dê continuidade ao trabalho.

Münster concordou. Terminou o café e saiu da sala.

Van Veeteren esperou a porta fechar. Olhou na ficha e discou o número.

— Katrine Kroeller?

— Um momento.

Depois de meio minuto ele ouviu uma voz clara de jovem ao telefone. Calculou que devia ter apenas uns 19 ou 20 anos.

— Aqui é Katrine Kroeller.

— Meu nome é comissário Van Veeteren. A senhorita entrou em contato conosco para dar informações que têm a ver com uma investigação que estamos fazendo. Posso ir até aí para falar com a senhorita?

— Claro, a que horas?

— Agora — disse Van Veeteren, olhando para o relógio. — Ou daqui a uns vinte minutos, mais ou menos... o endereço é Parkvej 31?

— Isso mesmo.

— Então a gente se vê daqui a pouco, senhorita Kroeller.

— Combinado, o senhor é bem-vindo. Espero...

— O quê?

— Só espero que não seja perda de tempo.

— Vamos ver — disse Van Veeteren e desligou.

Se ela soubesse a quantidade de coisas que fazemos que resulta em uma total perda de tempo, pensou. Depois vestiu o casaco e saiu.

ELA O RECEBEU já no portão. Como ele tinha imaginado, era uma moça loura na faixa dos 20 anos — aparência bem nórdica, rabo-de-cavalo e pescoço comprido. Estava segurando um guarda-chuva na mão e acompanhou-o com cuidado — para evitar que ele pisasse na grama encharcada — sobre o caminho coberto de pedras até a porta de uma das entradas laterais do casarão de dois andares.

— Pode ser um pouco difícil achar o caminho certo — explicou. — Somos quatro pessoas que alugam um quarto aqui. A senhora Klausner, a senhoria, mora no primeiro andar.

Van Veeteren concordou. A casa, assim como o jardim, parecia ilustrar uma classe alta, sólida e abastada, mas é claro que existiam pessoas nessa classe social que também enfrentaram dificuldades, pensou. Foram obrigados a alugar quartos e a recorrer a outras alternativas para conseguir pagar as contas.

— Comece a contar — ele pediu, depois que se sentou no quarto dela com teto inclinado e papel de parede azul. — A senhorita tinha visto uma mulher usando um gravador na cabine de telefone, foi isso mesmo?

Ela confirmou.

— Aqui no corredor. Ele é para nós que alugamos os quartos. Foi isso, ela estava lá dentro segurando um gravador encostado no telefone... um desses gravadores pequenininhos.

— Quem? — perguntou Van Veeteren.

— A senhorita Adler, ela mora aqui do lado.

— Adler? — disse Van Veeteren.

— É, Maria Adler. Somos quatro. Mas não a conheço. Ela passa a maior parte do tempo sozinha.

— Quando aconteceu isso?

— Há mais ou menos três semanas.

— Apenas uma vez?

— Sim.

— Como é que a senhorita se lembrou disso?

Ela hesitou.

— Na verdade não sei. Não pensei nisso desde então... surgiu de repente quando li sobre os assassinatos no jornal.

Van Veeteren assentiu e pensou. De qualquer maneira, parecia ser uma jovem de confiança, isso não se podia negar. Calma e sensata, e sem a menor tendência a exageros ou histerias.

E devagar, bem devagar, o pensamento começou a crescer em sua consciência marcada por anos de experiência. O pensamento de que esta poderia ser a pista certa. Que poderia ser a hora certa. Se essa jovem pálida sabia o que estava dizendo — e não tinha nada que dissesse o contrário —, não seria impossível que o assassino estivesse justamente aqui. O assassino de Ryszard Malik, Rickard Maasleitner e Karel Innings. Do outro lado da parede. Imediatamente ele sentiu suas têmporas latejarem.

Nessa casa protegida no bairro distinto de Deijkstraa. No meio de médicos, advogados, executivos e sabe lá Deus o quê mais.

Uma mulher afinal, exatamente como Reinhart tinha dito e certamente existiam alguns fatos que sugeriam isso... talvez acima de tudo aquela irritação que ele costumava sentir quando algo estava acontecendo. Um pequeno sinal que significava que agora — depois de todas aquelas horas de trabalho pesado e desespero —, agora sim, era para valer.

E estava piscando para ele justamente agora.

O sinal. A luz vermelha de advertência.

É claro que havia milhões de motivos para se usar um gravador em uma cabine telefônica, ele era o primeiro a admitir isso. Motivos legítimos, digamos assim. Mas ele simplesmente não queria acreditar neles. Não tinha a menor vontade. Queria que finalmente o cerco estivesse se fechando.

— Ali dentro então? — perguntou, apontando com a cabeça.

Ela confirmou.

— Maria Adler?

— Isso.

— Você sabe se ela está em casa agora?

Katrine Kroeller negou com a cabeça. O rabo-de-cavalo balançava.

— Não. Não a vi hoje, mas ela é muito discreta, é possível que esteja em casa.

Van Veeteren se levantou e tentou analisar a situação. Se fosse respeitar e seguir as instruções da polícia, o procedimento correto nesta situação seria chamar reforços. Deveriam ser pelo menos dois. Quem talvez estivesse lá no quarto se escondendo, podia muito bem ser a pessoa que tinha atirado a sangue-frio em três dos seus compatriotas no último mês. Ela tinha uma arma, possivelmente munição e não costumava errar o alvo.

Por sua vez, ele se deu conta de que nem estava com sua arma de trabalho. Como sempre, podia-se acrescentar.

De fato ele devia telefonar. Não demoraria até que mais dois homens chegassem.

Ele olhou ao seu redor.

— Pode me emprestar isto? — perguntou e pegou uma estatueta comprida de madeira que estava na estante de livros. Provavelmente africana. Caiu bem na sua mão. Aproximadamente 750 gramas.

— Por quê?

Ele não respondeu. Levantou-se e foi para o corredor. Katrine Kroeller foi atrás cuidadosamente.

— A primeira porta aqui?

Ela confirmou.

— Volte para o seu quarto.

Ela voltou relutante.

Com a mão esquerda, ele empurrou lentamente a maçaneta para baixo. A mão direita segurava firmemente a estátua. Percebeu que ainda suava bastante depois da sauna.

A porta se abriu. Ele atirou-se para dentro.

Em menos de dois segundos ele percebeu que o quarto estava vazio.

Mais do que vazio.

Abandonado. A hóspede que morava ali tinha partido sem intenção de voltar.

Tinha se mudado para outro lugar.

— Inferno! — disse.

Ficou durante mais alguns segundos observando o quarto totalmente nu.

Nenhum objeto pessoal. Nenhuma roupa. Nenhuma louça na pequena cozinha. A cama estava feita de maneira que dava para ver que não tinha lençóis. Apenas almofadas, o cobertor e a colcha.

— Inferno — resmungou de novo e voltou ao corredor.

A senhorita Kroeller apareceu.

— Ela foi embora — disse Van Veeteren. — Vá procurar... como se chama a sua senhoria?

— Senhora Klausner.

— Diga que eu quero conversar com ela no seu quarto imediatamente.

— Aliás, quando a senhorita viu a senhorita Adler pela última vez?

Katrine Kroeller pensou.

— Ontem, acho... isso mesmo, foi ontem à tarde.

— Aqui?

— Sim, na escada. Apenas nos cruzamos.

Van Veeteren pensou.

— Está bem, vá buscar a senhora Klausner. Posso usar o telefone aqui?

Ela abriu a porta da cabine e discou seu próprio número.

— Fique à vontade.

— Obrigado — disse Van Veeteren e telefonou para a delegacia. Depois de dois minutos conseguiram localizar Reinhart.

— Acho que a encontrei, mas ela foi embora.

— Cacete — exclamou Reinhart. — Onde?

— Deijkstraa. Parkvej 31. — Providencie alguns peritos e venha para cá... impressões digitais e toda aquela parafernália de sempre. Münster também. Espero vocês em vinte segundos.

— Estaremos aí em dez — disse Reinhart e desligou.

29

— Que horas são? disse Van Veeteren.
— Cinco e meia — disse Reinhart.
— *All right*. Münster, faça o resumo. E vocês, que ficaram em casa de bobeira, prestem bem atenção.

Com exceção de Jung e Moreno, que permaneceram incomunicáveis a tarde toda, o grupo estava completo há meia hora. Ainda era sábado, 14 de fevereiro, e finalmente o grande momento tinha chegado.

Era bem provável, de qualquer forma.

Münster folheou seu bloco.

— Essa mulher — ele começou —, que se identificou como Maria Adler, mudou-se para a casa da senhora Klausner, para um dos seus quatro quartos, no domingo, 14 de janeiro. Ou seja, há exatamente um mês. Segundo ela, ia fazer um curso de economia de três meses no Instituto Elizabeth. É verdade que existe tal curso; começou no dia 15 de janeiro, mas só dura seis semanas e não conhecem nenhuma Maria Adler. Quando se mudou, pagou metade do aluguel adiantado, não se relacionava com nenhuma das outras inquilinas e parece que deixou seu quarto de vez ontem de tarde ou de noite. Nós chegamos até ela porque Katrine Kroeller, uma das outras inquilinas, a viu com um gravador perto do telefone e nos informou depois que leu nos jornais sobre a música no telefone... bem, é mais ou menos isso.

— Isso é tudo que temos de concreto? — disse DeBries depois de uma pausa. — Não parece muito...

— Por enquanto não temos mais nada — disse Reinhart. — Mas é ela, sinto isso.

— Até agora encontramos quatro Maria Adler diferentes no país — disse Münster —, mas não é nenhuma delas. Certamente devem aparecer mais algumas, mas podemos deduzir que ela usou um nome falso.

— Essa senhoria não verificava que tipo de gente ela hospedava? — perguntou Rooth.

— A senhora Klausner acredita no lado bom das pessoas — declarou Reinhart. — Ela não sabe a idade dela, nem de onde veio... nada. O lado bom demonstra-se pagando o aluguel adiantado.

— Os nossos peritos vasculharam o quarto — disse Münster, — então logo teremos as suas impressões digitais. Se ela existir nos registros policiais, poderemos identificá-la.

— Ela simplesmente desapareceu? — perguntou Heinemann, colocando os óculos contra a luz para verificar se estavam limpos o suficiente.

— Pois é — disse o comissário. — Isso é que é duro de engolir. Se essa moça tivesse ligado ontem, poderíamos tê-la nas mãos agora.

— Típico — disse Rooth. — Afinal, como ela é?

Reinhart suspirou.

— Esse maldito retratista está lá dentro comigo, com a senhora Klausner, a garota que ligou e mais uma das inquilinas. Já está trabalhando há mais de uma hora, mas disse que vai demorar mais um pouco.

— Uma retrato falado? — disse DeBries. — Não tem uma fotografia?

— Não — respondeu Münster. — Mas nem pode ser chamado de retrato falado. Elas a viram todos os dias, durante mais ou menos um mês. Vai ser tão fiel quanto uma fotografia.

— E tem que estar em cada maldito jornal amanhã de manhã — resmungou Reinhart.

— Hmm — disse Heinemann. — E se não for ela? Pode ser alguém que fugiu do marido ou coisa parecida... Pelo que entendi, não temos nenhuma prova concreta.

Van Veeteren assoou o nariz demoradamente e alto.

— Maldito resfriado — disse. — Sim, você tem razão, claro. Mas temos que arriscar. Também sinto que é ela.

— Se ela for inocente, deve dar notícias — disse Reinhart.

— O contrário também — disse DeBries. — Se ninguém der notícias, podemos ter certeza de que é ela.

— Também podemos prever que ela deve mudar um pouco o seu visual — disse Münster.

— Com certeza — disse Van Veeteren.

Ficou um silêncio durante alguns instantes.

— Aonde será que ela foi? — disse Rooth.

— E por quê? — disse Reinhart. — É uma pergunta bem mais importante, cacete. Por que ela foi embora exatamente agora?

— No dia antes de recebermos a dica — disse Münster.

— Estranho — disse Rooth. — Mas ela pode ter terminado o serviço.

— Não é impossível — disse Van Veeteren, olhando um palito mastigado e quebrado. — Ela queria matar esses três e agora terminou o serviço.

— Vocês verificaram o álibi dela? — perguntou Rooth. — Ou melhor, confirmaram que ela não tem nenhum e se ela realmente tinha saído nessas três ocasiões...

— Já começamos — disse Van Veeteren. — Primeiro vamos esperar o retratista terminar e depois conversamos novamente com as damas. Mas acho que não vão ajudá-la em nada. Elas não sabem porra nenhuma sobre a vida das outras aqui nesta casa. A senhoria lê dois livros por dia e Maria Adler não se dava com nenhuma das outras meninas... seria pura coincidência se esbarrassem com ela nos momentos certos... ou errados, para ser mais exato.

— Entendo — disse Rooth.

— Aquele retratista ainda não acabou? — disse Reinhart. — Não é possível que seja preciso metade de um dia para desenhar um rosto. Tem mais café?

— Rooth — disse o comissário —, vá lá ver a quantas andam as coisas. Diga que ele tem que acabar isso logo para que possamos publicar nos jornais de amanhã.

— Está bem — disse Rooth e levantou-se. — *Wanted. Dead or alive*!

— Vivo (*Alive*) — disse o comissário.

— Isso é tudo — disse Jung, olhando a lista. — O que você acha?

— Então vamos torcer para ser a *Adega de Klumms* — disse Moreno. — Se não for esse, ele deve ter ido a Maardam.

— Puta que o pariu! — disse Jung. — Quantos restaurantes tem nessa cidade? Duzentos?

— Contando com bares e cafés, deve ser o dobro disso — constatou Moreno. — Que missão divertida essa. Sorte que conseguimos falar com os colegas de trabalho dele antes disso. Por que você resolveu ser policial?

— Quem não consegue ser nada na vida vira policial — disse Jung. — Bom, vamos tentar encontrar aquele garçom? Ainda existe uma chance. Depois vamos ligar para as pessoas e tentar descobrir quem estava com ele... isso antes de partir para Maardam. O que você acha?

Moreno concordou e olhou para o seu bloco de anotações.

— Ibrahim Jebardahaddan — leu. — Erwinstraat 16... é perto daquela quadra de esportes, se não me engano.

Quinze minutos depois Jung tocava a campainha de um apartamento no primeiro andar de um prédio mal conservado de três andares. Anos 50 ou início dos anos 60. O reboco estava despencando e a maioria dos nomes na lista de moradores era de estrangeiros. Uma senhora passando da meia-idade e pele cor de bronze abriu a porta.

— Pois não... com quem desejam falar? — perguntou com um sorriso discreto e um sotaque carregado.

— Ibrahim Jebardahaddan — disse Jung, que tinha ensaiado no carro e também na entrada.

— Por favor, entrem — ela disse ao indicar-lhes uma sala grande, onde havia uma dúzia de pessoas com idades variadas. Algumas crianças brincavam no chão. Uma música suave de instrumentos de corda e em tons menores podia ser ouvida de alto-falantes escondidos. Em cima de uma mesa quadrada e baixa, havia fileiras de pratos coloridos servidos em travessas. Os aromas quentes e perfumados eram quase palpáveis.

— Que cheiro delicioso — disse Jung.

— Talvez seja melhor dizer que somos policiais — observou Moreno.

— Policiais? — disse a mulher. — Mas não tinha medo na voz dela. Apenas surpresa. — Por quê...?

— Rotina — disse Jung. — Precisamos de algumas informações sobre uma certa pessoa que talvez possa ter ido ao restaurante onde Ibrahim trabalha...

Um jovem levantou-se e ficou mais atento.

— Sou eu — disse. — Trabalho na *Adega de Klumms*. Do que se trata? Vamos para o meu quarto?

O sotaque era menos carregado do que o da mulher. Ele foi na frente pelo corredor até um quarto pequeno, que não continha muito mais do que uma cama, uma cômoda baixa e alguns almofadões. Jung mostrou a fotografia de Innings.

— O senhor saberia dizer se esse cavalheiro foi ao restaurante na noite da sexta-feira da semana passada?

O jovem olhou rapidamente para a foto.

— É o Innings?

— Isso.

— Isso mesmo. Ele esteve lá na sexta-feira passada... vi na TV que ele foi assassinado. Nos jornais também. Eu o reconheci.

— O senhor tem certeza? — perguntou Moreno.

— Absoluta. Já até contei aos meus amigos que tinha visto ele... fui eu que o atendi também. Alguns dias antes de ser assassinado. Foi isso mesmo, na sexta-feira.

— Ótimo — disse Moreno. — Sabe dizer também com quem ele estava?

Ibrahim Jebardahaddan negou com a cabeça.

— Não, não vi muito bem. Era um homem e ele estava de costas, sei lá... não sei se o reconheceria.

Jung assentiu.

— Não faz mal. Provavelmente era um de seus amigos, podemos verificar isso de outra maneira. Bem, muito obrigado então...

A mulher que os recebera, surgiu na porta com o mesmo sorriso discreto.

— Já terminaram? Então vocês vão ficar e comer conosco. Por favor, fiquem à vontade.

Moreno olhou para o relógio. E depois para Jung.
— Por que não? — disse. — Obrigada, com muito prazer.
— Naturalmente — disse Jung.

Van Veeteren olhou fixamente para o retrato. Reinhart, Münster e DeBries estavam espremidos atrás dele.
— Seria ela? — disse o comissário.
Sem dúvida era um retrato muito bem desenhado. Provavelmente uma mulher entre 35 e 40. Cabelo curto, liso. Lábios finos e uma expressão meio amargurada em volta da boca. Óculos redondos, olhar um pouco introvertido. Nariz reto. Algumas rugas e imperfeições da pele.
— Ele disse que o mais difícil são os olhos — comentou Rooth. — Depende muito do momento. O cabelo é louro acinzentado, cor de rato.
— Tem uma aparência meio acabada — disse Reinhart. — Se tivermos sorte, ela está cadastrada.
— Já temos as impressões digitais? — perguntou Heinemann.
— Acho que sim — disse Münster. — Deve ter um monte. Ela morou lá durante um mês. É melhor deixar DeBries cuidar disso como de costume?
DeBries assentiu. O comissário pegou o retrato e encarou-o bem de perto com os olhos semicerrados.
— Eu me pergunto... — resmungou. — A fonte de Manon... sim, por que não?
— Do que você está falando? — perguntou Reinhart.
— Nada — disse o comissário. — Estou apenas pensando alto. Bom, Münster, providencie para que esse retrato saia em todos os malditos jornais do país... — Ele vasculhou por alguns instantes entre os papéis da escrivaninha. — ... junto com esse comunicado — acrescentou.
— Além disso, o melhor que fazemos agora é ir para casa dormir. Amanhã de manhã quero todos aqui às nove. Vamos ser bombardeados com pistas e especulações. Com um pouco de sorte pegaremos ela amanhã.
— Duvido — disse Reinhart.
— Eu também — disse o comissário. — Estou só tentando espalhar otimismo e confiança no futuro. Boa-noite, meus caros.

30

O DIA 18 de fevereiro, um domingo, chegou com brisas suaves e um presságio discreto de primavera. Para aqueles que tinham tempo de observar os presságios.

Van Veeteren se levantou às seis horas, apesar de ter ficado escutando Sibelius e Kuryakin até bem tarde da noite. Ele pegou o *Allgemejne* na caixa de jornais e constatou que o retrato falado de Maria Adler estampava a primeira página. Depois entrou no banheiro e tomou uma longa chuveirada, esfriando a água gradualmente, enquanto tentava imaginar como seria esse dia que tinha pela frente.

Que seria longo — mais um de muitos —, não havia a menor dúvida. Mas ele também sabia que existia uma pequena chance, uma possibilidade de ser o último dessa investigação. Quer dizer, podia ser o dia da captura. De prender o criminoso... a mulher. Depois, logicamente, outras medidas seriam tomadas, outras ações seriam necessárias — interrogatórios, pedidos de detenção e outras providências formais do sistema jurídico, mas isso era outra história. A caçada teria chegado ao fim. Isso não significava que o seu papel estaria totalmente encerrado, mas a responsabilidade seria de outras pessoas. Outros personagens muito mais preparados para esse tipo de espetáculo... A questão era apenas esta? Pensou. Seriam exatamente esses os ingredientes que o motivavam — colocar os dentes na presa e entregá-la aos pés do caçador/juiz de casaco vermelho/toga preta? Instinto de cão de caça?

Que bobagem!, concluiu, enquanto tomava a última chuveirada apenas com água fria. Essas analogias arbitrárias.

Ele saiu do chuveiro e, em vez disso, passou a se concentrar no café-da-manhã. Café fresco, iogurte e quatro torradas com manteiga e queijo forte. Nunca sentiu muita fome de manhã, mas hoje obrigou-se a comer. Entendeu que não podia começar um dia como esse com café e um cigarro, que durante muitos anos tinha sido a sua preferência absoluta quando se tratava de enfrentar a realidade e a vida matinal.

Mas por outro lado, pensou enquanto analisava o retrato no jornal, essa chance, essa pequena intuição que o animava e lhe dizia que o dia traria bons frutos, não era muito grande. Talvez nada mais do que uma vaga esperança e uma ilusão que ele precisava para conseguir ir trabalhar em um domingo de fevereiro.

E quem, diabos, não precisaria disso?

De qualquer maneira, a mulher que por enquanto ele conhecia apenas como Maria Adler lhe inspirava respeito. Se é que respeito era a palavra adequada nesta situação.

Alguém que de certa forma o impressionava. E assustava, naturalmente. A sensação de que ela tinha total controle sobre o que estava fazendo era incontestável. A sua maneira de simplesmente atacar e depois se retirar — em todos os episódios — comprovava seu sangue-frio e sua determinação. Ela ficou escondida na casa da senhora Klausner durante um mês, executou seus planos com uma precisão infalível e agora tinha desaparecido.

E enquanto fitava aquele rosto comum e um pouco enigmático, tentava analisar qual seria o possível significado desse desaparecimento.

Ou — como alguém também já tinha sugerido — significava simplesmente que ela tinha terminado o serviço. A sua intenção era assassinar justamente aquelas três pessoas por uma razão que a polícia ainda não tinha a menor idéia do que fosse, e como obviamente tinha terminado, escolheu sair de cena.

Ou então — constatou ele, salpicando uma porção considerável de granola no iogurte — ela percebeu que era muito arriscado continuar no mesmo lugar. Sabia (como?) que agora era hora de mudar de esconderijo.

Ou também — uma idéia que não podia ser descartada — ela optou por se locomover para mais perto da próxima vítima. E ficar em uma posição estratégica para agir, por assim dizer. Malik, Maasleitner e Innings moravam a uma distância confortável de Deijkstraa — dois na própria cidade e o terceiro a uma distância de uns 10 quilômetros apenas. Se de fato a senhorita Adler tinha mais nomes na sua lista e essas pessoas pertenciam àquele grupo que morava em outros lugares do país (ou até no exterior), ela teria então bons motivos para providenciar uma nova base de operações.

Van Veeteren mordeu um sanduíche. Se existiam outras possibilidades além dessas três, pelo menos nesse momento ele não conseguia pensar em nenhuma. Logicamente ele viu que a número dois não excluía a número um, nem a número três, mas com respeito às outras probabilidades, nenhuma lhe parecia mais provável do que a outra.

Talvez tenha terminado a matança.

Talvez tenha sentido o cheiro dos seus perseguidores.

Talvez esteja no encalço do número quatro.

Às 8h15 ele terminou o café-da-manhã e o jornal. Enquanto contemplava o céu pálido e nem tão sinistro assim através da porta da varanda por uns instantes, ele também resolveu, excepcionalmente, ir a pé até a delegacia.

O resfriado parecia ter sido definitivamente vencido e, portanto, achava que tinha bons motivos para continuar desfrutando um bom início desse dia de descanso — que, no final das contas, ele não iria respeitar nem um pouco.

Foi um pouco pior do que tinha imaginado.

Até a hora do almoço, o retrato falado da mulher procurada e conhecida como Maria Adler já tinha sido espalhado por todos os cantos e becos do país. As únicas pessoas que conseguiram escapar dele provavelmente eram cegas ou ainda dormiam por conta da ressaca do sábado.

Pelo menos essa era a opinião do inspetor Reinhart.

O número de denúncias recebido até as 11 horas já tinha passado de quinhentos, e pouco mais de uma hora depois esse número já tinha dobrado. Na central telefônica da delegacia, quatro pessoas estavam encarregadas de atender as ligações; dois homens faziam a primeira triagem, separando-as em dois (depois em três) grupos de importância. Em seguida o material era enviado para o quarto andar do prédio, onde Van Veeteren e os outros tentavam fazer uma avaliação final e decidir sobre futuras providências e o acompanhamento desse trabalho.

Mais três mulheres que se chamavam Maria Adler (além das quatro que Münster tinha localizado antes) entraram em contato. Nenhuma delas tinha qualquer ligação com os assassinatos ou parecia gostar muito do seu nome nesse dia. A pobre esposa do prefeito de Frigge, que tinha um nome completamente diferente, mas era a cópia fiel do retrato falado do jornal, tinha sido denunciada por quatro pessoas diferentes da sua cidade. Aos prantos, ela mesma tinha telefonado à polícia local e ao Quartel Central de Maardam. O prefeito pretendia apresentar uma queixa.

Entretanto, a maioria dos telefonemas era de pessoas do bairro de Deijkstraa. Todas informaram — e com certeza era verdade — que tinham dado de cara com a suposta senhorita Adler em vários lugares diferentes durante o mês em que ela morou com a senhora Klausner. No supermercado. No correio. Na rua. No ponto de ônibus da esplanada... e assim por diante. Apesar de a maioria das observações ser absolutamente correta, elas tinham naturalmente pouco valor para as futuras investigações.

Basicamente eles estavam atrás de dois tipos de informação e que também tinham sido destacados no comunicado divulgado nos jornais e nas transmissões de rádio e TV.

Em primeiro lugar, qualquer fato que pudesse (direta ou indiretamente) ligar a suspeita a algum dos locais dos crimes.

Em segundo lugar, testemunhas que pudessem informar para onde a senhorita Adler foi depois de ter deixado a casa da senhora Klausner na tarde da sexta-feira.

Lamentavelmente poucas informações foram registradas sob essas duas categorias até meio-dia. Possivelmente havia indícios de que Maria Adler tinha embarcado em um trem em direção ao norte, mais ou menos às seis da tarde de sexta-feira. Uma testemunha alegou tê-la visto dentro da estação, uma outra na plataforma, enquanto estava esperando um amigo — uma mulher que na verdade não correspondia totalmente ao retrato falado veiculado na mídia, mas que mesmo assim poderia ter sido ela.

Se essas duas informações estavam corretas, provavelmente se tratava de um trem que partira às 18h03. Alguns minutos depois de meiodia e meia, Van Veeteren decidiu publicar outro comunicado na mídia — um apelo a todos que viajaram justamente neste trem para entrar em contato e dar informações.

Cerca de duas horas depois alguns passageiros ligaram para a delegacia, mas praticamente com nenhuma informação muito útil. Na verdade eram basicamente um monte de detalhes desinteressantes e suposições; portanto, tudo levava a crer que a pista do trem (como Reinhart se referia a ela) não era tão quente assim.

Às três horas podia-se notar um certo esgotamento por parte das chefias da investigação. Estavam sentados — e assim tinham permanecido o dia todo — em duas salas, a de Van Veeteren e de Münster, que ficavam lado a lado, e o número das pilhas de papéis e de canecas de café vazias tinha aumentado sem parar durante seis horas.

— Puta que o pariu! — exclamou Reinhart — É aquela velha de novo. Aquela que a viu em Bossingen, Linzhuisen e Oosterbrügge. Agora deu de cara com ela na igreja em Loewingen também.

— Devíamos ter um mapa melhor — disse DeBries. — Com bandeiras ou algo do gênero. Acho que há várias pistas de Aarlach, por exemplo. Seria mais fácil...

— Tratem de providenciar um você e Rooth — disse Van Veeteren. — Vá para sua sala para não serem incomodados.

DeBries comeu os restos de um pão doce e foi buscar Rooth.

— Isso é um trabalho de quinta categoria — disse Reinhart.

— Eu sei — disse Van Veeteren —, não precisa me lembrar.

— Estou começando a achar que ela realmente é a mulher mais observada do país. Caramba, já foi vista em tudo que é lugar. Em restaurantes, jogos de futebol, estacionamentos, cemitérios, táxis, ônibus, lojas, filas de cinema...

Van Veeteren olhou para cima.

— Espere um pouco — disse. — Repita o que disse!

— O quê? — disse Reinhart.

— A lista que você acabou de falar.
— A troco de quê, cacete?
Van Veeteren fez um sinal com as mãos.
— Esqueça. Cemitérios...
Ele pegou o telefone e ligou para o policial de plantão.
— Klempje? Localize o policial Klaarentoft imediatamente. Peça para vir até a minha sala.
— Do que se trata? — perguntou Reinhart.

Para variar um pouco, tudo deu certo e meia hora depois a cabeça de Klaarentoft surgiu na porta, depois de ter batido discretamente.
— O senhor queria falar comigo, comissário?
— As fotografias! — exclamou Van Veeteren
— Que fotografias? — perguntou Klaarentoft, que tirava em média mil fotografias por semana.
— Do cemitério, é claro! O enterro de Ryszard Malik. Quero vê-las.
— Todas?
— Sim. Cada maldita fotografia.
Klaarentoft ficou confuso.
— Você ainda as tem?
— Tenho, mas só estão reveladas. Ainda não fiz cópias.
— Klaarentoft — disse Van Veeteren, enquanto apontava ameaçadoramente para ele com um palito. — Então vá para o laboratório e providencie-as! Quero todas aqui em uma hora.
— Certo, sim, claro — gaguejou Klaarentoft e saiu.
— Se terminar antes, não tem problema nenhum! — gritou o comissário para ele.
Reinhart levantou-se e acendeu o cachimbo.
— Gostei do estilo de dar ordens — comentou. — Você acha que ela estava lá ou o que você está procurando?
Van Veeteren assentiu.
— Apenas uma intuição.
— Nada mal em ter uma intuição uma vez ou outra — disse Reinhart e soltou uma nuvem de fumaça. — Aliás, como Jung e Moreno estão se saindo? Com relação a Innings e àquela noite de sexta-feira.

— Não sei — disse Van Veeteren. — Parece que acharam o lugar, mas ninguém que estava com ele.

Reinhart assentiu.

— E o Heinemann, está fazendo o quê?

— Provavelmente na sala dele, examinando os movimentos bancários — disse Van Veeteren. — Melhor assim, isso aqui é um pouco demais para ele.

— Na verdade está começando a ficar demais para mim também — disse Reinhart e sentou-se na cadeira de novo. Confesso que preferiria que ela se apresentasse espontaneamente. Não podemos fazer este apelo no próximo comunicado da imprensa?

Bateram na porta. Münster entrou e sentou-se no canto da mesa.

— Pensei em uma coisa — ele disse. — Essa mulher deve ter no máximo 40 anos. Significa que ela tinha no máximo 10 quando eles estavam no serviço militar.

— Eu sei — resmungou o comissário.

Reinhart coçou a testa com o cabo do cachimbo.

— E o que você quer dizer com isso?

— Bem — continuou Münster —, pensei que você fosse concluir isso sozinho.

KLAARENTOFT LEVOU MENOS de 40 minutos para fazer as cópias e quando colocou-as na mesa de Van Veeteren, ficou dentro da sala como se esperasse algum tipo de recompensa. Uma gorjeta, algo para beliscar ou pelo menos algumas palavras de reconhecimento e elogios. Entusiasmado, o comissário começou a olhar as fotografias, mas Reinhart percebeu a expectativa do grandão.

— Hmmm — ele disse.

Van Veeteren ergueu os olhos.

— Está bom, Klaarentoft — disse. — Muito bom. Acho que não preciso de mais nada por hoje.

— Obrigado, senhor comissário — disse Klaarentoft e foi embora.

Van Veeteren folheava as cópias brilhantes.

— Aqui! — ele gritou de repente. — E aqui! Puta que o pariu!

Ele folheou o resto rapidamente.

— Venha cá, Reinhart! Dê uma olhada nessas. Aqui está ela.

Reinhart se inclinou sobre a mesa e analisou as fotos de uma mulher com uma boina escura e um sobretudo claro. Uma de perfil, a outra quase totalmente de frente... certamente tinham sido tiradas com um intervalo bem curto, o fotógrafo tinha apenas mudado de posição... ela estava na mesma sepultura e parecia concentrada, lendo o que estava escrito na lápide um pouco coberta de musgo. Um pouquinho curvada e com uma mão esticada para afastar uma trepadeira...

— Isso mesmo — disse Reinhart —, é ela com certeza.

Van Veeteren arrancou o telefone e chamou o policial de plantão.

— O Klaarentoft já foi?

— Não.

— Detenha-o quando chegar aí e mande-o voltar aqui novamente — ordenou e desligou o telefone.

Dois minutos depois Klaarentoft estava lá de novo.

— Ótimo — disse Van Veeteren. — Pode ampliar estas duas?

Klaarentoft pegou as fotos e ficou olhando para elas.

— Claro — ele respondeu. — É a...

— Sim?

— É ela? A Maria Adler?

— Pode apostar nisso, Klaarentoft — disse Reinhart.

— Nunca diria que havia algo de misterioso com ela.

— Que faro infalível — disse Reinhart quando Klaarentoft já tinha saído.

— É — disse Van Veeteren. — Ele também tirou 12 fotos do padre. Talvez seja melhor detê-lo de uma vez.

— Finalmente — disse Reinhart, quando se deitou na banheira atrás de Winnifred Lynch. — Que dia de cão. O que você fez hoje?

— Li um livro.

— O que é isso? — perguntou Reinhart.

Ela riu.

— Como vão as coisas? Imagino que vocês não a prenderam ainda.

— Não — disse Reinhart. — Mais de 1.300 pistas, mas não sabemos nem onde ela está, nem quem é. Caramba, tinha quase certeza de que tudo se resolveria hoje.

— Bem — disse Winnifred Lynch e se apoiou contra o peito dele. — Ela só precisa de uma peruca... vocês não têm nenhuma pista?

— Parece que foi para o norte — disse Reinhart. — Ela pode ter pego um trem. Amanhã vamos falar com um cara que acha que estava no mesmo compartimento que ela... ligou um pouco antes de eu vir embora.

— Então, será que vai ter mais?

Reinhart encolheu os ombros.

— Não sei. Também não sabemos o motivo.

Ela pensou.

— Você lembra que eu disse que devia ser uma mulher?

— Lembro, lembro — disse Reinhart meio irritado.

— Uma mulher ofendida.

— É.

Ela passou os dedos lentamente pelas coxas dele.

— Há muitas maneiras de se ofender uma mulher, mas uma é infalível.

— Estupro?

— Mas ela tinha no máximo 10 anos quando eles terminaram o serviço militar — disse Reinhart. — Deve ter no máximo 40 agora. O que você acha?

— Não, impossível — disse Winnifred Lynch. — Mas deve haver alguma coisa desse tipo por trás dessa história.

— Bem possível — disse Reinhart. — Você não pode olhar um pouco mais fundo na sua bola de cristal e me contar onde ela está se escondendo também? Não, vamos deixar isso de lado por enquanto. Que livro você estava lendo?

— *Toda a vida pela frente* — disse Winnifred Lynch.

— Emile Ajar?

— Isso.

— E?

— Acho que preciso ter um filho.

Reinhart encostou a cabeça nos azulejos e fechou os olhos. De repente sentiu como se duas imagens absolutamente incompatíveis surgissem em sua mente, mas foi tão rápido que ele nem teve tempo de entender o significado.

Se é que havia algum.

— Posso lhe dar um? — ele perguntou.

— Se realmente quiser — ela respondeu.

31

— É — disse Münster. — Ela pode ter pego aquele trem. Ele parece ter certeza.

— Ótimo — disse Van Veeteren — E para onde ela foi?

Münster balançou a cabeça.

— Infelizmente — disse —, ele saltou em Rheinau, mas ela continuou, então... isso quer dizer que ela foi além de Rheinau.

— Deve haver mais gente que a viu? — disse Reinhart.

— É o que a gente imagina. De qualquer maneira, segundo Pfeffenholtz, havia mais uma pessoa no mesmo compartimento.

— Pfeffenholtz?

— Isso, é o nome dele. Mas tinha mais uma pessoa todo o tempo desde Maardam. Um *skinhead*. Parece que também continuou no trem por mais tempo.

— Opa! — exclamou Reinhart.

— Óculos escuros, walkman e uma revista em quadrinhos — explicou Münster. — Entre 18 e 20 anos mais ou menos. Comia balas o tempo todo e tinha uma cruz tatuada acima da orelha direita.

— Uma suástica? — perguntou Reinhart

— Tudo indica que sim — suspirou Münster. — O que vamos fazer? Sair ao seu encalço?

Van Veeteren resmungou.

— Suástica e balas — disse. — Porra, me tira dessa! Manda outro sair atrás de filhotes de nazistas. Mas esse Pfeffenberg...

— ...holtz — disse Münster.

— Isso, Pfeffenholtz. Ele parece saber do que está falando, não é? Münster confirmou.

— E então — disse Van Veeteren. — Vá até a sua sala e veja quem são os mais prováveis naquele grupo da Escola Militar... ou seja, aqueles que moram ao norte de Rheinau. Volte quando estiver pronto.

Münster se levantou e desapareceu pela porta.

— Você pensou sobre o motivo? — perguntou Rheinhart.

— Durante um mês — resmungou o comissário.

— Ah é? Então, o que você acha? Estou começando a pensar em estupro.

Van Veeteren levantou os olhos da sua mesa.

— Explique — disse.

— Deve se tratar de uma mulher que quer se vingar de alguma coisa — disse Reinhart.

— É possível.

— Um estupro se encaixa bem neste caso.

— É possível — repetiu o comissário.

— Só a idade dela é que complica um pouco. Ela devia ser muito jovem naquela época, apenas uma criança.

Van Veeteren bufou.

— Mais jovem do que você pensa, Reinhart.

Reinhart ficou em silêncio, olhando para o nada durante alguns segundos.

— Bem — ele disse depois. — É obviamente uma possibilidade. Desculpa pela minha lentidão, comissário.

— Não tem problema — disse Van Veeteren e voltou a mexer nos papéis.

DeBries chegou na mesma hora que Jung e Moreno.

— Posso começar? — disse DeBries — É rápido.

Van Veeteren concordou.

— Ela não consta nos registros.

— Que pena — disse Reinhart. — Bom, também na atual conjuntura talvez não ajudaria saber quem ela é. Mas seria interessante, é claro.

— Innings? — perguntou Van Veeteren depois que DeBries saiu da sala.

— Certo — começou Moreno. — A questão do restaurante está resolvida. Ele foi à *Adega de Klumms*, em Loewingen, mas não conseguimos descobrir quem estava junto.

— Ótimo — disse Van Veeteren. — A idéia é essa. Verificaram tudo a fundo?

— Absolutamente tudo e todos — disse Jung. — Perguntamos a todos os colegas, amigos e parentes até a sétima geração. Ninguém esteve com Innings naquela sexta-feira.

O comissário quebrou um palito com cara de satisfeito. Tão satisfeito quanto ele conseguia demonstrar, o que não era muita coisa. Entretanto, Reinhart observou o seu comportamento.

— O que você tem? — disse. — Não está passando bem?

— Hmm — disse Van Veeteren. — Vocês têm testemunhas do restaurante pelo menos?

— Apenas um garçom — respondeu Moreno. — E ele não conseguiu ver muito da pessoa que estava com Innings. Disse apenas que era um homem com uns 50 ou 60 anos... e aparentemente estava de costas.

— Isso posso apostar que estava — disse Van Veeteren. — Muito bem, pegue aquelas fotografias do grupo do serviço militar... as novas, naturalmente, e pergunte se ele pode reconhecer alguém.

Jung assentiu.

— O senhor acha que ele estava jantando com algum deles, comissário?

Van Veeteren estava com uma expressão enigmática.

— Aliás — disse —, sejam um pouco generosos quando pedirem para ele fazer a identificação... se ele hesitar, diga para escolher três ou quatro entre os mais prováveis.

Jung concordou novamente. Moreno olhou para o relógio.

— Hoje? — perguntou esperançosa — São quatro e meia.

— Agora — disse Van Veeteren.

Quando chegou em casa, Heinemann telefonou.

— Descobri uma conexão — ele disse.

— Entre o quê?

— Entre Malik, Maasleitner e Innings. Posso explicar agora pelo telefone?

— Estou escutando — respondeu Van Veeteren.

— Bom, vamos lá — começou Heinemann. — Verifiquei os extratos bancários dos três. É mais delicado do que se pode imaginar. Certos bancos, como o Spaarkasse, têm alguns procedimentos que são, no mínimo, estranhos. Não deve ser muito divertido dedicar-se ao crime financeiro, mas talvez seja essa a intenção...

— O que você descobriu? — perguntou Van Veeteren.

— Humm... existe uma coincidência.

— Qual?

— O mês de junho de 1976 — explicou Heinemann. — No dia 8 de junho, Malik retirou 10 mil florins da sua conta no Cuyverbank. No dia 9, Maasleitner retirou o mesmo valor do Spaarkasse. No mesmo dia, Innings conseguiu um empréstimo de 12 mil no Landtbank.

Van Veeteren refletiu por alguns instantes.

— Ótimo, Heinemann — disse depois. — O que você acha que isso significa?

— Nunca se sabe com certeza — disse Heinemann. — De qualquer forma, uma chantagem não parece ser totalmente impossível.

Van Veeteren refletiu de novo.

— Você sabe o que deve fazer agora?

Heinemann suspirou.

— Sei — ele responde. — Cuidarei disso então.

— Você tem que verificar se outros do grupo fizeram transações semelhantes na mesma época.

— Certo — disse Heinemann. — Começo amanhã.

— Não fique tão desanimado — disse o comissário. — Você pode começar com aqueles que moram ao norte, talvez seja suficiente. Fale com Münster e receberá a lista amanhã de manhã.

— *All right* — disse Heinemann. — Agora preciso tomar conta das crianças.

— Crianças?— perguntou o comissário pasmo. — Seus filhos já são adultos, não?

— Netos — disse Heinemann, suspirando de novo.

Pois é, pensou Van Veeteren depois de desligar o telefone. O grupo está encolhendo. O cerco está se fechando.

Ele pegou uma cerveja na geladeira. Colocou para tocar as *Variações Goldberg* e afundou-se na poltrona. Espalhou as fotografias no colo e começou a estudá-las com uma leve sensação de espanto.

Trinta e cinco jovens.

Cinco mortos.

Três deles por intermédio dessa mulher.

Essa mulher com um ligeiro sorriso, boina escura e sobretudo claro. Levemente debruçada sobre uma lápide. Uma pequena marca de nascença na bochecha esquerda. Ele não conseguia lembrar dela do retrato falado, mas também não era maior do que a unha do dedo mindinho.

Sem dúvida Klaarentoft tinha feito uma ampliação excelente e quando estava lá sentado observando o rosto dela, ele teve a impressão de que ela havia levantado ligeiramente o olhar. Levantou os olhos apenas um pouco acima da borda da lápide e olhou para ele.

Descaradamente, ele achou. Até um pouco sacana, mas ao mesmo tempo séria.

E muito, muito... determinada.

Quantos anos você tem na verdade? Pensou.

E quantos estão na sua lista?

32

Mas logo a seguir tudo emperrou.

A nítida sensação de que as investigações, que já estavam entrando no segundo mês, pareciam estar no rumo certo durante o final de semana — motivada, entre outros fatores, pela descoberta da suposta Maria Adler na casa de Deijkstraa e da ida de Innings ao restaurante —, mostrou-se ter sido um pouco precipitada. Em vez de culminar no cerco e na prisão do criminoso (mulher) por trás dos três assassinatos, todos os esforços realizados lembravam mais algo que lenta e implacavelmente acabava em nada.

— Estamos andando à deriva — constatou Reinhart na quinta-feira de manhã. — Nada de terra à vista!

E o comissário só podia concordar com ele. O que chamavam de pista do trem — que indicava que Maria Adler teria partido no trem de 18h03 da Estação Central de Maardam, rumo ao norte — não podia ser confirmada, nem descartada. As informações relevantes do testemunho de Pfeffenholtz continuavam do mesmo jeito. Nenhum *skinhead* comedor de balas se apresentou. Nem tampouco algum outro passageiro mais observador. Talvez a senhorita Adler tivesse ido a algum lugar depois de Rheinau, talvez não.

Mas ainda que fosse verdade, como Reinhart também observou, o que indicaria que ela ainda continuava lá? Ou que a sua intenção com a mudança era exatamente o que eles tinham imaginado?

Nada, ele mesmo respondeu à sua pergunta retórica.

Seguindo as instruções de Van Veeteren, na tarde da quinta-feira Jung e Moreno interrogaram novamente Ibrahim Jebardahaddan, em Loewingen. Primeiro o jovem iraniano mostrou-se hesitante em conseguir identificar alguém, mas depois que Moreno explicou que não era nada muito importante ou sério, ele até foi capaz de identificar cinco pessoas do grupo do serviço militar que talvez pudessem ter estado com Innings naquela sexta-feira.

Quando o comissário viu a lista com os nomes, não pareceu particularmente satisfeito com o resultado. Por isso Jebardahaddan teve que se apresentar na delegacia na quinta-feira para uma nova confrontação com as fotografias.

Desta vez as fotografias dos cinco indicados foram misturadas em parte com outros do grupo e em parte com outras trinta pessoas totalmente irrelevantes. O que aconteceu então foi que a testemunha conseguiu indicar apenas dois dos cinco rostos apontados antes. Ambos moravam ao sul de Maardam, sendo que um deles um tanto longe ao sul, mais precisamente na África do Sul.

Depois que Ibrahim Jebardahaddan deixou a delegacia com as pernas trêmulas, Moreno constatou que foi a primeira vez que ela o via de óculos, e houve o consenso geral de que a pista do restaurante parecia, pelo menos por enquanto, com uma rua sem saída.

Quanto aos contatos com aqueles que ainda não tinham sido assassinados (expressão usada por Reinhart), o grupo agora somava 25 pessoas (sem contar os estrangeiros), e na quarta-feira foi possível comparar e apresentar os resultados dos novos interrogatórios feitos com eles. A opinião de que Karel Innings era uma pessoa que ficava entre Malik e Maasleitner durante o serviço militar foi quase unânime. A maioria lembrava dele como um jovem bastante querido, extrovertido e alto-astral. Sem qualquer ligação mais forte nem com Malik nem com Maasleitner.

Até onde eles pudessem se lembrar.

Dois do grupo se recusaram a dar declarações — segundo a polícia local, por algum motivo obscuro. Alguns também recusaram qualquer tipo de proteção ou vigilância, enquanto três não puderam ser contactados por estarem viajando.

A conexão entre as três vítimas limitou-se portanto às transações bancárias de junho de 1976 descobertas por Heinemann, mas não foi possível detectar transações semelhantes de outros membros do grupo na mesma época.

— Mais complicado do que se pode imaginar — declarou quando entregou o relatório na reunião de sexta-feira. — A princípio é preciso ter uma nova autorização para cada conta nova que precise ser investigada.

— Sei — suspirou o comissário. — Sabemos que interesses eles estão protegendo. Onde estamos afinal? O que você tem a dizer, Reinhart?

— No mesmo lugar — disse Reinhart. — Já se passaram nove dias desde o assassinato de Innings. Uma semana desde que ela foi embora de Deijkstraa... enfim, ela teve bastante tempo para se esconder.

— Eu acho que ela já terminou — disse Rooth.

— Não concordo — afirmou Reinhart.

— Vamos ficar de olho especialmente naqueles que estão na lista de Münster — sugeriu DeBries. — Ou seja, aqueles que moram ao norte.

— Você acha que vale a pena? — perguntou o comissário.

— Puta que pariu, claro que não! — exclamou Reinhart. — A única coisa à qual devemos nos dedicar por enquanto é um longo fim de semana de folga.

— Alguém tem algo contra a sugestão do inspetor Reinhart? — perguntou o comissário exausto e depois que um silêncio sepulcral se instalou na chefia da investigação.

— Está bem — respondeu Van Veeteren. — Se nada especial acontecer, nos encontramos segunda-feira de manhã, às nove horas. Não esqueçam que temos mais de 2 mil pistas para analisar.

ALGUMAS HORAS DEPOIS, quando o comissário caminhava em direção ao clube, no beco de Styckar, ele esbarrou com o gerente Urwitz na porta, que amparava pelos braços um médico de doenças infecto-contagiosas muito embriagado.

— Preciso mandá-lo embora — explicou. — Ele fica cantando, chorando e molestando as mulheres.

Van Veeteren concordou e ajudou a levar o médico pela escada, até o táxi que estava esperando. Sempre acontece alguma coisa, pensou resignado. Deixaram o fardo no banco de trás.

— Para onde ele vai? — perguntou o motorista com um olhar cético.

Urwitz apelou para Van Veeteren.

— Você o conhece?

— Mais ou menos — respondeu encolhendo os ombros.

— Ele diz que a mulher está com o amante em casa e que não pode ir para casa. Será que é verdade?

— Não tenho a menor idéia — respondeu o comissário. — Se realmente tem uma mulher, talvez não seja boa idéia mandá-lo para casa de qualquer maneira.

O gerente concordou e o motorista mostrou-se ainda mais cauteloso.

— Decidam ou tirem-no do carro — afirmou.

— Leve-o para a delegacia de Zwille — disse Van Veeteren. — Diga que V.V. mandou um abraço e peça que sejam gentis com ele e deixem-no dormir.

— V.V.? — perguntou o motorista

— Isso — confirmou Van Veeteren, e o táxi foi embora.

— *O tempora, o mores* — suspirou Urwitz e acompanhou Van Veeteren até a abóbada, no andar debaixo.

— Você parece um pouco sério — comentou Mahler quando o comissário sentou-se na mesa. — Já começou a quaresma?

— Vivo como um asceta o ano inteiro — declarou Van Veeteren. — Vai uma partida?

— Claro — disse Mahler e começou a arrumar as peças. — Segundo fiquei sabendo, a dama trapaceira continua aprontando?

Van Veeteren não respondeu. Em compensação tomou meio copo de cerveja.

— E aquele incidente sobre o qual falamos — Mahler prosseguiu —, você conseguiu descobrir?

O comissário confirmou e ajeitou as suas peças.

— Acho que sim — respondeu. — Mas enquanto não descubro quando foi, continuo puto e no mesmo lugar.

— Entendo — disse Mahler. — Absolutamente nada — acrescentou depois de um tempinho.

— Não faz mal — disse Van Veeteren. — De qualquer maneira, decidi ficar quieto e esperar alguns dias. Deixar ela fazer uma jogada...

— Matar mais um?

— Espero que não — suspirou Van Veeteren. — Por falar em jogada...

— *All right* — disse Mahler e debruçou-se sobre a tábua iniciando seu ato de concentração.

Quando Van Veeteren deixou o clube, pouco depois de meia-noite e meia, tinha dois empates e uma partida ganha, e como não estava chovendo, ele teve a impressão — apesar das adversidades da investigação — de que ainda assim a vida se mantinha com o nariz acima do nível da água.

Porém, em Kongers Plejn, percebeu que era uma avaliação um tanto precipitada. Tinha acabado de dobrar a esquina, quando caiu direto nos braços de uma gangue de jovens que berrava e aparentemente estava apenas esperando a vítima certa.

— Coroa de merda! — rosnou um jovem de ombros largos e cabelos curtos e ruivos que o imprensou contra a parede. — A grana ou porrada?

Porrada, pensou Van Veeteren antes que um outro adolescente o atingisse no rosto com as costas da mão. Ele sentiu imediatamente o gosto de sangue na língua.

— Sou policial — disse.

A resposta foi um riso sarcástico.

— Os policiais são os nossos favoritos — disse aquele que o tinha imprensado contra a parede, enquanto os outros riam em êxtase.

O que o acertara antes bateu novamente, mas Van Veeteren desviou ao mesmo tempo em que deu uma joelhada entre as pernas do ruivo de cabeça raspada.

Gemendo, ele se encolheu todo.

— Coroa de merda! — repetiu um dos que estavam atrás e avançou.

Van Veeteren desferiu um soco com a direita e conseguiu acertar em algum lugar na área do nariz. Pelo menos ouviu nitidamente como se fosse algo parecido com cartilagem. E pelo que podia sentir, não se tratava de sua própria mão.

Aquele que ele tinha atingido se retirou, mas logo foi o fim das vitórias. Os outros três que restavam — ilesos — derrubaram o comissário na calçada e começaram a surrá-lo.

Ele se encolheu como um porco-espinho e, durante todo o tempo em que levava socos e chutes, só pensava: Malditos pirralhos! Onde estão seus pais agora?

Depois de alguns instantes — provavelmente não mais que 10 ou 15 segundos —, eles o deixaram. Fazendo muito barulho, deram no pé rapidamente.

— Que inferno também — resmungou Van Veeteren e se levantou com cuidado. Sentiu como estava sangrando nos lábios e também numa ferida acima da sobrancelha, mas quando começou a mexer os braços e as pernas, percebeu que estava relativamente ileso.

Ele olhou ao redor da praça deserta.

Onde foram parar todas as testemunhas? Pensou ao retomar sua caminhada interrompida para casa.

Um pouco mais tarde, quando examinou seu rosto no espelho do banheiro, percebeu afinal que tinha sido uma decisão acertada tirar uma folga da investigação no fim de semana.

Um chefe de investigação com essa aparência não serviria como uma fonte de inspiração para o pessoal.

Depois telefonou para a delegacia — como cidadão — e registrou as agressões. Também pediu insistentemente, como comissário, para ele mesmo se encarregar de um ou outro interrogatório se conseguissem pegar os jovens delinquentes.

— Eram imigrantes? — perguntou o policial de plantão.

— Não — respondeu Van Veeteren. — Provavelmente pitboys. Por que seriam imigrantes?

Não obteve resposta.

Depois de ter se lavado e ido para a cama, ficou surpreso com o fato de não ter sentido medo durante todo aquele incidente.

Apenas indignado e irritado, mas não com medo.

Obviamente devo ser velho demais para isso, pensou.

Ou então seria preciso coisas muito piores.

Ou então — ocorreu-lhe quando estava quase dormindo — não sentia mais medo por ele mesmo.

Apenas quando se tratava de outras pessoas.

Da sociedade. Do progresso.

Da vida?

E lembrou de uma adivinhação idiota que Rooth tinha dito outro dia.

Pergunta: Qual o modo mais fácil de se fabricar acidentes hoje em dia?

Resposta: É só colocar duas cervejas em um *pitboy*.

Depois dormiu.

VIII

16 de fevereiro a 9 de março

33

O Hotel Pawlewski, bem como o próprio senhor Pawlewski, já havia tido dias melhores.

E hóspedes.

Estes em particular ele já acompanhava há cinqüenta anos ou mais, enquanto ele mesmo ainda era obrigado a subir em um banquinho azul e descascado para poder enxergar alguma coisa por cima do balcão da recepção. Isso quando o pai Pawlewski e o avô Pawlewski ainda dirigiam os negócios. Quando sua mãe e sua avó eram responsáveis pela sala de jantar e pelo depósito de roupas de cama e mesa e por manter as cozinheiras e os porteiros sob controle. Quando o século era mais jovem.

Desde então as águas tinham rolado por debaixo das pontes. Muita água. O banquinho estava agora embaixo de uma palmeira no quarto dele no hotel, na antiga suíte nupcial do quinto andar. E há 25 anos ele não via um porteiro.

Tudo tem sua época.

Biedersen passou as três primeiras noites no bar na companhia de vários uísques e da clientela heterogênea e duvidosa, sendo que a metade era formada por hóspedes temporários e a outra metade por clientes habituais e introvertidos que ficavam geralmente por uma hora. Todos eram homens. Todos tinham cabelo ralo e quase todos tinham ombros caídos, algum tipo de barba ou bigode e olhos brilhantes. Ele não perdeu nem um minuto com algum deles e, a partir da noite de segunda-feira, passou a beber diretamente da garrafa em seu próprio quarto.

Com isso os dias ficaram monótonos e idênticos. Ele se levantava mais ou menos ao meio-dia. Deixava o quarto uma hora depois e passava a tarde na cidade para que a arrumadeira tivesse ao menos uma chance de entrar e marcar os limites de um novo dia. Tomava café puro em algum café, de preferência o do Gunther, no pé da colina da cidade, tentava ler um jornal ou dois, fazia um longo passeio e comprava cigarros e a garrafa da noite, que ele escolhia com um cuidado extremo que lhe parecia sem sentido, mas ao mesmo tempo necessário. Como se fosse uma das regras básicas de um jogo, do qual não se sabia se ele era o jogador ou a ficha, mas que por enquanto era tudo que acontecia. Tudo.

Ele apelou para os desvios para retornar ao Pawlewski assim que notou a aproximação do crepúsculo cinzento. Isso acontecia cedo em uma cidade como esta e vinha acompanhado de chuvas ácidas e da precipitação provocada pelas usinas elétricas movidas a carvão.

Deitado na cama feita, com pombos doentes arrulhando lá fora no teto, ele tomou o primeiro uísque antes de tomar banho, já com o segundo uísque no chão, confortavelmente ao seu alcance. Depois foi até o salão e jantou; em geral era um dos primeiros hóspedes e algumas vezes ficava totalmente sozinho naquele salão marrom sem vida e exageradamente grande, decorado com lustres de cristal desbotados e toalhas que um dia foram brancas. Bebeu cerveja com a comida, seguida de café e conhaque, e cada noite que passava permanecia na mesa por mais tempo.

Tentou agüentar ainda mais alguns minutos; compactar e abreviar o quanto fosse possível o resto daquele dia maldito e vagaroso. E foi justamente quando estava voltando dessas refeições — a caminho do bar ou do seu quarto —, que o senhor Pawlewski o viu. Mais ou menos invisível, ele passava quase todas as horas que estava acordado na recepção, onde podia observar, avaliar e constatar, como sempre, que tudo já tivera dias melhores.

Quem era esse hóspede e que diabos ele estava fazendo naquela cidade lúgubre, ainda mais em um mês como fevereiro, eram perguntas que ele, na qualidade de observador e homem do mundo, já tinha deixado de fazer há mais de quarenta anos.

* * *

No início, a embriaguez e o entorpecimento tinham sido a intenção em si. Simplesmente escapar, fugir e ficar longe tinha sido o primeiro e o único objetivo quando ele decidiu partir. Que depois algum outro estado de espírito tomasse conta, aproximando-o de estratégias e planos de ação mais resistentes, era um pensamento que por enquanto ainda permanecia apenas adormecido em sua mente; não era nada que o pressionava ou exigia algo por parte dele. Ainda assim esses dias estavam repletos de afazeres e rotinas demoradas que se faziam necessários para que ele pudesse ter o prazer de dormir em um estado de embriaguez inconsciente a cada noite.

Dormir sem sonhar durante oito horas. Um vazio total. Longe de tudo e todos. De manhã acordou transpirando e com uma dor de cabeça forte o suficiente para manter todas as outras sensações a quilômetros de distância. E apenas isso, tomar algumas pílulas e novamente se preparar para mais uma tarde nas ruas e nos cafés, significava que ele tinha conseguido fazer com que as rodas do tempo empenadas começassem a girar novamente. Ganhou um dia.

Depois da sétima noite tudo tinha chegado ao fim, aquele banho de álcool ardente e purificador. A distância tinha sido alcançada, o medo controlado e as estratégias mais uma vez exigiam a sua participação.

Revisado e filtrado depois de uma semana de fuga à base de muito uísque, ele agora ousava examinar a proporção do adversário. Ele a viu de novo. O vexame e o fiasco em Berenhaam, seguido do choque do assassinato de Innings, tinham eliminado qualquer associação dela com a realidade — o assassino era um fantasma que não podia ser detido, um super-homem; a única coisa que ele podia fazer era se esconder e esperar. Sumir. Esconder-se e esperar.

Por isso ele tinha fugido, se tornado invisível. Não enfiou apenas a cabeça debaixo da areia, mas o corpo inteiro. Longe de tudo e de todos. Longe dela.

Mas no nono dia ele pegou sua arma na mão e começou a olhar para frente de novo.

Antes de mais nada dois pensamentos tinham que ser afastados.

O primeiro era a polícia. Desistir da defesa. Se entregar e contar tudo. Deixar a filha-da-puta ganhar.

Ele precisou de duas doses para se livrar disso.

O segundo era se esconder. Também no futuro.

Custou um pouco mais. Umas quatro doses, talvez seis. Mas conseguiu.

Afinal, o que fazer?

Demorou mais. Bem mais.

Dias. Todos os restantes no Hotel Pawlewski, para ser mais exato. Naturalmente essa também era a sua idéia original, o que estava adormecido em sua mente — encontrar um lugar como aquele e permanecer ali. Permanecer naquele hotel maldito, imundo e fétido até que estivesse pronto e soubesse o que iria fazer.

Ficar ali para tentar reunir forças. Força, determinação e idéias.

Tinha que haver uma solução.

Uma maneira de matar aquela filha-da-puta desgraçada. E quanto mais claro tudo ficava em sua mente, mais certeza ele tinha de que aquilo não se tratava apenas de si próprio. Não apenas de sua própria pele. Isso o fortaleceu. Os outros também... os colegas que ela tinha assassinado, as viúvas, as crianças e as vidas que ela havia arruinado na sua batalha sangrenta apenas para...

Todos aqueles que estavam sofrendo. Como já dito, apenas para...

Era o seu dever. O seu maldito dever era acabar com ela.

Desafiá-la nas suas próprias condições, para então enganá-la e eliminá-la da face da terra de uma vez por todas.

Acabar com aquela maldita tortura.

Internamente, sua raiva cresceu e virou ódio. Um ódio forte e ardente, que, aliado ao sentimento de ter uma missão, um dever a cumprir, dava-lhe lentamente a força da qual precisava.

A coragem. A força. A determinação.

E O MÉTODO?

Existia mais de um?

Duas doses. Deixou rolar na boca como se fosse conhaque. A mesma pergunta várias vezes. Noites diferentes. Mais uísque. O método? Havia mais de um?

Não. Apenas um.

Baixar a guarda. Expor-se.

Dar a ela a chance de atacar primeiro.

Desviar-se e matá-la.

Exatamente assim.

Sim, o Hotel Pawlewski já tinha recebido hóspedes melhores.

Como e onde?

Principalmente onde? Onde ele encontraria um beco qualquer para atraí-la, sem ao mesmo tempo dar-lhe mais vantagens? Ainda não sabia como ela era; tinha analisado o retrato dela nos jornais várias vezes e a única certeza que podia ter era que obviamente ela não iria se aproximar dele assim... com aquele rosto sereno.

Desta vez seria outra mulher. Qualquer outra aparência. Inesperada e completamente desconhecida. Onde então? Qual seria o melhor local para armar a cilada?

E como?

Demorou uma noite para traçar o plano e quando pegou no sono na madrugada cinzenta, ele mesmo não acreditou que suportaria a luz do dia.

Mas agüentou. Na terça-feira ele almoçou pela primeira vez na sala de jantar e quando examinou o plano, acompanhado de duas xícaras de café, encontrou falhas em alguns pontos, mas nenhuma tão grave que não pudesse ser resolvida, nem tão grande a ponto de fazer tudo ruir.

Agüentou.

BIEDERSEN DEIXOU O hotel Pawlewski mais ou menos às duas horas da tarde de quarta-feira. Foi apenas durante uma fração de segundos que o seu olhar encontrou o do senhor Pawlewski atrás do balcão do Pawlewski, mas o suficiente para entender que aqueles olhos que viam tudo e nada nunca se lembrariam daquele Jürg Kummerle que morou no quarto 313 durante 12 noites seguidas.

Por causa dessas circunstâncias, desses 12 dias que nunca existiram, ele deu ao senhor Pawlewski 100 florins extras.

Se tivesse conseguido encontrá-lo nessas péssimas condições, ela teria vencido, ele sabia, mas isso não aconteceu e agora ele estava preparado novamente.

34

— HOJE É 1º DE MARÇO — constatou o chefe de polícia, retirando uma folha seca de um hibisco. — Sente-se. Como já disse, queria pelo menos algum tipo de resumo. Essa história custa recursos.

Van Veeteren resmungou e afundou-se na poltrona brilhante de couro.

— Então?

— O que você quer saber? Se tivesse alguma novidade, informaria sem que fosse preciso qualquer solicitação.

— Posso confiar nisso?

O comissário não respondeu.

— Já faz duas semanas que mantemos vinte pessoas sob proteção. Você quer saber quanto isso custa?

— Não obrigado — disse Van Veeteren. — Pode cancelar se quiser.

— Cancelar! — exclamou Hiller e sentou-se atrás da mesa. — Você pode imaginar as manchetes se tirarmos a proteção e ela eliminar mais um? A nossa situação já é bastante delicada do jeito que está.

— As manchetes não serão menores se mantivermos a proteção e ela fizer algo mesmo assim.

Hiller bufou e começou a rodar seu relógio de ouro em volta do pulso.

— O que quer dizer com isso? Os nossos esforços não têm a menor importância? Talvez seja justamente isso que a detém.

— Eu não acho — disse Van Veeteren.

— O que você acha então? Vamos caramba, diga o que você acha!

O comissário tirou um palito e analisou-o cuidadosamente, antes de enfiá-lo entre os dentes da frente do maxilar inferior. Virou a cabeça e tentou olhar pela janela, através da folhagem densa.

— Acho que está chovendo, por exemplo.

Hiller abriu a boca e fechou-a novamente.

— Impossível de prever — continuou depois de uma pequena pausa de efeito dramático. — Ou ela terminou ou está atrás de mais vítimas. De qualquer maneira, por enquanto ela está em compasso de espera. Talvez esteja esperando que nós baixemos a guarda... ou que a próxima vitima o faça. Inteligente, eu faria a mesma coisa.

Hiller fez um ruído que o comissário associou, sem muita convicção, a um animal infeliz no cio.

— O que estão fazendo então? — perguntou de forma incisiva — Porra, quero saber o que está acontecendo afinal!

Van Veeteren encolheu os ombros.

— Estamos estudando as pistas — respondeu. — Ainda estamos recebendo algumas, apesar de os jornais terem perdido o interesse no assunto.

Hiller respirou fundo e de repente tentou parecer otimista.

— E aí?

— Nada de novo. Estava pensando em apelar para a sorte, mas logicamente isso envolve um certo risco. Podemos nos concentrar em dois possíveis candidatos e deixar o resto de lado. Talvez desse algum resultado.

Hiller refletiu.

— Existem alguns que são mais prováveis do que outros?

— Talvez — disse Van Veeteren. — Estou investigando isso.

O chefe de polícia levantou-se e foi novamente para perto das plantas. De pé e de costas para o comissário, ficou balançando os calcanhares e os dedos dos pés, enquanto retirava cuidadosamente a poeira das folhas com a ajuda dos dedos polegares e dos indicadores.

— Faça isso então — falou depois, se virando. — Use a sua maldita intuição e faça alguma coisa!

Van Veeteren levantou-se com dificuldade da poltrona.

— Só isso? — perguntou.

— Por enquanto — disse o chefe de polícia, cerrando os maxilares.

— O QUE foi que ele disse? — perguntou Reinhart.

— Ele está nervoso — respondeu o comissário e serviu café em um copo de plástico. Levou-o até a boca, mas parou.

— Quando fizeram isso? — perguntou.

Reinhart encolheu os ombros.

— Em fevereiro, eu diria. De qualquer forma, foi depois do ano-novo.

Bateram na porta e Münster entrou.

— O que ele disse?

— Ele queria saber por que ainda não a prendemos.

— Sei... — disse Münster.

Van Veeteren inclinou-se para trás e provou o café com uma careta.

— Janeiro — disse —, típico café de janeiro. Münster, com quantos ainda não conseguimos contato? Entre aqueles que não foram assassinados?

— Espere um pouco — disse Münster e saiu. Voltou depois de um minuto com um papel na mão. — Três.

— Por quê? — disse o comissário.

— Estão viajando — respondeu Münster. — Dois a negócios. Um viajou de férias para ver a filha, que mora na Argentina.

— É possível encontrá-la?

— Entramos em contato com ela, mas eles não retornaram a ligação. É verdade que também não fizemos muita pressão...

Van Veeteren tirou uma fotografia cheia de marcas de dedos.

— Quem é ele aqui?

— Ele se chama Delherbes. Mora aqui na cidade. Foi DeBries quem conversou com ele da última vez.

Van Veeteren assentiu.

— E os outros dois?

— Biedersen e Moussner — respondeu Münster. — Moussner está em algum lugar no sudeste da Ásia... Tailândia, Cingapura ou algo assim. Voltará em alguns dias... acho que no domingo. Biedersen deve estar mais perto.

— Deve? — perguntou Reinhart.

— A esposa não sabia muito bem. Parece que ele costuma viajar com freqüência para fazer alguns contatos. Ele tem uma firma de importação. Ela achava que ele poderia estar na Inglaterra ou na Escandinávia.

— Escandinávia? — disse Reinhart. — E o que diabos se importa da Escandinávia? Âmbar e pele de lobo?

— Com certeza — disse Van Veeteren. — Vocês viram Heinemann hoje?

— Ficou três minutos sentado na cantina hoje de manhã — disse Münster. — Parecia um pouco abatido.

Van Veeteren concordou.

— Também podem ser os netos — disse. — Quantas pistas ainda temos?

— Umas duzentas, eu diria — disse Reinhart.

Van Veeteren tomou o resto do café com uma relutância evidente.

— Está bem — disse. — Temos que fechar essa merda antes de sexta-feira. Alguma coisa deve acontecer em breve.

— Não seria nada mal — disse Reinhart. — Desde que não seja mais um morto.

DAGMAR BIEDERSEN DESLIGOU o aspirador e prestou atenção.

Sim, o telefone estava tocando. Ela suspirou e foi até o corredor para atender.

— Senhora Biedersen?

— Sim.

— Meu nome é Pauline Hansen. Tenho negócios com o seu marido, mas acho que nunca fomos apresentadas.

— Não... não, acho que não. Meu marido não está em casa no momento.

— Eu sei disso. Estou ligando de Copenhague. Tentei no escritório também, mas lá disseram que ele está viajando a negócios.

— É isso mesmo — disse Dagmar Biedersen e limpou uma mancha do espelho. — Não tenho certeza quando ele voltará.

— A senhora não sabe onde ele está?

— Não.

— Que pena. Tenho um negócio a respeito do qual gostaria muito de conversar com ele. Tenho certeza de que ele se interessaria. Trata-se de algo bastante lucrativo, um bom dinheiro, mas se não posso encontrá-lo...

— Isso — disse Dagmar Biedersen.

— Bom, então vou ter que entrar em contato com outra pessoa. A senhora não tem idéia de onde eu poderia encontrá-lo?

— Não, infelizmente.

— De qualquer forma, se a senhora tiver alguma notícia nos próximos dias, por favor diga a ele que telefonei. Como já disse, tenho certeza de que ele teria interesse...

— Espere um pouco — disse Dagmar Biedersen.

— Sim?

— Ele telefonou outro dia dizendo que talvez fosse ficar um pouco na nossa casa de campo.

— Casa de campo?

— Sim. Temos uma pequena casa de campo em Wahrhejm. Na verdade, é a casa onde ele passou a infância. Naturalmente fizemos algumas reformas nela... talvez consiga encontrá-lo, se tiver sorte.

— Tem telefone?

— Não, mas a senhora pode ligar para o restaurante da cidade e deixar um recado... mas eu realmente não sei se ele está lá agora. Foi apenas uma idéia.

— Wahrhejm?

— Isso, no caminho entre Ulming e Oostwerdingen. É apenas um pequeno vilarejo. O número é 161621.

— Muito obrigada. Vou tentar, mas se tiver notícias dele, ficaria grata se lhe dissesse que telefonei.

— Pode deixar — disse Dagmar Biedersen.

Que mulher chata, pensou assim que desligou. E quando ligou novamente o aspirador, já tinha esquecido como se chamava.

De qualquer maneira, lembrou que era de Copenhague.

35

Caía o crepúsculo quando ele chegou em Wahrhejm. Virou à direita no único cruzamento do vilarejo, passou o restaurante, onde já haviam acendido as lanternas de papel vermelhas nas janelas... as mesmas lanternas — pelo menos ele achava — que estavam lá desde quando era criança.

Depois passou pela igreja, a casa de Heine, o charco, onde a água parada parecia mais preta do que nunca sob a pouca luz, a casa de Van Klauster, a mansão decadente de Kotke e, por fim, a pequena estrada à esquerda entre as caixas de correio e o pinheiro gigante.

Ele entrou pela abertura do muro de pedras e estacionou atrás, como sempre. Escondeu o carro dos olhos da estrada — uma expressão que sua mãe costumava usar e que ele nunca conseguiu esquecer. Mas justamente hoje é claro que isso tinha uma certa relevância. A porta da cozinha ficava na parte de trás também, mas ele não guardou logo os mantimentos. Saiu do carro e fez uma vistoria na casa primeiro. Por fora e por dentro. A cozinha e os três quartos. O sótão. O anexo. O porão.

Nenhum rastro. Ela não estava aqui e nem tinha estado. Ainda. Ele colocou a arma em uma posição segura e enfiou-a no bolso do paletó.

Mas ela chegaria. Ele começou a guardar os mantimentos. Ligou a eletricidade e a bomba de água. Deixou a água correr um pouco e deu descarga no banheiro. Ninguém tinha colocado os pés aqui desde outubro, quando recebeu a visita de um conhecido de negócios durante um fim de semana, mas tudo parecia em ordem. Nada tinha deixado de funcionar durante o inverno. A geladeira emitia um ruído. A calefação ficou logo morna. A televisão e o rádio estavam funcionando.

Durante alguns momentos a alegria do reencontro e a sensação de chegada ao lar conseguiram ofuscar o objetivo de sua presença. A maioria dos móveis — assim como quadros e tapeçarias e as centenas de miudezas — estavam lá no mesmo estado como na sua infância, e justamente no instante da chegada esse primeiro reencontro costumava sempre causar-lhe a impressão de uma viagem de volta no tempo. Rápida e vertiginosa. Mesmo agora, mas logo as circunstâncias o trouxeram de volta à realidade.

As circunstâncias?

Ele apagou as luzes. A escuridão do pátio parecia quase familiar também, e ele sabia que, independentemente do que acontecesse, não precisaria de iluminação alguma para saber o caminho. Nem fora nem dentro da casa. Ele conhecia cada um desses cantos. O ranger daquelas portas e degraus. Veredas, arbustos e raízes emergentes. Cada pedra. Tudo estava onde sempre esteve e isso lhe dava uma sensação de fé e confiança, o que ele talvez tivesse esperado ter na fase de planejamento, mas com a qual jamais ousara contar.

Afinal, o anexo.

Ele destrancou a porta. Arrastou o colchão escada acima com dificuldade. Colocou-o ao lado da janela. Era baixo aqui em cima. Foi obrigado a andar agachado. Voltou com cobertores e almofadas. Era mais frio aqui em cima, e não havia nenhuma fonte de calor. Ele percebeu que precisaria se agasalhar muito bem.

Ajustou o colchão até colocá-lo na posição ideal, abaixo do teto inclinado. Deitou-se e verificou que tudo estava como ele tinha imaginado. Que os seus cálculos estavam corretos.

Quase perfeito. Através do vidro velho e desbotado ele via diretamente os fundos da casa, com vista da entrada principal e da porta da cozinha. Não tinha mais que 6 ou 8 metros de distância.

Ele abriu a janela um pouquinho. Experimentou colocar a mão com a arma para fora. Experimentou virá-la cuidadosamente para frente e para trás. Testou a mira.

Acertaria nessa distância?

Achava que sim. Talvez não para matá-la de primeira, mas com certeza teria tempo de dar uns três a quatro tiros seja lá quais fossem as condições.

Seria o suficiente. Sem dúvida seria o suficiente. Não era um atirador ruim, apesar de já fazer alguns anos que não participava da equipe de caça daqui.

Ele voltou à casa. Pegou mais alguns cobertores e parte dos mantimentos. O plano era dormir lá. Passar tanto tempo quanto fosse possível na posição certa, no sótão do anexo.

Estaria deitado lá quando ela chegasse.

Ficar deitado de tocaia e dar o tiro de misericórdia.

Acabar de vez com aquela filha-da-puta louca por essa fresta da janela.

Pura sorte, diria à polícia depois. Poderia muito bem ter sido ela a me acertar... sorte que ao menos eu estava um pouco preparado!

Legítima defesa. Claro que seria legítima defesa, nem precisaria mentir.

Apenas omitir o motivo real. A raiz do mal. A razão pela qual ele sabia que chegaria a sua vez.

Deu-se por satisfeito por enquanto. Desceu até o pátio de novo e escutou atentamente.

O silêncio extraordinário desse lugar, pensou, e lembrou que sempre se lembrava disso. O silêncio que vinha da floresta e que reinava sobre todos os outros sons menores. Apagava tudo com o seu sussurro enorme e silencioso.

Os exércitos do silêncio, pensou. Nessa época e nesse instante...

Ele olhou o relógio e decidiu ir até o restaurante. Um pequeno passeio de ida e volta pela estrada conhecida.

Apenas para tomar uma cerveja. E talvez ter a resposta a uma pergunta.

Alguns forasteiros nos últimos tempos?

Algumas caras novas?

QUANDO VOLTOU, A escuridão pairava de forma opressora sobre a casa. Os contornos das casas e as árvores frutíferas mal contrastavam com a floresta, melhor contra o céu em partes mais claras e acima da linha do horizonte. Ele tinha tomado duas cervejas e uma dose pequena de uísque. Conversou com Lippmann e Korhonen, que tomavam conta do bar agora. Pouca gente naturalmente, um dia útil no início de março. E não muitos desconhecidos, nem nos últimos tempos. Um e outro que passou e entrou, mas ninguém que foi mais de uma vez. Mulheres? Não, não, pelo menos ninguém que se lembrassem. Nem Lippmann nem Korhonen. Por que perguntou? Ah é, negócios? Haha, e pensou que eles engoliriam essa história sem mais nem menos? Tente enganar outro trouxa. Hehe. E saúde! E prazer ver você por aqui novamente!

A volta para casa.

Atravessou silenciosamente a grama molhada. Não havia chovido a noite inteira, mas névoas úmidas provenientes da costa pairavam sobre a paisagem aberta, abaixo da floresta como uma presença invisível. Ele parou algumas vezes para tentar ouvir algo, mas a única coisa que sentiu foi o mesmo silêncio profundo de antes. Mais nada. Foi para trás do anexo e tirou a água do joelho. Abriu cuidadosamente a porta que costumava ranger um pouco, mas que desta vez não o tinha feito. De qualquer forma, ele a lubrificaria no dia seguinte. No caso de alguma eventualidade.

Novamente, subiu agachado a escada estreita. Foi tateando até chegar ao local onde iria dormir. Ficou um tempinho arrumando e ajustando os cobertores. Finalmente deitou-se e se posicionou. Virou-se para o lado e olhou para fora. A casa estava escura, sem vida lá embaixo. Nenhum som, nenhum movimento. Ele colocou o revólver embaixo do travesseiro e colocou a mão por cima. Era importante não ter um sono pesado, mas ele já costumava ter sono leve.

Costumava acordar com qualquer barulho ou mudança.

Agora também faria isso.

Os cobertores enrolados no corpo. O rosto colado ao vidro da janela. A mão sobre a arma.

Pronto. Agora ela podia vir.

36

— Não sei — disse o comissário. — É apenas uma suposição. Se esses três aprontaram algo juntos, seria lógico achar que pelo menos um dos demais saiba de alguma coisa. Então, o mais provável é que esse incidente tenha acontecido já no final do serviço militar. Mas lógico que tudo não passa de meras especulações.

— Faz algum sentido — disse Münster.

— Afinal, quantos estupros foram registrados durante a primavera de 1965?

— Dois — disse Münster.

— Dois?

— Isso. Dois estupros registrados, ambos em abril. Aparentemente, um de uma menina que foi atacada em um parque. O outro em um apartamento em Pampas.

Van Veeteren concordou com a cabeça.

— Quantos acusados?

— Um no parque. Dois no apartamento. Os do apartamento foram condenados, mas o do parque conseguiu se safar. Nunca foi encontrado.

O comissário folheou suas anotações por alguns instantes.

— Você sabe quantas ocorrências já tivemos este ano?

Münster fez que não com a cabeça.

— Cinqüenta e seis. Caro inspetor, o senhor poderia explicar como os estupros aumentaram tanto assim?

— Os estupros não — respondeu Münster—, as ocorrências.

— Exatamente — disse o comissário. — Então, quais são as chances de se rastrear um estupro de trinta anos que jamais foi registrado?

— Remotas — disse Münster. — Aliás, como sabemos que realmente se trata de um estupro?

O comissário suspirou.

— Não sabemos — disse. — Mas não podemos ficar sentados sem fazer nada. Então, você terá uma outra missão. Se conseguir algum resultado, convido você para jantar no Kraus.

Missão impossível, pensou Münster, e provavelmente também o comissário, já que pigarreou como se estivesse se desculpando.

— Quero saber todos os nascimentos em que a mãe registrou pai desconhecido... mais ou menos entre dezembro de 65 e março de 66. Cidade e distrito. Nome da mãe e nome da criança.

— Principalmente meninas? — perguntou Münster.

— Apenas as meninas — respondeu o comissário.

DE NOITE ELE foi ao cinema. Assistiu pela quarta ou possivelmente pela quinta vez *Nostalgia*, de Tarkovskij. Com a mesma sensação de admiração e gratidão de sempre. A obra-prima das obras-primas, pensou, enquanto estava sentado no salão meio vazio, totalmente absorvido pelas imagens. De repente se lembrou de algumas palavras que o seu pastor da primeira comunhão disse certa vez — um terno pastor de barba branca e espessa, considerado por muitos da congregação como um parente muito próximo do próprio Deus Pai.

Há maldade no mundo, ele explicou, mas nunca e em nenhum lugar em tanta quantidade que não haja espaço para boas ações.

Não havia nada de especial na declaração em si, mas de alguma forma tinha permanecido em sua lembrança e sempre ressurgia em alguns momentos.

Como agora. Boas ações?, pensou Van Veeteren no caminho para casa depois da sessão. Quanta gente leva um tipo de vida na qual não há espaço algum para a nostalgia?

É por isso que ela mata esses homens? Por que nunca teve uma chance?

E o espaço para as boas ações? Estava sempre realmente à mão? Quem na verdade definia essas proporções? E quem de fato tinha dado início à procura desesperada por um sentido em tudo? Em todas as ações e acontecimentos.

Acontece, pensou Van Veeteren. As coisas acontecem e talvez tenham que acontecer. Mas não precisam ser boas ou más.

E não precisam significar nada.

E a tristeza cresceu dentro dele

Eu sou um tira velho e cansado pra cacete, que viu demais e não quer ver muito mais, pensou.

Não quero ver o final desse caso que já me ocupa há um mês e meio. Quero saltar do trem antes de chegar na estação final.

Que pensamentos infames sobre abater a caçadora eram aqueles que pareciam tão fora de propósito no início?

Não quero chegar ao ponto de ficar olhando para os motivos obscuros nas minhas mãos, ele continuou em seus pensamentos. Eu sei que o motivo é tão feio quanto o crime. Pelo menos tenho essa impressão, e queria poder evitar.

Ele percebeu que era uma prece em vão, mas afinal, a futilidade não era o verdadeiro campo de ação de suas preces? O que seria senão isso?

Ele entrou na rua do Klagenburg e pensou se entraria no café ou não. Não conseguiu chegar a uma conclusão, mas seus pés andaram sozinhos, passando pela porta iluminada, e ele prosseguiu automaticamente para casa...

Simplesmente aconteceu, pensou. Poderia ter entrado também.

Mais tarde, deitado na cama, dois sentimentos dominavam a sua mente, mantendo-o acordado.

Vai acontecer algo nesse caso. Simplesmente acontecer. E logo.

Preciso avaliar se realmente agüento muito mais tempo.

De repente a imagem de Ulrike Fremdli — a viúva de Karel Innings — surgiu na sua retina. Permaneceu ali na névoa escura entre sonho e realidade, entre sono e vigília, e aos poucos foi se misturando e mesclando-se às ruínas da igreja de Tarkovskij e à viagem de Gortjakov através das águas com uma vela acesa.

Alguma coisa tem que acontecer.

37

— A^{LÔ?} A audição de Jelena Walgens já não era mais como tinha sido um dia. Ela tinha muita dificuldade de entender o que as pessoas falavam no telefone e naturalmente preferiria resolver o assunto tomando um cafezinho. Acompanhado de um bolo recém-saído do forno. Uma conversa sobre o tempo e outras amenidades desse tipo. Mas o jovem era insistente e parecia bem agradável, e aí certamente poderia muito bem ser resolvido dessa forma. Eles tinham que se encontrar de qualquer maneira.

— Quanto tempo o senhor havia dito? Só um mês? Eu preferiria alugá-la por mais tempo...

— Posso pagar um pouco mais — explicou o jovem. — Sou escritor. Alois Mühren, não sei se a senhora já ouviu falar de mim...

— Acho que não.

— Estou procurando algum lugar tranqüilo nesse mundo onde eu possa escrever os últimos capítulos do meu novo livro. Com certeza não preciso mais do que um mês. Toda aquela gente e o barulho da cidade grande me atrapalham demais, se a senhora me entende...

— Entendo perfeitamente — disse Jelena Walgens, enquanto tentava puxar algo pela memória.

Mas parecia não lembrar de ninguém com aquele nome... ela ainda lia e tinha lido bastante, mas logicamente ele era jovem e ela também pode não ter ouvido o nome certo. Alois Mühlen? Foi isso que ele falou?

— Um mês — ela disse. — Até primeiro de abril. É assim que o senhor deseja?

— Se for possível. Mas talvez a senhora tenha outros interessados.

— Alguns — mentiu —, mas ninguém decidiu nada ainda.

Na verdade era a terceira sexta-feira seguida que ela tinha colocado o anúncio e, além de um alemão antipático que foi incapaz de entender o que ela dizia e certamente devia feder a salsicha azeda, ele foi o único que havia telefonado. O que adiantava hesitar? Um mês ainda era um mês.

— O senhor concordaria com 500 florins? — ela perguntou. — Isso por conta do trabalho que terei para anunciar novamente, quando o senhor sair...

— Concordo com 500 florins — ele respondeu depressa e ela enfim concordou.

Durante a tarde ela desenhou um mapa e escreveu as instruções. Um quilômetro depois da igreja, em Wahrhejm. Estrada à esquerda com uma placa pintada à mão. Apenas 200 metros pela floresta, em direção ao lago. Três casas. Aquela à direita e mais embaixo era a dela.

As chaves e explicações da complicada bomba d'água, e também do fogão e da eletricidade. O barco e os remos.

Ela terminou no momento em que ele chegou. Um jovem bastante pálido. Baixinho e com algum traço de delicadeza, ela pensou. Naturalmente ela queria lhe oferecer um cafezinho, que já estava até pronto, mas ele recusou. Queria sair e começar a escrever assim que pudesse. É, era compreensível.

Nem por isso foi indelicado ou arrogante. Pelo contrário. Amável, como ela diria depois a Beatrix Hoelder e a Marcela Augenbach. Amável e bem-educado.

Também, era escritor. Depois que ele saiu, ela se deliciou repetindo a palavra algumas vezes. Escritor. Sem dúvida tinha uma certa ternura. Ela gostava da idéia de que alguém estava escrevendo na sua pequena casa perto do lago, e talvez até alimentasse uma remota esperança de que ele se lembraria dela no futuro e lhe enviaria um exemplar do livro.

Depois que ficasse pronto, evidentemente. Isso, é claro, levaria um tempo, ela imaginou. Os editores e todos os demais detalhes. Quem sabe até uma dedicatória? Ela resolveu que iria até a biblioteca qualquer dia desses para procurá-lo nas estantes.

Mühlen, era isso mesmo? Sim, estava no contrato que fizeram. Alfons Mühlen, se ela tinha entendido direitinho. Um pouco feminino, ela deixou escapar. E ficou pensando se ele não seria homossexual. Muitos escritores eram, ainda que fingissem que não, Beatrix havia dito em uma determinada ocasião. Mas também ela estava sempre fazendo algum comentário sobre tudo.

De qualquer maneira, ela não tinha ouvido falar dele, com certeza. Nem Beatrix nem Marcela, mas ele era bastante jovem, como já disse.

Enfim, pagou à vista e sem grandes complicações. Quinhentos florins. Ela ficaria satisfeita com trezentos.

Afinal, era um excelente negócio, considerando todos os aspectos e as condições.

Alfons Müller?

É, talvez já tivesse ouvido falar nesse nome.

38

Estava com frio.

Pela quinta manhã seguida acordou por estar congelando.

Pela quinta manhã seguida demorou menos de um segundo para se lembrar onde estava.

Pela quinta manhã seguida ele procurou a arma e olhou pela janela.

A casa estava sob a luz vacilante da aurora. Tão intacta, tão abandonada e tão insuspeitada quanto antes, quando ele pegou no sono durante a noite.

Intocada. Ela não viera. Não tinha vindo nesta noite também. O frio doía no corpo, era totalmente incompreensível que não conseguisse manter-se aquecido aqui em cima, apesar de todos os cobertores e mantas. Todas as manhãs ele acordava gelado, logo ao alvorecer. Controlou toda a situação pela janela, desceu as escadas e foi para perto do fogão da casa. Ele sempre aquecia bem a lareira depois que chegava do restaurante; uma boa brasa no fogão de ferro, que mantinha o calor até tarde da manhã do dia seguinte.

Mesma coisa hoje. Tenso, ele prestava atenção; tanto no lado de fora, naquele frio úmido da manhã, como dentro da casa. Com a arma na mão. Engatilhada.

Depois tomou café na mesa da cozinha. E também duas doses de uísque, para espantar o frio do corpo. O noticiário das sete horas no rádio, enquanto tentava planejar como passar o dia. A arma sempre à mão sobre a toalha de mesa surrada por seus 50 anos. As costas contra a parede. Invisível da janela.

Tudo aquilo era cada vez mais difícil. Não conseguia passar mais de três ou quatro horas na floresta por vez, e quando voltava no início da tarde, atento como sempre, costumava sentar-se no canto da cozinha de novo. Ou ficar deitado uma hora no porão, esperando.

Ficar sentado ou deitado ali folheando algo da biblioteca do pai, que não era muito grande nem variada. Histórias de aventuras. Livros baratos e coloridos que tinha comprado em leilões ou liquidações. De fato poderia ler um ou outro, mas faltava concentração.

Outras coisas doíam e incomodavam. Outras coisas.

Mais tarde, caminhou mais uma hora novamente. Enquanto o crepúsculo se aproximava. Voltou na escuridão. Sentiu como se fosse algo que estava esperando, essa escuridão; um confidente e um aliado. Sabia que tinha uma vantagem assim que anoitecesse novamente. Se o confronto ocorresse na parte escura do dia, ele tinha uma vantagem. E talvez fosse precisar mesmo.

Depois jantou na escuridão da cozinha. Nunca acendia as luzes; na pior das hipóteses, ela o encontraria sob a luz da janela iluminada.

Foi à cidade apenas uma vez para fazer compras. Tentou evitar o centro, pelo menos durante o dia. Nos primeiros dias e também nas noites, mas ele logo percebeu que o isolamento seria insuportável se não pudesse pelo menos ficar uma hora no restaurante tomando uma cerveja.

A terceira noite ele foi até lá. Primeiro avaliou os riscos e entendeu que o perigo seria a volta. Podia chegar lá por trás das cercas, pelos terrenos ou pela estrada sem iluminação da aldeia; lá dentro estava entre pessoas e de olho na porta. Não daria uma oportunidade a ela, ainda que fosse descoberto.

A caminhada de volta era outra história. Um perigo. Se ela soubesse que ele estava lá, tinha todas as chances de armar uma cilada em algum lugar, e por isso ele tomou precauções extras para essas voltas. Evitava a estrada. Entrava rapidamente atrás do restaurante, na escuridão, e ficava lá um bom tempo. Depois se deslocava pelo terreno que ele conhecia de cor desde criança; em várias direções, em ziguezagues irracionais e cada noite chegava de uma direção diferente. Com um cuidado ilimitado e a arma na mão. Os sentidos em estado de alerta.

E nada acontecia.

Noite após noite e não acontecia absolutamente nada.

Nenhum sinal. Nenhum pressentimento. Nem a menor suspeita.

Mais tarde, duas coisas o perseguiam quando foi para cama.

A primeira era uma dor de cabeça, por conta de um dia inteiro de vigilância e tensão. Para se recuperar, todas as noites ele tomava duas cápsulas, que engolia com um gole de uísque na cozinha escura.

Ajudava um pouco, mas não totalmente.

A outra era um pensamento. O pensamento de que ela não chegaria. Que ela — enquanto ele passava esses dias de isolamento no estado de prontidão máxima — na verdade estava em outro lugar. Bem longe.

Em um apartamento em Maardam. Em uma casa em Hamburgo. Em qualquer lugar.

Que este era justamente o castigo que ela tinha escolhido para ele. Só deixá-lo esperar. Esperar pelo seu assassino que nunca chegava. Pela morte que demorava.

E enquanto as noites passavam, esses dois companheiros aumentavam. A dor de cabeça e os pensamentos. Um pouquinho a cada noite, ele pensava.

E contra os pensamentos, não adiantavam nem pílulas nem uísque.

Ela freou ao lado de um senhor idoso que andava na beira da estrada. Inclinou-se sobre o lugar vazio do carona, baixou o vidro lateral e chamou a atenção dele.

— Estou procurando um tal de senhor Biedersen. O senhor sabe onde fica a casa dele?

Era a segunda vez que ela dirigia pela cidade. Escuro do lado de fora. Meia-luz dentro do carro, a aba do chapéu virada para baixo e nenhum contato olho no olho além do necessário. Não mais do que um risco calculado, como se costuma dizer.

— Sei sim.

Ele apontava e explicava. Era bem perto. Tudo na cidade era perto. Ela decorou, agradeceu e seguiu viagem.

Tão simples, ela pensou. Ainda continuava tão simples.

Ela sabia que o carro lhe garantia toda a camuflagem que ela precisava, e também foi graças ao carro — o Fiat alugado que era mais uma despesa e uma necessidade — que ela o descobriu. Na mesma noite. Estacionado sob a escuridão e a chuva fina, em frente ao restaurante. Mais um risco calculado, naturalmente, mas não tinha outra opção. Em um vilarejo igual a esse, um forasteiro não podia aparecer muitas vezes que logo começavam as perguntas. Quem? Por quê?

Desnecessário e perigoso. Não era uma boa idéia sair por aí e ficar perguntando por ele. Ela tinha que encontrá-lo logo. Antes que ele a encontrasse.

Desta vez ela tinha um adversário, não apenas uma caça. Era sem dúvida uma grande diferença.

Viu quando ele entrou. Mas não o viu sair.

A noite seguinte a mesma coisa. Enquanto ele estava lá dentro, ela fez uma visita à casa. Fitou-a durante alguns minutos da estrada e voltou.

Pensou em como agiria.

Ele deve saber.

Afinal, foi ele quem a atraiu para cá, isso ela tinha percebido desde o início.

Na terceira noite, ela avançou mais um passo. Dirigiu até o vilarejo e estacionou o carro atrás da igreja. Foi a pé até o restaurante. Entrou sem hesitar e comprou cigarros no bar. De rabo de olho, ela o viu sentado em um canto. Uma cerveja e um uísque. Parecia atento e tenso, mas não prestou atenção nela. Na verdade, havia mais gente do que ela tinha imaginado. Aproximadamente umas vinte pessoas; a metade no bar, a metade no restaurante.

Três noites de três, ela pensou.

Significava, com bastante certeza, também umas quatro ou cinco.

As condições estavam lá. Ela estava com a faca e o queijo na mão.

Aliás, estava na hora. A espera e o tempo estavam certamente do lado dela, mas agora o cerco começava a se fechar. O que restava do dinheiro estava contado até quase o último florim. Cada dia custava dinheiro, e ela não tinha mais recursos para esperar por esperar.

Uma única chance apenas. Ela não teria mais do que isso. O espaço para erros também havia diminuído; ela sabia que não haveria a menor possibilidade de voltar atrás se alguma coisa desse errado.

Enfim, planejar tudo da melhor maneira possível. Mantendo o nível dos outros e caracterizando-se como um desfecho digno.

Agora, já fazia muito tempo que ela tinha começado. Faltava só um. Apenas um vivo ainda, pensou quando voltava à pequena casa perto do lago.

E sob a luz trêmula do lampião de querosene, ela encenou a morte dele.

MAIS TARDE, NA primeira hora do amanhecer, ela acordou e não conseguiu mais dormir. Levantou e se vestiu. Desceu até o lago e parou sobre a ponte. Permaneceu ali por um bom tempo fitando a água escura e a neblina, ao mesmo tempo que tentava se lembrar do sentimento de quase êxtase que tinha sentido quando tudo começou. Tentou compará-lo com a tranqüilidade fria que sentia agora.

A sensação de superioridade e controle absolutos.

Não conseguiu encontrar um equilíbrio, mas tampouco nenhuma adversidade. Tudo transcorria exatamente como planejado. Logo tudo estaria terminado. Tudo.

Dois dias, decidiu. Daqui a dois dias. Poderia ser um ponto, se a data em si também fosse levada em consideração.

Depois entrou e sentou-se na mesa da cozinha novamente. Começou a escrever.

No enterro da minha mãe...

39

Melgarves? Tinha alguma coisa com esse tal de Melgarves... Jung vasculhou entre os papéis espalhados na mesa.

— Então, você levou o café-da-manhã na cama para a Maureen?

Jung levantou a cabeça.

— O quê? E por que faria isso?

— Você não sabe que dia é hoje? — perguntou Moreno, encarando-o.

— Não.

— O Dia Internacional da Mulher. Dia 8 de março.

— Ihh, é mesmo — disse Jung. — Preciso comprar alguma coisa. Obrigado pela informação... e você, ganhou café na cama?

— Claro — disse Moreno e sorriu. — Isso e outras coisinhas também.

Jung refletiu alguns instantes sobre o que aquilo poderia significar. Depois voltou às listas de pistas recebidas.

— Esse Melgarves — ele comentou —, não entendo por que ele veio parar aqui.

— André Melgarves?

— Isso mesmo. É um do grupo. Ele telefonou para dar alguma informação, e aí acabou aqui, no meio de todos os outros... Krause deve ter deixado passar.

— Não é a cara dele — comentou Moreno.

Ela atravessou a sala e leu as anotações resumidas por cima dos ombros de Jung. Franziu a testa e mordeu o lápis que tinha nas mãos... Então um tal de André Melgarves tinha telefonado de Kinsale, na Irlanda, para dizer que sabia de informações que poderiam ajudar nas investigações. Ele estava à disposição para que entrássemos em contato. O número do telefone e o endereço anotados minuciosamente.

— Quando chegou? — perguntou Moreno.

Jung olhou atrás da ficha.

— Anteontem — ele respondeu. — O que você acha, não é melhor o comissário mesmo cuidar disso?

— Acho que sim — disse Moreno. — Leve até lá agora, mas não diga que já se passaram dois dias... tive a impressão de que ele estava um pouco mal-humorado hoje de manhã.

— É mesmo? — disse Jung e se levantou.

O JOVEM USAVA uma calça jeans e uma camiseta escrito "Big is Beatiful". Ele estava bem bronzeado e o cabelo curto no alto da cabeça, arrepiado como um campo de trigo maduro. Ele mastigava algo e olhava para o chão.

— Nome? — perguntou Van Veeteren.

— Pieter Fuss.

— Idade?

— Vinte e um.

— Profissão?

— Mensageiro.

— Mensageiro?

— De uma empresa de vigilância.

Ah, quase um colega, pensou Van Veeteren e engoliu a sensação de impotência.

— Não estou encarregado do seu caso — explicou —, mas tenho alguma autoridade e gostaria que me respondesse uma pergunta. Uma única.

Pieter Fuss olhou para cima, mas quando cruzou com o olhar do comissário, voltou imediatamente a fitar os seus próprios tênis.

— Sexta-feira, 23 de fevereiro — conta Van Veeteren —, eu vinha andando em uma esquina perto de Rejmer Plejn, por volta de meia-noite e meia. Voltava para casa depois de passar uma noite agradável com alguns amigos. De repente você e mais quatro amigos bloqueiam a minha passagem. Um de seus amigos me joga contra a parede. Você me bate no rosto. Aos poucos, vocês me derrubam na calçada. Vocês me batem e me chutam. Você nunca me viu antes. Minha pergunta é: por quê?

Pieter Fuss não moveu um músculo sequer.

— Você entendeu a pergunta?

Nenhuma resposta.

— Por que você ataca um desconhecido? Bate, chuta nele? Tem que ter uma resposta.

— Não sei.

— Pode falar um pouco mais alto? Estou gravando isso aqui.

— Não sei.

— Não entendo. Você não sabe por que faz as coisas?

Nenhuma resposta.

— Vocês eram cinco contra um. Você acha isso certo?

— Não.

— Então você faz coisas que acha errado?

— Não sei.

— Se você não sabe, quem saberia?

Nenhuma resposta.

— Qual é o castigo que você acha que merece?

Pieter Fuss murmurou algo.

— Mais alto!

— Não sei.

— *All right* — disse Van Veeteren. — Escute aqui. Se você não pode me responder por que tudo isso, vou fazer de tudo pra você pegar, no mínimo, seis meses por isso.

— Seis meses?

— No mínimo — respondeu Van Veeteren. — Não podemos deixar gente solta por aí que não sabe por que ataca os seus semelhantes. Você terá dois dias para pensar nisso com calma e tranqüilidade...

Ele fez uma pausa. Por um instante parecia que Pieter Fuss ia dizer algo, mas aí alguém bateu na porta e Jung adentrou a sala.

— Comissário, o senhor está ocupado?

— Nem um pouco.

— Acho que temos uma pista que pode ser interessante.

— O quê? — perguntou Van Veeteren.

— Um do grupo telefonou da Irlanda. Achamos que talvez o senhor queira cuidar disso sozinho.

Ele entregou o papel.

— Está certo — disse Van Veeteren. — Você pode levar esse jovem promissor até o policial de plantão. Tome cuidado, ele não sabe muito bem o que faz...

Pieter Fuss se levantou e, com um andar desleixado, acompanhou Jung.

O comissário examinou as informações da ficha.

André Melgarves, pensou, franzindo a testa.

Depois ligou para a central telefônica e pediu para fazer a ligação. Dez minutos mais tarde estava na linha.

— Meu nome é Van Veeteren. Sou o responsável pela investigação. O senhor entrou em contato para nos avisar que tinha informações sobre o caso.

— Na verdade, não sei bem se vai servir para alguma coisa — respondeu Melgarves, e a sua hesitação era quase mais nítida do que a sua própria voz, apesar dos ruídos da ligação.

— Estou ouvindo — disse Van Veeteren. — O senhor pode falar um pouquinho mais alto? Acho que a ligação não está muito boa.

— Irlanda — explicou Melgarves. — Os impostos são ótimos. Todo o resto é uma droga.

— Entendo — disse Van Veeteren e fez uma careta.

— Bem, tinha uma coisa sim... recebi suas cartas e as instruções. Também falei com alguém pelo telefone... estou sabendo o que aconteceu, apesar da distância. Minha irmã mandou alguns recortes e jornais... e, então, se tiver algo que possa fazer para ajudar, lógico que gostaria de fazer isso. É uma história terrível...

— Sem dúvida — respondeu Van Veeteren.

— O que estava pensando — continuou Melgarves — é apenas um detalhe, mas mesmo assim é algo em que Malik, Maasleitner e Innings estão metidos. Pode ser algo totalmente sem importância, mas pelo que entendi, vocês têm tido dificuldades em encontrar uma ligação entre eles.

— Temos tido certos problemas — confessou Van Veeteren.

— Era algo relacionado com a festa de encerramento — disse Melgarves.

— Festa de encerramento?

— É, tivemos uma grande festa de despedida na cidade... Na Caverna do Arno, acho que não existe mais.

— Não, não existe mais — disse Van Veeteren.

— Apenas dois dias antes de dar baixa. Enfim, era uma festa onde todos participaram... alguns oficiais e professores também. Nenhuma mulher, apenas homens. Alugamos o lugar inteiro e logicamente bebemos bastante.

— A ligação? — perguntou o comissário.

Melgarves pigarreou.

— Certo, já vou chegar lá. Nós ficamos até bem tarde... acho que até umas duas horas, duas e meia, e muitos estavam bastante embriagados... dois apagaram completamente. Eu mesmo não estava muito sóbrio, mas era uma noite daquelas, por assim dizer. Tudo era permitido também... não tínhamos serviço até a tarde do dia seguinte... faltavam dois dias para dar baixa, uma coisa leva à outra...

— Entendo — disse Van Veeteren, demonstrando um pouco de irritação na voz. — Será que o senhor poderia chegar logo ao ponto, senhor Melgarves?

— Então, foi depois — continuou Melgarves —, foi aí que os vi... nós que ficamos até o fim fomos à cidade depois do Arno. Andávamos em grupos, berrando... bem alto, para falar a verdade, em direção a Löhr, quando encontrei com eles. Eu tinha entrado em um quintal para tirar a água do joelho e, quando acabei, dei de cara com eles. Eles estavam na portaria de um prédio com uma garota... que não devia ter mais de 17, 18 anos, e estavam assediando-a insistentemente...

— Assediando? O que quer dizer com isso?

— Bem, tentando convencê-la.

— A quê?

— O senhor entende.

— Talvez. E?

— Estavam lá em volta dela, bastante embriagados, e parecia que ela não estava muito interessada ou como poderia dizer. Falavam e riam e não a deixavam ir embora.

— Então ela queria ir embora?

Melgarves hesitou.

— Não sei. Acho que sim, mas não lembro. Pensei nisso é claro, mas apenas por alguns instantes, depois segui meu caminho atrás dos outros. Mas não devem ter sido boa companhia.

Van Veeteren pensou.

— E não era uma prostituta? — perguntou.

— Talvez sim, talvez não — disse Melgarves.

— Como é que o senhor se lembra disso depois de mais de trinta anos?

— Compreendo que o senhor pergunte isso. Provavelmente porque aconteceu algo no dia seguinte também.

— No dia seguinte? O quê?

— Como se tivesse acontecido algo. Na verdade conhecia apenas Innings um pouco melhor, e ele não era o mesmo de sempre naqueles últimos dois dias. Ele não era o mesmo de alguma maneira... um pouco arredio. Acho que perguntei como tinha sido com a garota, mas ele não me respondeu.

— Afinal, o que o senhor acha que aconteceu?

— Não sei — disse Melgarves. — Como demos baixa no dia seguinte, tínhamos muita coisa no que pensar.

— Ah, é mesmo — disse Van Veeteren. — O senhor sabe me dizer em que dia foi essa festa?

— Deve ter sido no dia 29 de maio — constatou Melgarves. — Já que demos baixa no dia 31.

— Dia 29 de maio de 1965 — disse o comissário, quando de repente sentiu a pulsação nas têmporas acelerar, à espera da próxima pergunta.

E a próxima resposta. Ele pigarreou.

— Enfim, Malik, Maasleitner e Innings — disse. — Havia mais alguém?

— Tinha — disse Melgarves. — Eles eram quatro, aquele tal de Biedersen também estava.

— Biedersen?

— É. Provavelmente ele e Maasleitner é que estavam à frente de tudo. Biedersen também tinha um quarto na cidade.

— Um quarto na cidade?

— É, nos últimos meses tínhamos uma autorização permanente para sair à noite; é assim que se chama. Não éramos obrigados a passar as noites no quartel, e Biedersen tinha um quarto de estudante... acho que havia uma festa lá uma vez ou outra, mas eu nunca estive lá.

Os ruídos na ligação começaram a aumentar consideravelmente e o comissário teve que gritar as últimas perguntas para se fazer ouvir.

— Esses três e Werner Biedersen? É isso mesmo?

— Exatamente.

— Com uma mulher jovem?

— Isso.

— Mais alguém também viu?

— É possível, mas não sei.

— O senhor falou com mais alguém sobre isso? Naquela época ou agora.

— Não — respondeu Melgarves. — Pelo menos não que eu me lembre.

Van Veeteren refletiu por mais alguns segundos.

— Obrigado — respondeu em seguida. — Muito obrigado por uma pista muito valiosa, senhor Melgarves. Volto a falar com o senhor.

Ele desligou.

Agora, pensou. Agora chegou a hora.

— CACETE, o que você quer dizer com isso? — bradou dez minutos mais tarde. — Ainda não sabemos onde ele está?

Münster confirmou com a cabeça.

— Puta que o pariu! — exclamou o comissário. — E a esposa?

— Não está em casa — explicou Münster. — DeBries está ligando direto.

— Onde eles moram?

— Em Saaren.

— Saaren? — disse Van Veeteren. — Ao norte... certo, faz sentido. Qual é a distância até lá? Uns 30 a 40 quilômetros?

— Acho que sim — disse Münster.

Van Veeeren tirou quatro palitos, partiu-os e jogou os pedaços no chão. Reinhart apareceu na porta.

— Já conseguimos encontrá-lo? — perguntou.

— Conseguimos encontrá-lo!— gritou Van Veeteren. — Mas que cacete! Ele está desaparecido há semanas e a mulher dele está na rua fazendo compras.

— Mas é o Biedersen, não é? — disse Reinhart.

— Biedersen — afirmou Münster. — Isso, é o próximo da lista.

— Você tem um cigarro? — perguntou Van Veeteren.

Reinhart negou com a cabeça.

— Sinto muito. Só tenho o meu velho cachimbo. O que vamos fazer?

O comissário cerrou os punhos e fechou os olhos durante dois segundos.

— *All right* — disse e abriu os olhos de novo. — Vamos fazer o seguinte: eu e Reinhart vamos a Saaren. Vocês continuam tentando localizar a esposa daqui. Se conseguirem, digam apenas para ela ficar em casa até chegarmos, se não quiser pegar prisão perpétua. Aí veremos o que fazer.

Reinhart concordou.

— Pergunte também se ela sabe onde ele está — acrescentou. — E nos mantenha informados no carro. Obviamente também vamos tentar entrar em contato com ela.

Münster fez algumas anotações.

— Vamos embora agora — disse Van Veeteren e fez sinal para Reinhart.

— Vá até a central e pegue um carro. Estarei na entrada daqui a cinco minutos. Primeiro vou tomar algumas providências.

— Você tem certeza de que temos que sair correndo assim? — perguntou Reinhart quando o comissário sentou-se no banco do carona.

— Não — respondeu Van Veeteren e acendeu um cigarro. — Mas depois de ficar preso em uma camisa de força durante sete semanas, está mais do que na hora de começar a se mexer um pouco.

40

Ele acordou de repente e ficou tateando à procura da arma. Pegou-a e deu uma espiada pela janela. A não ser pelo fato de o sol brilhar, observou que tudo parecia exatamente igual.

Concluiu também que ele tinha sido o responsável por aquecer o sótão; estava deitado bem junto ao teto e não sentia mais o mesmo frio abafado de antes. Pelo contrário, estava quente e agradável, e faltavam alguns minutos para as dez.

Dez! Com uma pontada de medo, percebeu que tinha dormido mais de nove horas seguidas. Tinha se enfiado debaixo das cobertas pouco depois de meia-noite e meia e nem conseguia se lembrar de ter ficado acordado muito tempo. Também não tinha acordado nenhuma vez durante a noite.

Simplesmente tinha dormido ali durante nove horas. E para quê? Uma coisa era óbvia: ele parecia muito mais uma vítima indefesa do que um cão de guarda. Será que ao menos teria acordado se ela tivesse subido a escada sorrateiramente?

Ele rolou para o lado e abriu a janela toda. O sol brilhava intensamente lá fora. Os passarinhos voavam ao redor do arbusto, atrás da porta da cozinha. O céu estava azul, com pequenas nuvens em movimento.

Primavera?, pensou. O que diabos estou fazendo aqui?

Ele pensou na noite passada. Ficou até 11 horas no restaurante e depois deixou todos os cuidados de lado na volta para a casa. Apenas levantou-se da mesa e saiu. Seguiu a rua principal — a igreja, as casas de Heine, de Van Klauster — e depois a rua estreita para casa.

O tempo todo com a arma engatilhada na mão, é verdade, mas ainda assim...

Por um momento pensou em deitar na própria cama, mas alguma coisa o deteve.

Agora já tinha se passado uma semana. Oito dias até, e enquanto fazia o café e preparava alguns sanduíches na cozinha, decidiu que já tinha sido o bastante. Aquele teria que ser o último dia. Tinha que encarar os fatos de frente e entender que aquele plano era inútil. Não lhe renderia frutos. Não ganharia porra nenhuma, essa era a verdade.

Poderia até mesmo ir embora logo de uma vez por todas, já de manhã, mas Korhonen tinha prometido levar algumas fotos da sua nova mulher tailandesa e também combinado de passar lá à noite.

Mas depois disso bastava, como já havia dito antes. A sensação de que tinha sido um erro ir até lá crescia dentro dele há algum tempo — a sensação de que tudo era inútil e que não era nesse campo de batalha que ela pretendia enfrentá-lo.

O telefonema da mulher há quatro dias — quando ela comentou que uma mulher de Copenhague havia ligado para ele — obviamente tinha sido um sinal e uma confirmação, mas não de que ela pretendia ir até lá. Não mesmo. Apenas que ela sabia onde ele estava.

Tinha de ser ela — compreendeu logo —, pois ele não tinha contatos de negócios femininos em Copenhague, aliás, nem mesmo masculinos. Mas essa demora... os dias que passavam sem que nada acontecesse; não podia interpretar isso de outra maneira se não a de que ela não tinha aceitado o convite. Recusou-se a encontrá-lo sob as suas condições.

Piranha covarde, ele pensou. Maldita puta assassina, vou acabar com você de qualquer maneira!

Mesmo assim não relaxou na segurança naquele último dia. Apesar de ter entendido que os planos falharam, ele fez seu passeio de algumas horas pela floresta. Comeu e fez as malas depois do crepúsculo e entendeu a importância de não ser presunçoso demais.

A mesma vigilância. A arma ao alcance o tempo todo. Ficar escondido.

Apenas mais uma noite. Uma única.

Quais regras e que comportamento ele seguiria e obedeceria daqui para frente não era algo com que ele se preocuparia naquele momento. Não tinha forças depois daquela tensão inútil.

Amanhã iria embora.

Amanhã também tomaria novas decisões.

Depois do noticiário das oito horas no rádio, ele saiu furtivamente na escuridão. Como sempre e com a arma na mão, observou atentamente o lado de fora da escada antes de abrir caminho em direção à cidade e ao restaurante. O ar ainda estava morno, e ele entendeu que a primavera com a qual ele se deparou ao despertar tinha vindo para ficar. Pelo menos por mais um dia.

— Não devíamos entrar em contato com a polícia de Saaren? — perguntou Reinhart, quando já tinham viajado 40 quilômetros sem que o comissário dissesse sequer uma palavra.

— Você esqueceu quem é o chefe de polícia? — disse Van Veeteren.

— Cacete, o Mergens! Não, é melhor mesmo deixá-lo fora disso.

Van Veeteren concordou e acendeu o terceiro cigarro em vinte minutos.

— Aliás, que diabos diríamos a ele? — disse depois de um tempinho. — Pedir para ele sair à caça da senhora Biedersen e mantê-la detida até chegarmos?

Reinhart encolheu os ombros.

— Ele gostaria disso — comentou. — Não, você tem razão. Vamos cuidar disso sozinhos.

— Não pode andar um pouco mais rápido? — perguntou Van Veeteren.

DeBries só conseguiu entrar em contato com Dagmar Biedersen às 20h15. Ela tinha acabado de chegar em casa depois de passar um bom tempo no shopping e ter ido ao cabeleireiro já bem tarde. Parecia exausta.

Quando avisaram Van Veeteren e Reinhart no carro, constataram que só faltavam uns dez minutos para chegar a Saaren. A essa altura também não acharam necessário convocar policiais de outros departamentos.

— *Timing* perfeito — disse Reinhart — Vamos direto para a casa dela. Diga a ela que queremos duas cervejas.

— Mas o que vocês estão querendo dizer com isso? — exclamou a senhora Biedersen, alisando nervosamente os cabelos recém-penteados.

— Podemos sentar e conversar com calma? — disse Van Veeteren.

Reinhart mostra o caminho até a sala e senta-se em um sofá de veludo vermelho. O comissário pede que a senhora Biedersen se acomode em uma das poltronas, enquanto ele mesmo permanece em pé.

— Temos motivos para achar que o seu marido está em perigo — começou.

— Em perigo?

— É. Tem a ver com aquelas mortes anteriores. A senhora pode nos dizer onde ele está agora?

— O quê? Não... sim, talvez, mas não pode ser...

— Pode sim — disse Reinhart. — Onde ele está?

De repente, Dagmar Biedersen desandou a chorar. Algo dentro dela eclodiu e o seu peito frágil começou a arfar, em soluços intensos. As lágrimas escorriam.

Que merda também, pensou Van Veeteren.

— Por favor, senhora Biedersen — disse. — Só queremos saber onde ele está e tudo será resolvido.

Ela tirou um lenço e assoou o nariz.

— Por favor, me desculpem — disse. — Sou uma boba.

Sem dúvida, pensou Van Veeteren. Mas responda logo, cacete!

— Ele deve estar na casa de campo, imagino. Pelo menos telefonou de lá há alguns dias.

— Casa de campo? — perguntou Reinhart.

— É, temos uma casa de campo ou como poderia chamar... na verdade é a casa dos pais dele. Às vezes vamos para lá. Ele também vai sozinho muitas vezes...

— Onde? — disse Van Veeteren

— Desculpe. Em Wahrhejm, é claro.
— Wahrhejm? E onde fica Wahrhejm afinal?
— Desculpe — ela repetiu. — Fica entre Ulming e Oostwerdingen. É apenas um pequeno vilarejo... fica a pouco mais de 10 quilômetros daqui.

Van Veeteren pensou.
— A senhora sabe se ele está lá?
— Não, como já disse... mas acho que sim.
— Tem telefone lá?
— Não, infelizmente... costumamos ligar do restaurante. Ele não gosta de ser incomodado quando vai para lá...

Van Veeteren suspirou.
— Cacete também! — exclamou. — Será que a senhora poderia nos deixar a sós por alguns minutos? Eu e o inspetor precisamos conversar.
— Pois não — disse e correu para a cozinha.
— O que faremos? — perguntou Reinhart, quando ela não podia mais ouvir o que falavam.
— Não sei muito bem — disse Van Veeteren. — Tenho a impressão de que é urgente, mas na verdade não há nada que indique isso.
— Não — disse Reinhart. — A não ser pelo fato de eu estar com a mesma sensação, é claro. Mas é você quem manda.
— É, eu sei — disse Van Veeteren. — E você obedece. Ligue para a polícia de Ulming, deve ser a mais perto, e diga a eles para irem até lá capturá-lo.
— Capturar?
— Deter então.
— Qual o motivo?
— Estou cagando pra isso. Porra, inventa qualquer coisa!
— Com prazer — disse Reinhart.

Enquanto Reinhart cumpria sua missão no escritório de Biedersen, o comissário se dedicava à esposa aflita a fim de obter qualquer informação complementar.

— Se posso falar claramente — explicou —, é muito provável que essa mulher esteja atrás do seu marido, senhora Biedersen. Naturalmente esperamos conseguir detê-la.

— Meu Deus! — disse Dagmar Biedersen.

— Quando o viu pela última vez?

Ela tentou se lembrar.

— Há duas semanas... na verdade, quase três.

— Alguém mais sabe que ele está lá?

— Eu... eu não sei.

— Existe alguma possibilidade de essa mulher saber? De alguma maneira?

— Não... aliás...

Ele pôde perceber sem dificuldade como ela de repente tinha se dado conta de tudo. A cor desapareceu do seu rosto e ela abriu e fechou a boca várias vezes. As mãos tateavam os botões da blusa cor de ferrugem sem encontrar um apoio.

— Essa... essa mulher — gaguejava.

— Sim?

— Ela... ligou.

Van Veeteren assentiu.

— Continue.

— Uma mulher telefonou de Copenhague... alegou que era uma conhecida de negócios do meu marido e então...

— E então?

— Ela perguntou se eu sabia onde ele estava. Onde podia encontrá-lo.

— E aí a senhora contou? — disse Van Veeteren.

— Contei — disse Dagmar Biedersen e afundou na poltrona. — Aí eu contei. O senhor acha...?

Reinhart entrou na sala.

— Pronto — disse.

— *All right* — disse Van Veeteren. — Então vamos. Nós daremos notícias, senhora Biedersen. A senhora ficará em casa hoje à noite, certo?

Ela concordou, enquanto ofegava violentamente com a boca aberta, e o comissário percebeu que ela não seria capaz nem de levantar do sofá.

* * *

— Como tem mulher aqui hoje — comentou Biedersen quando olhou à sua volta.

— Não sabe que dia é hoje?

— Não.

— O Dia da Mulher — disse Korhonen. — Costuma ser assim. Todas as mulheres da cidade estão aqui.

— Maldita idéia — disse Biedersen.

— É, mas é bom para os negócios. Sente aqui nesse canto e aí você não precisa tê-las tão perto. Cerveja e um uísque como sempre?

— Isso mesmo — disse Biedersen. — Então, você está com as fotos da sua tailandesa?

— Já venho me sentar um pouco — explicou Korhonen. — Vou só preparar os drinques das senhoras primeiro.

— Está bem — disse Biedersen. — Pegou seus dois copos e se sentou na mesa livre entre o bar e a copa.

Que merda, ele pensou. Que camuflagem. Hoje preciso tomar cuidado.

E apalpou o bolso do casaco.

41

— Cacete, o que eles querem afinal? — disse Ackermann.

— Sei lá — respondeu Päude e ligou o carro. — No meio do jogo também.

— O jogo? Estou cagando para o jogo. Estava justamente tirando as calcinhas dela quando ele ligou. Aquela gostosinha da Nancy Fischer, você sabe...

Päude suspirou e ligou o rádio para ouvir o final do jogo em vez de escutar as desventuras sexuais do colega, que sempre ia além do limite tolerável pelo bom senso.

— Tava com meio pau dentro, se é que me entende — disse Ackermann.

— O que você acha desse Biedersen? — perguntou Päude tentando desconversar.

— Complicado — respondeu Ackermann. — Prendê-lo apenas por vadiagem e esperar novas ordens? Você acha que ele é perigoso?

— Munckel disse que não.

— Munckel não sabe a diferença entre uma granada e uma beterraba.

— Está certo, então vamos agir com cautela. Quantos quilômetros até Wahrhejm?

— Dezoito quilômetros. Estaremos lá em dez minutos. Vamos ligar a sirene?

— Sirene? Não, cacete! Discrição. Foi isso que disse Munckel. Mas você não sabe o que é isso, não é?

— Claro que sei — disse Ackermann. — Discrição é uma questão de honra.

— Mais um? — disse Korhonen.

— Lógico, cacete! — disse Biedersen. — Mas primeiro tenho que dar uma aliviada na bexiga. Bela mulher que você arrumou. Bonita pra cacete.

— Fácil de lidar também — disse Korhonen e deu um sorriso malicioso.

Biedersen se levantou e percebeu que estava um pouco alto. Talvez seja melhor cortar o uísque no futuro e ficar apenas com a cerveja, pensou e passou pelo enorme contingente de mulheres, que estavam sentadas em duas mesas grandes fazendo muito barulho. Riam e cantavam. Com exceção dele mesmo, havia apenas mais dois homens no restaurante. O velho zelador da escola, que estava sentado na mesa de sempre com um jornal e uma garrafa de vinho tinto. E um homem sozinho de terno escuro que tinha chegado há 15 minutos.

Enfim, o resto era composto de mulheres. Ele apertou sua arma enquanto passava por elas, com as costas voltadas para a parede.

O Dia da Mulher, pensou, enquanto deixava a cerveja fluir uretra afora. Idéia maldita.

A porta abriu e o homem de terno escuro entrou. Ele acenou para Biedersen.

— Que bom que pelo menos aqui a gente pode ficar em paz — disse Biedersen, fazendo sinal em direção ao barulho lá fora. — Mulheres merecem tudo, mas...

Ele se interrompeu e procurou rapidamente o bolso do paletó, mas antes que ele tivesse tempo de enfiar a mão, escutou dois estampidos e entendeu que era tarde demais. Um rio vermelho escuro escorreu sobre os seus olhos, e a última, a derradeira coisa que sentiu foi uma dor lancinante nos órgãos genitais.

* * *

Päude freou na frente do restaurante.

— Vá lá dentro perguntar o caminho — disse. — Eu espero aqui fora.

— Está bem — suspirou Ackermann. — É Biedersen o nome dele?

— Isso — respondeu Päude. — Werner Biedersen. Lá dentro eles devem saber.

Ackermann saiu do carro e Päude acendeu um cigarro. Pelo menos era bom se livrar dele por alguns minutos, pensou.

Mas Ackermann voltou em um minuto e meio.

— Puta sorte — disse Ackermann. — Encontrei um cara que estava saindo que sabia onde ele morava. É só seguir em frente... uns 150 metros.

— Beleza — disse Päude.

— À esquerda, lá na frente — explicou Ackermann.

Päude dobrou conforme as instruções e chegaram a um muro de pedras baixo, com uma abertura.

— Parece escuro — constatou Ackermann.

— Pelo menos tem uma casa lá dentro — disse Päude. — Leve a lanterna e vá lá dar uma olhada. Vou esperar aqui. Estou com a janela aberta, é só chamar se precisar de ajuda.

— Não é melhor você ir? — perguntou Ackermann.

— Não — disse Päude —, vai logo.

— Está bem — respondeu Ackermann.

Afinal, sou sete anos mais velho, pensou Päude quando Ackermann saiu do carro. Mulher, filhos e tudo mais.

De repente o rádio estalou.

— Sim, Päude na escuta.

— Munckel! Cacete, onde vocês estão?

— Em Wahrhejm, é claro. Chegamos à casa dele. Ackermann foi lá dentro e...

— Vá buscá-lo agora! Biedersen foi assassinado no banheiro do restaurante. Vá até lá e isole o local!

— Puta que o pariu! — exclamou Päude.

— Não deixe nenhum vagabundo sair de lá. Estarei lá em 15 minutos.

— Entendido — disse Päude.

Estalou de novo e Munckel desapareceu. Päude sacudiu a cabeça.

Puta que pariu, pensou de novo. Depois saiu para chamar Ackermann.

42

NÃO É VERDADE, devo estar sonhando! Era o pensamento com que Van Veeteren lutava nos últimos 25 minutos.

Desde que receberam a notícia pelo rádio.

Esse tipo de coisa não acontece na vida real. Deve ser invenção ou algum mal-entendido.

— Puta que o pariu! Pensei que estivesse delirando! — disse Reinhart e freou. — Mas agora chegamos. Parece que foi como disseram.

Dois carros de polícia já estavam lá. Estavam estacionados frente a frente atravessando a estrada, com as luzes azuis acesas. Provavelmente para que todos do lugarejo que tinham conseguido não ficar sabendo de nada fossem informados, pensou Van Veeteren quando entraram. Um guarda uniformizado vigiava a entrada, enquanto outros dois permaneciam dentro do próprio local, onde o ambiente de horror e pânico parecia perceptível mesmo no ar. A clientela — praticamente apenas de mulheres, ele observou surpreso — estava amontoada atrás de duas mesas, e os sussurros e as conversas baixinhas chegavam aos ouvidos de Van Veeteren como um lamento desarticulado, mas suportável. Ele teve um breve vislumbre de gado reunido para o abate. Ou prisioneiros de um campo de concentração a caminho da câmara de gás. Ele tremeu e tentou se livrar daquela sensação.

Desligue agora! Apelava a seus próprios pensamentos. Já está bem ruim do jeito que está.

Um homem de cabelo ralo veio ao seu encontro.

— Comissário Van Veeteren?

Ele confirmou e apresentou Reinhart.

— Munckel. Que merda! Ele está lá dentro. Não mexemos em nada.

Van Veeteren e Reinhart foram ao banheiro masculino, onde estava um dos policiais.

— Ackermann — disse Munckel —, deixe esses cavalheiros entrarem.

Van Veeteren olhou para dentro. Fitou o corpo sem vida durante alguns segundos e se dirigiu a Reinhart.

— Pois é — disse. — Como sempre. Vamos deixá-lo até os peritos chegarem. Não podemos fazer nada por ele.

— Filho-da-puta burro — resmungou Reinhart.

— Que horas aconteceu? — perguntou o comissário.

Munckel olhou para o relógio.

— Pouco depois das nove horas... fomos avisados às 21h15... foi o senhor Korhonen quem telefonou. Ele é o barman.

Um homem de cabelos escuros, de uns 50 anos, veio nos cumprimentar.

— Passou menos de uma hora — constatou Van Veeteren. — Quantos deixaram o local?

— Não sei exatamente — hesitou Korhonen.

— Quem o encontrou?

— Eu — respondeu um homem idoso, com um vozeirão e uma camisa esporte quadriculada. — Fui ao banheiro para fazer xixi e lá estava ele. Atiraram no saco também. Que desgraça...

Deu a impressão de que um arrepio percorreu o grupo de mulheres.

Cacete, é claro! Van Veeteren descobriu finalmente. O Dia da Mulher, dia 8 de março. Por isso estavam aqui. Macabro — seria difícil encontrar uma descrição melhor.

— Afinal, quando foi que Biedersen entrou? — perguntou Reinhart.

Korhonen pigarreou nervosamente.

— Desculpe — disse. — Acho que sei quem foi. Só pode ter sido aquele outro.

— Quem? — perguntou Munckel. — Por que não falou isso antes?

— O outro — repetiu o barman. — Aquele que estava sentado ali...

Ele apontou.

— Ele foi ao banheiro, logo depois de Biedersen, agora estou me lembrando.

— Um homem? — perguntou Van Veeteren.

— É... isso.

— E onde está ele? — perguntou Reinhart.

Korhonen olhou em volta. O homem de camisa quadriculada olhou em volta. Todas as mulheres olharam em volta.

— Ele foi embora, é lógico — disse Munckel.

— Ele não está — disse uma das mulheres. — Vi quando ele saiu.

— Merda, é lógico que ele não ficaria esperando — disse Reinhart.

— Alguém de vocês se chama Van Veeteren? — perguntou uma mulher de uns 35 anos.

— Sim, por quê?

— Isso estava na mesa dele. Acabei de ver.

Ela se aproximou, trazendo um envelope branco grande. Van Veeteren pegou o envelope e fitou-o perplexo.

Devo estar sonhando, pensou novamente e fechou os olhos por um instante.

— Abre! — disse Reinhart.

Van Veeteren abriu.

— Leia! — disse Reinhart.

Ele leu.

— Onde está o telefone? — perguntou em seguida.

O barman Korhonen apontou para o corredor da entrada. Reinhart o seguiu, enquanto dava sinais a Munckel para manter a situação dentro do restaurante.

— O que é que tem nesta porra? — ele murmurou na hora em que o comissário discou o número. — Me dá essa carta!

Van Veeteren entregou-a, e Reinhart leu.

Estou à sua espera.
Jelena Walgens pode lhe dizer onde estou.

Duas linhas. Nenhuma assinatura.

Que merda é essa? Pensou Reinhart e repetiu alto logo em seguida também.

43

Pararam a uma distância segura e saíram do carro. O céu não estava totalmente escuro e era fácil distinguir as casas na paisagem aberta, perto do lago. O vento tinha acalmado, transformando-se em um sussurro distante, do lado nordeste da floresta, e o ar estava quase morno, observou Van Veeteren.

Primavera?, pensou um pouco surpreso. Reinhart pigarreou.

— Deve ser aquela mais lá para baixo — disse. — Parece que não há ninguém em casa em nenhuma delas.

— Acontece que as pessoas dormem à noite — disse Van Veeteren.

Seguiram com cuidado a pé pela estrada estreita de cascalho.

— Você acha que ela está lá dentro?

— Não me atrevo a achar mais nada nessa história — disse Van Veeteren baixinho. — Mas cacete, não tem jeito, temos que ir lá dentro e dar uma olhada, pelo menos. Ou você acha que devemos chamar a tropa de choque do Ryman?

— Nem pensar — disse Reinhart. — Eles levam quatro dias para se organizar. Vamos entrar. Se você quiser, eu vou na frente.

— Sem chance também — disse Van Veeteren. — Eu sou mais velho. Você fica atrás.

— Como quiser — disse Reinhart. — Aliás, não acho que ela está em casa.

Agachados e a uma distância considerável, eles se aproximaram da casa cinza e assimétrica, com um telhado de tijolos em péssimo estado. Foram se esgueirando lentamente, mas determinados, sobre os tufos úmidos, e quando faltavam apenas uns 10 metros, Van Veeteren começou o ataque correndo e posicionando-se contra a parede, perto da porta. Reinhart foi atrás e ficou agachado debaixo de uma janela.

Ridículo, pensou Van Veeteren enquanto recuperava o fôlego, agarrado à sua arma de trabalho. Que merda é esta que estamos fazendo aqui?

Ou é sério?

Decidido, chutou a porta e entrou. Depois correu um pouco chutando outras portas, mas logo entendeu que a casa estava tão vazia como Reinhart havia previsto.

Se quisesse nos matar, teria feito há muito tempo, pensou e guardou a arma no bolso.

Ele entrou no maior dos três quartos, achou um interruptor e acendeu a luz. Reinhart entrou e olhou em volta.

— Tem mais uma carta ali — observou, apontando para a mesa.

O comissário avançou e pegou-a. Sentiu o seu peso nas mãos.

O mesmo tipo de envelope.

A mesma caligrafia.

O mesmo destinatário.

Comissário Van Veeteren, Maardam.

E aquela sensação de que estava sonhando recusava-se a abandoná-lo.

A PRECISÃO, PENSOU Van Veeteren. É essa maldita precisão que faz com que pareça tão irreal. Não há acasos, Reinhart teria dito, mas na verdade era o contrário. Agora ele conseguia entender. Quando de repente a sensação de acaso desaparece totalmente, é aí que temos dificuldade em confiar nos nossos sentidos. Confiar nos testemunhos deles sobre os acontecimentos e as conexões.

Bom, deve ser mais ou menos assim que tudo funciona.

Havia duas cadeiras de vime no quarto. Reinhart já tinha se sentado em uma delas e acendido o cachimbo. O comissário sentou-se na outra e começou a ler.

Demorou apenas alguns minutos e quando terminou, leu mais uma vez. Depois olhou para o relógio e entregou a carta a Reinhart sem uma palavra.

No enterro da minha mãe, havia apenas uma pessoa de luto. Era eu.

O tempo é curto e serei breve. Não preciso de compreensão, mas quero que vocês saibam como eram os homens que matei. Minha mãe me contou — duas semanas antes de morrer — como fui concebida.

Meu pai eram quatro homens. Era a noite do dia 30 de maio de 1965. Ela tinha 17 anos e era virgem. Eles a estupraram durante duas horas em um quarto de estudante em Maardam, e para que ela não gritasse, enfiaram a cueca de um deles na sua boca. A gravata de um deles em volta da boca e da nuca. Também tocaram uma música durante a minha concepção. O mesmo compacto várias vezes, que ela depois procurou saber que disco era e o comprou. Eu ainda o tenho.

Quando terminaram de fecundar a minha mãe, eles a levaram do quarto e a jogaram em um arbusto de um parque vizinho. Um dos meus pais disse que ela era uma puta e que a mataria se contasse algo.

Minha mãe também não contou nada sobre o que tinha acontecido, mas depois de dois meses começou a desconfiar de que estava grávida. Depois de três, tinha certeza. Ela ainda estava na escola. Ela tentou me matar de algumas maneiras e métodos que tinha ouvido falar, mas falhou. Queria muito que ela tivesse conseguido.

Ela contou à sua mãe, que não acreditou nela.

Ela contou ao seu pai, que não acreditou e bateu nela.

Ela contou às suas irmãs mais velhas e comportadas, que não acreditaram nela, mas que lhe aconselharam a fazer um aborto.

Mas aí já era tarde demais e eu queria que não tivesse sido.

Meu avô materno pagou uma pequena quantia para se livrar de nós e eu nasci bem longe dali, em Groenstadt. Foi lá também que eu cresci. Minha mãe descobriu os nomes dos meus pais e recebeu um dinheiro deles quando ameaçou revelar toda a verdade. Quando fiz 10 anos, ela fez mais uma ameaça, mas foi tudo. Eles pagaram. Eles tinham meios.

Desde cedo eu sabia que minha mãe era prostituta e que eu também seria. Era a mesma coisa com as drogas e a bebida.

Mas eu não sabia por que era assim, não até algumas semanas antes da morte dela, quando ela contou sobre os meus pais.

Minha mãe tinha 47 anos. Eu tenho apenas 30, mas fui prostituta e usei drogas tanto tempo que pareço pelo menos dez anos mais velha. Tive os meus primeiros clientes antes de completar 15.

Além disso, tenho a morte dentro de mim. Fiquei sabendo de tudo em outubro e, mais tarde, quando fiquei sabendo mais sobre os meus pais, tomei a decisão.

Foi uma decisão acertada.

A vida da minha mãe foi um suplício. Suplício e indignidade.

A minha também. Mas foi bom entender, finalmente entender. Vi a lógica. O que mais podia nascer de uma noite de amor como aquela, quando meus pais me deram a vida?

Que vida?

Sou o fruto maduro de um estupro grupal. É esse fruto que agora mata os seus pais. Que encerra o círculo.

Até soa como um gênero de poesia macabra. Em uma outra vida teria sido poeta. Teria escrito e lido, tinha isso dentro de mim, mas nunca tive uma chance.

Quando tiver terminado, não haverá nada vivo daquela noite. Todos estaremos mortos. Essa era a lógica de tudo.

Minha mãe — que tinha a cueca do meu pai enfiada na boca durante o ato de amor — me deu essa missão e foi em nome dela que matei todos. O que me deu um imenso prazer, maior que qualquer outra coisa na minha vida. Em nenhum momento senti culpa ou remorso, e ninguém me responsabilizará.

Também me alegra que minha mãe tenha guardado o dinheiro da chantagem com os meus pais. Me ajudou muito e gosto de pensar que dessa maneira eles pagaram pelas suas próprias mortes.

Repito que senti um grande prazer em matar os meus pais. Muito grande.

Fui muito cuidadosa o tempo todo e quero ser até o fim. Escrevo por duas razões. Quero que os verdadeiros motivos sejam conhecidos. E também preciso de tempo, foi por isso que deixei uma mensagem no restaurante primeiro. Se o senhor estiver lendo esta carta na hora que calculei, isso significa também que atingi o meu objetivo.

Às 22 horas embarco na barca de Oostwerdingen rumo às ilhas, mas não estarei nela quando começarem a atracar nos portos.

Terei pesos suficientes para me levar até o fundo do mar, onde espero que os peixes devorem rapidamente a minha carne contaminada.

Nunca mais quero voltar à superfície. Nenhuma parte de mim.

REINHART DOBROU O papel e colocou-o de volta no envelope. Ficou calado um tempinho enquanto acendia o cachimbo que tinha apagado.

— O QUE dizer? — falou em seguida.

O comissário estava sentado, inclinado para trás na cadeira, com os olhos fechados.

— Nada — respondeu. — Não precisa dizer nada.

— Nenhuma assinatura?

— Não.

— São 15 para uma.

Van Veeteren confirmou. Endireitou-se e acendeu um cigarro. Soltou umas baforadas. Levantou, atravessou o quarto e apagou a luz.

— Qual é a primeira parada nas ilhas? — perguntou depois de sentar-se de novo.

— Acho que é em Arnholt — disse Reinhart. — Mais ou menos à uma hora.

— É — disse Van Veeteren. — Deve ser isso mesmo. Vá até o carro e tente entrar em contato com a barca. Eles terão que dar uma busca. Ela pode ter mudado de idéia.

— Você acha? — disse Reinhart.

— Não — disse Van Veeteren —, mas temos que cumprir os nossos papéis até o fim.

— É, imagino que sim — disse Reinhart. — O show não pode parar.

Saiu logo em seguida e deixou o comissário sozinho no quarto.

44

Ela trancou a porta e quase na mesma hora a barca começou a desatracar. Da janela oval e curvada, viu as luzes do porto passarem e desaparecerem. Essa foi a última extravagância; cabine simples no convés B. Tinha custado praticamente tudo que lhe restava, mas não era nenhum capricho. Também se tratava de uma necessidade e de uma exigência lógica. Ela precisava estar só enquanto preparava o final, não seria possível executá-lo de outra maneira.

Ela verificou a hora. Eram 22h07. Sentou-se na cama e sentiu com as mãos o lençol recém-engomado e o cobertor de uma cor vermelha quente com o logotipo da companhia de navegação. Desenroscou a tampa, jogou-a na cesta de lixo e bebeu direto da garrafa. Meio litro de conhaque. Quatro estrelas. Naturalmente uma marca mais simples também faria o mesmo efeito, mas foi a conta certa. Conhaque quatro estrelas. Cabine simples com um cobertor cor de vinho e carpete. A última extravagância, como já dito.

Uma margem de duas horas; ela tinha definido esse tempo. Contado desde o instante em que encontrou com o carro da polícia na estrada. Independentemente da eficiência do trabalho deles, apesar de até agora não terem demonstrado tais tendências... antes de meia-noite seria impossível rastreá-la até aqui. Primeiro, o próprio local do crime — e o caos no restaurante —, depois a procura por Jelena Walgens, seguida de uma conversa confusa com ela e por fim a volta para Wahrhejm. Ela estava bastante convencida de que esse comissário não delegaria esta função a nenhuma outra pessoa. E depois a ligação para o navio... não, tudo isso seria impossível em menos de duas horas.

Onze e meia, para manter uma margem de segurança. Noventa minutos em uma cabine própria no convés B seriam o suficiente. Sentia uma satisfação um tanto extraordinária em poder finalmente planejar o próprio fim, não apenas o dos outros. Ela jogou a mala no chão e a abriu. Melhor se preparar de uma vez, caso houvesse alguma falha. Ela procurou a ponta da corrente de aço e levantou a camisa, descobrindo o tórax. Bebeu mais um gole de conhaque. Acendeu um cigarro antes de começar a enrolar a corrente de aço em volta da cintura. Devagar e metodicamente, volta após volta, exatamente como tinha feito quando ensaiava.

Pesado, mas maleável. Tinha escolhido com cuidado. Sete metros de comprimento e 18 quilos. Corrente de aço. Fria e pesada. Depois da última volta, apertou um pouco mais e trancou com o cadeado. Levantou-se e testou o peso e a capacidade de movimento.

Sim, o cálculo estava certo.

Pesado o bastante para afundá-la. Mas não demais. Ela precisava poder sair também. Por cima da amurada.

Mais um cigarro.

Mais conhaque.

Uma sensação de embriaguez quente e derradeira já tinha começado a se alastrar pelo corpo; ela apoiou a cabeça contra a parede e fechou os olhos. Escutava, ou melhor, sentia as vibrações dos motores pesados da barca, que se propagavam pelos ossos do seu crânio como uma tentativa de contato distante e sem sentido. Mais nada. Apenas o álcool e a fumaça. E as vibrações.

Mais uma hora, ela pensou. Em uma hora tudo estará terminado.

Uma única hora.

O vento a pegou e quase a jogou para trás. Por um instante ficou com medo de ter calculado mal, mas aí conseguiu apoiar-se na grade e recuperar o equilíbrio. Ajeitou-se e abriu a porta.

A escuridão era densa e o vento rugia. Arrastou-se lentamente na direção do vento e ao longo do corredor estreito e molhado de um dos lados do navio.

Até a proa. O parapeito não era mais alto do que a altura do próprio peito e, além disso, havia barras transversais que podia usar para subir. Ideal, mais ou menos, tudo sob medida. Só faltava escolher o lugar certo. Seguiu mais um pouco. Chegou a uma escada, onde uma corrente bloqueava o caminho; uma placa mexia e tilintava no vento, provavelmente avisando aos passageiros que era proibido subir até lá.

Ela olhou em volta. Não viu outras pessoas. O céu estava escuro e agitado, com algumas partes claras. O mar estava escuro; sem reflexos. Quando se debruçou para fora, praticamente não conseguia vê-lo.

Escuridão. Escuridão por toda parte.

A vibração abafada do navio. As rajadas do vento com sal e espuma. Ondas que eram chicoteadas pelas hélices que rugiam.

Sozinha. Frio, apesar do conhaque.

Nenhum outro passageiro tinha coragem para ir ao convés naquela hora da noite. Não com aquele tempo. Estavam lá dentro. Em algum dos bares. No restaurante cor de vinho. Ou na boate, ou dentro das cabines aquecidas.

Lá dentro.

Ela subiu. Ficou sentada alguns segundos antes de firmar-se com as pernas com toda a força e se atirou para fora.

Atingiu a superfície da água acocorada como um feto, e o leve medo que sentiu de ser sugada pelas hélices logo desapareceu quando foi rapidamente — muito mais rápido do que podia imaginar — puxada para o fundo.

45

Na espera da ligação definitiva receberam duas outras.

A primeira era do policial de plantão em Maardam, que trazia informações do inspetor Heinemann sobre mais uma possível conexão referente à pista bancária.

Na verdade estava longe de ser uma confirmação, mas mesmo assim havia sinais indicando que um certo Werner Biedersen tinha feito uma transferência sem justificativa de sua firma para uma conta particular (com saque em seguida) no início de junho de 1976. De qualquer maneira, Heinemann ainda não tinha conseguido descobrir nenhuma operação correspondente à quantia em questão.

Mas — tinha que admitir — é claro que também podia se tratar de uma dívida de jogo ou uns casacos de pele para a mulher ou a amante, ou algo parecido, então o inspetor pediu para voltar ao assunto dentro de alguns dias.

— *Timing* perfeito — constatou Reinhart pela segunda vez esta noite, mas o comissário nem suspirou.

— Fale alguma coisa interessante — disse ele depois de mais alguns minutos de silêncio na escuridão.

Reinhart riscou um fósforo e acendeu com cuidado o cachimbo antes de responder.

— Acho que vamos ter um filho — disse.

— Filho? — exclamou o comissário.
— É.
— Quem?
— Eu — respondeu Reinhart — e uma mulher que conheço.
— Quantos anos você tem? — perguntou o comissário.
— Isso não tem a menor importância, cacete! — disse Reinhart. — Mas ela tem quase quarenta, então já está na hora.
— É, imagino que sim — comentou o comissário.
Mais um minuto se passou.
— Bom, talvez eu devesse parabenizá-lo — disse o comissário em seguida. — Aliás, nem sabia que você tinha uma mulher.
— Obrigado — disse Reinhart.

A OUTRA LIGAÇÃO era de Munckel, para falar sobre os resultados do laudo médico preliminar. Werner Biedersen foi morto a tiros com uma Berenger 765; três tiros no peito, atirados de uma distância de mais ou menos um metro. Mais dois tiros nos órgãos genitais de pouco mais de 10 centímetros. A morte foi praticamente instantânea e ocorreu por volta das 21h10.

Van Veeteren agradeceu e desligou.

— Tinha alguma coisa naquela cena — disse depois de um tempinho.

A cadeira de vime de Reinhart rangia na escuridão.

— Eu sei — disse. — Tenho pensado nisso.

O comissário ficou calado de novo, procurando as palavras. O relógio da parede entre os dois pálidos retângulos das janelas ameaçou, mas não agüentou bater. Ele olhou para o seu relógio.

Uma e meia. A essa altura, já devia estar em Arnholt há pelo menos meia hora. Devia estar quase chegando.

— Aquela cena — repetiu.

Reinhart acendeu o cachimbo pela vigésima vez.

— As mulheres lá dentro... o Dia da Mulher — continuou o comissário. — Um homem baleado nos órgãos genitais dentro do banheiro... Pela sua filha, vestida de homem... um estupro de trinta anos... o Dia da Mulher.

— Já chega — disse Reinhart. — Não vamos falar sobre isso.

— *All right* — disse Van Veeteren. — Melhor assim talvez. Mas que foi ensaiado, isso foi.

Reinhart tragou profundamente.

— É sempre assim — concluiu.

— Ah é? — disse o comissário. — O que você quer dizer com isso?

— Não sei — disse Reinhart.

De repente, Van Veeteren parecia ter ficado irritado.

— Claro que sabe, não se faça de idiota! Cacete, o que você acha afinal? Você e eu estamos aqui nessa casa maldita, caindo aos pedaços, no meio da floresta... no meio da noite, esperando sabe-se lá o quê... então, quer me fazer o favor de dizer o que estamos esperando?

— O que ainda falta — disse Reinhart.

O telefone tocou e Van Veeteren atendeu.

— Sim?

— Comissário Van Veeteren?

— Sim.

— Schmidt. Da polícia do porto, em Arnholt. Acabamos de verificar e...

— E?

— Parece que vocês tinham razão. Falta uma passageira.

— Tem certeza?

— Tanto quanto possível. É claro que poderia ter se escondido em algum lugar no navio, mas acho que não. Nós verificamos com bastante cuidado. De qualquer maneira, continuaremos durante a viagem. Se estiver a bordo, descobriremos antes de atracar novamente.

Ele fez uma pausa, mas o comissário não disse nada.

— Era uma mulher — continuou Schmidt. — Estava em uma cabine da primeira classe, simples. Ela embarcou, pegou a chave eletrônica no balcão de informações e aparentemente ficou um tempo na cabine.

— Tem o nome dela?

— Certamente. A passagem e a cabine foram reservadas em nome de Biedersen.

— Biedersen?

— Isso, mas como nunca pedem identidade quando se paga à vista, que foi o que ela fez, então pode ser uma informação falsa.

Van Veeteren respirou fundo.

— Alô. O senhor ainda está na linha?

— Estou.

— Tem mais alguma coisa ou podemos deixá-los desatracar? Estão mais de uma hora atrasados.

— Claro — disse o comissário. — Pode deixar desatracar.

Depois a ligação foi interrompida. Reinhart esticou os braços acima da cabeça e inclinou-se para trás, fazendo a cadeira ranger.

Van Veeteren se apoiou com as mãos nos joelhos e se levantou com dificuldade. Andou lentamente de um lado para o outro sobre as tábuas do soalho que rangiam, antes de parar na frente de uma das janelas. Esfregou o vidro com a manga do casaco e olhou para a escuridão lá fora. Enfiou as mãos nos bolsos da calça.

— Como acha que ela se chamava? — perguntou Reinhart.

— Começou a chover de novo — disse Van Veeteren.

Conheça mais sobre nossos livros e autores no site
www.objetiva.com.br
Disque-Objetiva: (21) 2233-1388

markgraph

Rua Aguiar Moreira, 386 - Bonsucesso
Tel.: (21) 3868-5802   Fax: (21) 2270-9656
e-mail: markgraph@domain.com.br
Rio de Janeiro - RJ